2024 겨울호를 펴내며

영화 〈콜 미 바이 유어 네임〉의 원작 소설가인 안드레 애치먼은 《호모 이레알리스》에서 추리소설의 묘미에 대해 이렇게 말합니다.

"문학은 플롯의 차원에서 언제나 이런 시도를 한다. 탐정소설이나 연재소설의 핵심은 바로 지연이다. 지연은 성급한 답을 내릴 계기를 만들어 결국 기만적 단서, 잘못된 추정, 뜻밖의 지체, 손에 땀을 쥐는 서스펜스로 독자를 놀라게 한다."

소설을 읽으며 결말의 지연을 혹은 서스펜스와 놀라움을 느긋하게 즐기기 위해서는 따끈한 차 한 잔이나 시원한 맥주 한 캔을 앞에 두고 휴식을 취할 수 있는 평온한 일상이 필요합니다. 밤 10시 반에 긴급 뉴스를 보고 뛰쳐나가야 하거나, 손수 제작한 응원봉과 깃발을 들고 매서운 겨울바람이 휘몰아치는 광장에 서거나, 들끓는 속을 달래기 위해 독주를 연신 들이켜야 하는 사회에서는 거의 불가능한 일입니다. 소설이 현실을 이길 수 없는 시절에 또 한 권의 《계간 미스터리》를 착잡한 심경으로 내놓습니다.

이번 겨울호 특집에서는 2024년의 미스터리 장르를 돌아보는 기획을 준비했습니다. 박광규 추리문학 평론가는 〈베스트셀러 순위로 살펴보는 2024 미국 추리문학계 흐름〉에서 뉴욕타임스 베스트셀러 순위를 중심으로 올 한 해 어떤 경향이 돋보였는지 전반적인 흐름을 살펴보았습니다. 양질의 미스터리 작품을 출간하는 국내 출판사들을 대상으로 한 설문 결과는 〈미스터리 장르 전문 출판사가 본 2024년과 2025년 전망〉에서 확인할 수 있습니다. 나비클럽, 리드비, 블루홀식스, 시공사, 아프로스미디어, 자음과모음, 황금가지 출판사의 담당자들이 올해를 정리하고 내년을 관망하는 귀중한 답변을 해주셨습니다.

아쉽게도 겨울호 신인상은 당선자가 없지만, 기성 작가의 단편 세 편을 실었습니다. 2023년 한국추리문학상 황금펜상 수상자인 박소해의 〈부부의 정원〉은 아내 살해 혐의를 받는 남편을 둘러싼 이야기로, 미스터리의 외피를 쓰고 있지만 조력 자살과 부부의 사랑이라는 주제를 심도 있게 그리고 있습니다. 《아홉 꼬리의 전설》이라는 매력적인 역사 미스터리를 발표한 배상민은 〈날카로운 믿음〉에서 사이비 종교를 소재로 믿음과 구원의 문제를 치밀한 미스터리 문법으로 펼쳐냅니다. 여성적인 섬세한 글쓰기가 돋보이는 여실지는 〈핏줄〉에서 미스터리와 호러가 결합한 독특한 분위기와 섬뜩한 결말을 보여줍니다. 특별 고전 단편으로는 추리소설 황금기(1920~1930년대)를 대표하는 작가 중 한 명인 어빈 S. 코브의 〈믿음, 희망, 그리고 관용〉을 실었습니다. 각기 다른 나라 출신의 탈주자 세 명의 운명이 비장하면서도 유머러스하게 전개됩니다.

이번 호에는 여느 때보다 읽을거리가 풍성합니다. 문학 평론가 박인성은 〈한국 미스터리를 읽는 네 가지 키워드〉에서 최근 소설이나 영상 매체에서 도를 더해가고 있는 사적 제재가 내포한 한국 사회에 대한 경고의 메시지를 풀어냅니다. 기존에 연재되던

쥬한량의 미스터리 영상 리뷰에서는 스페인 영화 〈내가 사는 피부〉를, 새롭게 연재를 시작한 박소해의 말풍선에서는 오컬트 웹툰 《안개무덤》과 《사변괴담》을 분석합니다. 앞으로 미스터리를 기반으로 한 더 다양한 매체를 살펴볼 예정입니다. 인터뷰로는 올해 데뷔 30주년을 맞아 그간의 작가 생활을 정리하는 세 편의 작품집(《까마귀 장례식》, 《그녀의 취미생활》, 《남편을 죽이는 서른 가지 방법》)을 동시에 출간한 서미애를 만났고, 탐방기에서는 추리소설 전문 독립 서점인 미스터리 유니온을 찾아갔습니다. 어려운 시기일수록 더 다양한 의견이 제출되어야 합니다. 하나가 효용 없음이 드러났을 때 대체할 수 있는 선택지 여럿이 남아 있어야 합니다. 그것이 철학과 문화가 필요한 이유입니다. 사회가 혼란스러울수록 국민이 돈을 들이지 않고서도 좋은 책을 읽을 수 있도록 국가가 나서서 공공재를 확대해야 하는 이유입니다. 사회 전반에서 표출되어야 할 다양한 의견을 어쭙잖은 억압으로 막아서는 안 됩니다.

안타깝게도 상황은 정반대입니다. 이미 문 닫은 공공 도서관이 여럿이고, 서울의 어떤 구에서는 내년 도서 구매 예산이 0원이라는 소식도 들립니다. 며칠 동안의 삽질로 58조 원이 날아가도 아무도 책임지지 않습니다. 여러모로 추운 겨울입니다. 《계간 미스터리》가 복잡한 현실에서 아주 작은 휴식의 시간을 드릴 수 있기를 간절히 바랍니다.

한이·계간 미스터리 편집장

베스트셀러 순위로 살펴보는
2024 미국 추리문학계 흐름

박광규

추리소설 해설가로 《계간 미스터리》 편집장, 월간 《판타스틱》과 한국어판 《엘러리 퀸 미스터리 매거진》 등의 편집위원으로 활동. 현재 한국 추리소설 역사를 조사, 정리중이다.

최근 몇 년 사이 미국 추리문학계의 동향은 특별한 유행 - 이를테면 팩션이나 사이코스릴러, 혹은 가정폭력 등 - 이랄 것이 없는 느낌이다. 2024년에도 마찬가지였는데, 어쩌면 독자들은 너무 기발하고 자극적인 것보다는 어느 정도 익숙한 작품을 택하는 경향이 있는 것은 아닐까 싶다. 덧붙여 이 글을 쓰는 시점(2024년 11월 초)이 한 해를 결산하기엔 약간 이른 편이어서, 인기를 끌었던 작품과 추리문학계의 화제 등을 시간 순으로 살펴보도록 하겠다. '인기를 끌었던 작품'은 매주 집계되는 《뉴욕타임스》 베스트셀러에 5주 이상 머물렀거나 짧게라도 최상위에 올랐던 작품을 선택해 간단하게나마 소개하려 한다. 1월부터 11월 초까지 순위에 오른 미스터리 관련 작품은 모두 66편이며, 그중 열아홉 편이 앞의 조건에 해당한다.

덧붙여서 《뉴욕타임스》 베스트셀러에 대해 간단히 설명하자면, 미국의 대형 신문 《뉴욕타임스》가 일요일마다 발간하는 《뉴욕타임스 북리뷰》를 통해 소개하는 베스트셀러 순위로, 미국 전역의 다양한 장소(서점뿐만 아니라 대형 슈퍼마켓, 백화점, 신문 가판대까지 포함)에서 실제 판매되는 부수를 공정하게 반영하기 때문에 신뢰도가 제법 높은 편이며, 출판 홍보 수단으로도 많이 사용된다. 또한 순문학이나 장르문학을 구분하지 않고 집계하므로 이른바 '마니아'가 아닌 미국 일반 독자들의 작품에 대한 선호도를 파악하기 쉽다.

■ 2023년 11월~2024년 2월

스티븐 킹의 《홀리》와 존 그리샴의 《The Exchange》, 데이비드 발다치의 《The Edge》, 제임스 패터슨의 《Alex Cross Must Die》, 리 차일드와 앤드류 차일드의 《The Secret》 등이 2023년의 인기를 새해까지 끌고 왔다. 《홀리》는 2023년 9월에 1위로 진입한 뒤 이듬해인 1월 중순까지 18주 동안, 《The Exchange》 역시 11월 초 1위에서부터 시작해 2월 중순까지 약 4개월 동안 순위에 머물렀다.

《The Exchange》는 'After The Firm'이라는 부제에서 알 수 있듯이 존 그리샴의 첫 성공작인 《그래서 그들은 바다로 갔다》(원제 The Firm, 1991)가 출간된 지 32년 만에 나온 후속편이다.

"대형 법률사무소와 범죄 조직의 흑막을 폭로하고 미국을 떠난 미첼 맥디르

부부는 15년이라는 긴 시간이 지난 뒤 안전하다고 생각해 미국으로 돌아와 맨해튼의 세계 최대 로펌에 합류한다. 그러나 그는 전 세계에 영향을 미치는 사악한 음모의 중심에 서게 되고, 그의 가족과 친구, 동료들이 표적이 된다."

데이비드 발다치의 《The Edge》는 2023년에 한국어로도 번역 출간된 《6시 20분의 남자》의 후속작으로, 연말부터 7주 동안 순위에 올랐다.

"메인주 시골에서 CIA 여성 요원이 살해당하고, 국가 기밀이 가득 담긴 그녀의 노트북과 휴대폰도 사라진다. 자칫하면 수많은 요원의 목숨이 위태로워질 수 있음을 우려한 미국 정부는 이 문제를 해결할 수 있는 인물로 전직 육군 특수부대 장교 트래비스 디바인을 지목한다. 지난 사건, 즉 세계 최대 규모의 금융 음모에 비하면 이 사건은 단순해 보이지만 시골 마을에는 오래된 비밀이 있고, 그 비밀을 지키기 위해 수단과 방법을 가리지 않는 사람들이 있다."

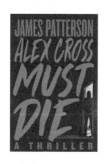

제임스 패터슨의 《Alex Cross Must Die》는 제목에 언급된 주인공 알렉스 크로스 시리즈[1] 서른두 번째 작품이다. 제임스 패터슨은 70대 후반에 접어드는 나이에도 불구하고 2024년에 여덟 편의 작품(그중 일곱 편은 공동 저작)을 발표할 정도로 바쁜 한 해를 보냈다(그에게는 특별한 일이 아닌 것이, 2020년대에 들어와 발표한 장편만도 50여 편에 육박하며, 11월 하순에는 시리즈 서른세 번째 작품인 《The House of Cross》를 출간할 예정이다).

"알렉스 크로스는 연쇄살인범을 추적하던 도중 다른 사건을 담당하게 된다. 비행기가 추락해 승객 전원이 사망했는데, 조사 결과 베트남 전쟁 때 쓰였던 기

---

1   주인공 알렉스 크로스는 범죄심리학자로 워싱턴 DC 경찰국, FBI 소속으로 활동. 《스파이더 게임》(원제 Along Came a Spider, 1993)에서 처음 등장한다.

관총이 사용된 것으로 확인된다. 연쇄살인범은 여전히 돌아다니고, 비행기 폭파범이 다른 공중 표적을 찾고 있는 가운데 상장을 앞둔 IT업체의 CEO 실종 사건까지 엮어 알렉스 크로스뿐만 아니라 그의 가족까지 사건 해결에 나선다."

리 차일드가 동생인 앤드류 차일드와 함께 쓴 《The Secret》은 잭 리처 시리즈 [1] 스물여덟 번째 작품으로, 그가 군대에 복무 중이던 시절의 이야기를 다룬다.

"1992년, 미국 전역에서 여러 사람이 사망한다. 처음에는 단순 사고로 보였지만, 고층 빌딩에서 추락사하는 사건이 일어나면서 사망자들 사이에 연관성이 있음이 드러난다. 그리고 그 사건을 해결할 적임자로 잭 리처가 임명된다. 명령 불복종으로 소령에서 대위로 강등된 그는 사건 해결에 실패하면 희생양이 되어 책임을 질 수밖에 없는 처지에서 조사에 나선다."

앤드류 그랜트라는 본명으로(리 차일드의 본명은 제임스 도버 그랜트다) 2008년부터 작품 활동을 시작한 동생은, 2020년 《The Sentinel》부터 잭 리처 시리즈에 참여하면서 앤드류 차일드라는 필명을 사용하고 있는데, 당시 리 차일드는 몇 편을 합작한 다음 시리즈 집필을 동생에게 넘길 것이라고 밝힌 바 있다.

애슐리 엘스턴의 《First Lie Wins》는 2024년 처음으로 베스트셀러 순위에 오른 미스터리로 1월부터 5월까지 16주 동안 머물렀다.

"에비 포터는 부유한 마을에 사는 남자 친구 라이언의 집으로 이사했으며, 그의 친구들과 마을 사람들은 그녀에게 호감을 느낀다. 모든 게 순조롭게 진행되던 도중, 그녀의 차분함을 뒤흔드는

---

[1] 잭 리처는 전직 육군 군사경찰 장교였으며, 제대 후 미국 전역을 돌아다니며 의심스럽고 위험한 상황에 맞서 사건을 해결한다. 《추적자》(원제 Killing Floor, 1997)에서 처음 등장.

사건이 일어나면서 그녀의 인생이 현실이 아님을 다시 깨닫는다. '에비'는 진짜 이름이 아니며, 그녀가 만난 적도 없는 '스미스 씨'라는 사람의 명령으로 모종의 사기극을 준비하고 있는 것이다."

이전까지 청소년 소설을 써왔던 엘스턴의 첫 성인 대상 소설이다. 출간 전부터 영상화 판권에 경쟁이 붙었고, TV 드라마 제작이 결정될 정도로 일찌감치 성공이 예측되었다.

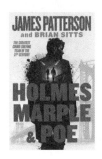

《Holmes, Marple & Poe》는 제임스 패터슨과 브라이언 시츠의 공동 저작으로, 제목에서 알 수 있듯 추리소설 팬이라면 눈길이 쏠릴 만한 이름의 등장인물들이 등장한다.

"브루클린의 오래된 빵집을 개조한 사설탐정 사무소에서 세 사람이 함께 일한다. 두뇌파인 브렌던 홈스, 관찰력이 뛰어난 마가렛 마플, 위험을 겁내지 않는 근육질의 오귀스트 포. 이들은 오래된 미제사건을 비롯한 여러 사건을 해결하면서 능력을 과시하지만, 그들에게는 각각 숨겨진 과거가 있다."

이 작품은 1월 중순에 출간되어 2월 말까지 5주간 순위에 올랐다.

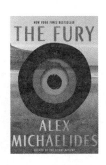

《The Fury》는 키프로스 출신 작가 알렉스 미카엘리데스의 세 번째 작품으로, 2월부터 3월까지 6주 동안 순위에 머물렀다.

"최근 40세의 나이로 화려한 경력에 작별을 고한 할리우드 유명인 라라 패러는 가장 가까운 친구인 케이트와 엘리엇을 그리스의 외딴섬으로 초대한다. 섬에는 라라의 가족과 친구, 고용인까지 일곱 명이 있는데, 강풍으로 섬이 고립된 가운데 누군가 죽음을 맞이한다. 모두가 친근한 사이인 것 같았지만, 뒤로는 서로를 공격할 동기가 부족하지 않았다는 것이 분명했다."

2019년 스릴러 《The Silent Patient》로 화려하게 등장(이 작품은 그해 양장본 소설 중 가장 많이 팔린 데뷔작이었다)한 미카엘리데스는 두 번째 작품 《The Maidens》 (2021)로도 성공을 거둔 바 있다.

그밖에 순위에 오른 작품은 다음과 같다.(괄호 안 숫자는 시리즈 편 수)

작가	제목	최고 순위	기간	비고
J. D. 롭[1]	《Random in Death》	3위	2주	'in Death' 시리즈[2] (58)
조너선 켈러먼	《The Ghost Orchid》	12위	1주	알렉스 델라웨어 시리즈[3] (39)

■ 2024년 3~5월

2023년 연말을 화려하게 장식했던 작가들이 여름 시장을 노리고 새로운 작품을 발표했다.

5월 초에 순위에 오른 데이비드 발다치의 《A Calamity of Souls》는 아마존닷컴에서 올해 베스트 미스터리 중 하나로 선정되기도 했다.

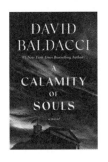

"1968년 버지니아 남부에서 부유한 백인 노부부가 잔인하게 살해된다. 젊은 백인 변호사 잭 리는 용의자인 흑인 제롬 워싱턴의 무죄를 믿고 변호를 맡는다. 그러나 즉각 지역사회의 반발뿐만 아니라 가족들까지 위협을 받게 되자, 시카고의 노련한 흑인 여성 변호사 데지레 듀보스에게 도움을 요청한다. 용의자가 공정한 재판을 받지 못하도록 검찰이 모든 수법을 동원하는 등 대단히 불리한 상황에서, 서로 어울리지 않아 보이는 두 변호사는 함께 불가능해 보이는 공정한 재판과 진정한 정의를 위해 싸운다."

이 작품은 발다치가 14년 만에 발표한 스탠드얼론 작품으로, 10년에 걸친

---

1   로맨스 작가로 유명한 노라 로버츠의 필명.
2   가까운 미래. 즉 21세기 중반의 뉴욕을 배경으로 한 범죄 수사물로 수사관 이브 댈러스가 주인공으로 나온다. 《Naked in Death》(1995)에서 처음 등장.
3   로스앤젤레스의 법정 심리학자 알렉스 델라웨어 박사가 주인공이다. 첫 작품은 《큰 가지가 부러질 때》(원제 When the Bough Breaks, 1985).

구상 끝에 완성했다고 밝히고 있다.

그밖에 이 기간에 순위에 오른 작품은 다음과 같다.

작가	제목	최고 순위	기간	비고
제임스 패터슨 & 제임스 O. 본	《Crosshairs》	7위	3주	마이클 베넷 시리즈 [1] (17)
마크 그리니	《The Chaos Agent》	10위	1주	그레이 맨 시리즈 [2] (13)
C. J. 박스	《Three-Inch Teeth》	2위	4주	조 피켓 시리즈 [3] (24)
타나 프렌치	《The Hunter》	5위	4주	칼 후퍼 시리즈 [4] (2)
에이미 틴테라	《Listen for the Lie》	13위	1주	-
리사 가드너	《Still See You Everywhere》	13위	1주	프랭키 엘킨 시리즈 [5] (3)
제임스 패터슨 & 낸시 앨런	《The #1 Lawyer》	3위	4주	-
리사 스코토라인	《The Truth about the Devlins》	6위	2주	
메리 쿠비카	《She's Not Sorry》	8위	1주	
돈 윈슬로	《City in Ruins》	9위	1주	대니 라이언 시리즈 [6] (3)
존 샌드포드	《Toxic Prey》	4위	2주	'Prey' 시리즈 [7] (34)
메건 미란다	《Daughter of Mine》	15위	1주	
앤서니 호로위츠	《Close to Death》	12위	3주	호손/호로위츠 시리즈 [8] (5)
더글러스 프레스턴	《Extinction》	9위	1주	
제네바 로즈	《Home Is Where the Bodies Are》	3위	3주	
제임스 패터슨 & 맥신 패트로	《The 24th Hour》	4위	3주	우먼스 머더 클럽 [9] (24)

1   뉴욕 시경 형사 마이클 베넷이 주인공. 《Step on a Crack》(2007)에서 처음 등장. 초기에는 마이클 레드위지와 합작했으나 아홉 번째 작품부터 제임스 패터슨이 단독 집필했고, 열한 번째 작품부터 제임스 O. 본이 참여했다.
2   전직 CIA 요원이자 프리랜서 암살자인 코드 젠트리가 주인공. 《그레이맨》(원제 The Gray Man, 2009)에서 처음 등장.
3   와이오밍의 수렵 감시관 조 피켓이 주인공. 《오픈 시즌》(원제 Open Season, 2001)에서 처음 등장.
4   아일랜드의 시골 마을에서 살아가는 은퇴한 시카고 경찰 칼 후퍼가 주인공. 《The Searcher》(2020)에서 처음 등장.
5   알코올 중독에서 회복 중인 중년 여성 실종 수색 전문가 프랭키 엘킨이 주인공. 《Before She Disappeared》(2021)에서 처음 등장.
6   뉴잉글랜드를 배경으로 아일랜드 갱단과 이탈리아 갱단이 세력 다툼을 벌이는 가운데 젊은 부두 노동자 대니 라이언의 인생을 그린 시리즈. 《City on Fire》(2022), 《City of Dreams》(2023) 등 3부작 구성.
7   미니애폴리스의 수사관 루카스 데이븐포트가 주인공인 사이코 스릴러 시리즈. 《Rules of Prey》(1989)에서 처음 등장.
8   작가인 호로위츠와 은퇴한 수사관 호손이 주인공. 《중요한 건 살인》(원제 The Word is Murder, 2017)에서 처음 등장.
9   샌프란시스코를 배경으로 범죄 수사와 관련된 여러 직업을 가진 여성 그룹이 살인사건을 수사하는 시리즈. 첫 작품은 《첫 번째 희생자》(원제 1st To Die, 2001).

여름 시장의 단골 작가인 스티븐 킹의 《You Like It Darker》는 그의 열두 번째 단편집이다. 열두 편의 단편이 수록되어 있으며, 그중 다섯 편은 이전에 출간된 적이 없는 신작이다. 수록작 중 〈Rattlesnakes〉는 《쿠조》(1981)의 속편에 해당하는 작품이며, 〈The Answer Man〉은 1977년에 집필을 시작했으나 6쪽까지 썼다가 포기한 작품을 거의 반세기 만에 완성해 수록했다. 6월 중순에 출간되자마자 1위에 올랐으며, 9월 중순까지 14주 동안 머물렀다.

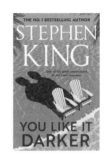

존 그리샴의 《Camino Ghosts》는 일주일 먼저 출간된 스티븐 킹의 단편집을 제치고 1위에 올랐다. 소설가 머서 만과 독립서점 운영자인 브루스 케이블이 등장하는 '카미노 아일랜드' 시리즈 세 번째 작품으로, 6월 중순부터 8월까지 10주 동안 순위에 올랐다.

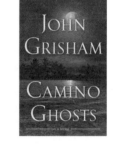

"브루스 케이블은 신작 소설의 아이디어가 필요한 머서 만에게 카미노 섬 북쪽에 있는 작은 섬 다크 아일에 대한 이야기를 들려준다. 이 섬은 1750년경에 도망친 노예들의 안식처가 되었는데, 200년이 흐르는 사이 거의 죽거나 섬을 떠나 지금은 버려진 상태로 남아 있었다. 그런데 거대 개발업체가 이 섬에 리조트와 카지노를 지으려 하자, 80세 노인인 러블리 잭슨은 섬의 마지막 생존자이자 상속자임을 주장하며 개발에 반대한다. 저주받았다는 소문이 있는 섬을 둘러싸고 법정 공방이 벌어진다."

마이클 크라이튼과 제임스 패터슨의 공저 《Eruption》도 여름의 화제작으로 인기를 끌었다. 블록버스터 작가였던 마이클 크라이튼은 2008년에 세상을 떠

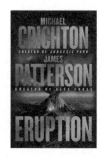

났지만, 그의 원고가 컴퓨터 하드디스크에 남아 있어서 《해적의 시대》(원제 Pirate Latitudes, 2009), 《Micro》(2011, 리처드 프레스턴이 완성), 《드래곤 티스》(원제 Dragon Teeth, 2016), 《The Andromeda Evolution》(2019, 대니얼 윌슨이 완성) 등이 출간된 바 있다.

"2025년 4월, 세계에서 가장 큰 활화산인 하와이 마우나로아 화산이 폭발할 조짐을 보이지만, 전문가들은 용암이 황무지 쪽으로 흘러가 생명이나 재산에 실질적인 위험이 없을 것으로 예상한다. 그러나 섬에는 군대가 비밀리에 숨겨두었던 것이 있어서 화산 폭발보다 훨씬 더 큰 재앙 - 생명체의 멸종 - 이 일어날 수도 있다."

이 작품은 단편 분량의 미완성 원고로 남아 있었으나, 크라이튼의 부인 셰리는 작품을 완성할 수 있는 작가를 찾은 끝에 제임스 패터슨을 선택했다. 6월 중순 출간 즉시 베스트셀러 1위에 올랐으며, 10주 동안 순위에 머물렀다.

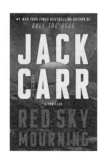

7월 첫 주의 1위는 잭 카의 《Red Sky Mourning》이 차지했다. 국내에는 소개되지 않아 생소한 작가인 잭 카는 군인 가문 출신으로 20년 동안 네이비실에서 복무한 경력이 있다. 전역 2년 후인 2018년에 《The Terminal List》를 발표하며 작가로 데뷔했다.

"중국 잠수함이 미국에 대한 강력한 공격을 준비하고 있다는 급박한 정보가 전해진다. 앨리스라는 이름의 최첨단 인공지능 컴퓨터를 사용하는 것만이 중국에 우위를 점할 수 있는 방법인데, 그 열쇠는 제임스 리스가 쥐고 있다. 한편 미국 정계에 침투한 중국 첩자는 미국의 시스템을 마비시킬 수 있는 인맥을 가지고 있다. 리스는 앨리스와 협력해 중국의 공격을 막고, 아무도 국가를 마비시키지 못하도록 해야만 한다."

전직 특수부대 장교 출신인 제임스 리스를 주인공으로 한 '터미널 리스트' 시리즈를 매년 한 권씩 발표하고 있는데, 《Red Sky Mourning》은 일곱 번째 작품이다.

크리스 휘터커의 《All the Colors of the Dark》는 7월 중순 순위에 오른 뒤 11월까지도 여전히 순위에 머무르면서 꾸준히 인기를 끌고 있는 작품이다.

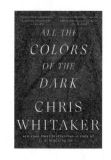

"베트남 전쟁이 끝나가던 1975년, 미주리주의 작은 마을에서 소녀들이 실종된다. 부유한 집안의 딸이 납치당하려던 순간, 열세 살의 조셉 '패치' 맥컬리가 그녀를 구하지만 대신 실종된다. 패치의 친구 세인트는 그가 죽었을 리 없다고 믿으며 그를 찾기 위해 온갖 노력을 기울인다. 그러던 중 패치가 돌아오지만, 그는 이전과는 다른 사람이 되어 있다."

크리스 휘터커는 런던에서 태어나 영국에서 살고 있지만 그의 작품은 모두 미국을 무대로 하고 있다는 것이 특징이다. 데뷔작인 《Tall Oaks》(2017)로 CWA 신인상에 해당하는 뉴블러드 대거 상, 세 번째 작품인 《We Begin at the End》로 CWA 골드 대거 상을 받았다.

리즈 무어의 《The God of the Woods》는 크리스 휘터커의 작품처럼 7월 중순부터 11월까지 순위에서 벗어나지 않고 있으며, 우연이겠지만 이 작품 역시 1975년을 시대 배경으로 삼고 있다.

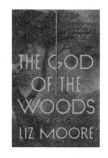

"1975년 8월의 이른 아침, 캠프장에서 열세 살 소녀 바바라 반 라르가 실종된다. 그녀는 여름 캠프의 소유주이자 지역 주민 대부분을 고용하고 있는 가족의 딸이다. 그리고 14년 전, 바바라의 오빠 베어도 실종되어 아직까지 찾지 못한 상태다. 이야기는 현재인 1975년과 첫 실종 사건이 벌어진 1961년이 교차하면서 진행된다."

리즈 무어는 2007년에 데뷔했으며, 이 작품은 《Long Bright River》(2020)에 이은 두 번째 미스터리 작품이다.

대니얼 실바의 《A Death in Cornwall》도 7월 말 출간 즉시 1위에 올랐다(다만 2주 만에 순위에서 벗어났다).

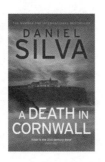

"예술품 복원가로 활동 중인 앨론은 런던에서 열리는 공개 행사 - 도난당했다가 최근에 회수된 빈센트 반 고흐 자화상 - 에 참석했다가, 옛 친구인 형사 티모시 필을 만나 그가 수사하는 옥스퍼드대학교 미술사 교수의 살인사건에 접근하게 된다. 이 사건은 도끼 연쇄살인범의 짓으로 여겨졌지만, 세부 증거를 살펴본 결과 여러 면에서 일치하지 않는다는 사실을 알게 되면서 살인범이 따로 있다는 심증을 굳히게 된다."

예술품 복원가이자 은퇴한 이스라엘 스파이 가브리엘 앨론 시리즈의 스물네 번째 작품 [1] 으로, 이전에 발표한 시리즈 중 열세 편이 《뉴욕타임스》 베스트셀러 1위에 오른 바 있다.

그밖에 순위에 오른 작품은 다음과 같다.

작가	제목	최고 순위	기간	비고
할런 코벤	《Think Twice》	3위	3주	마이런 볼리타 시리즈 [2] (12)
루스 웨어	《One Perfect Couple》	6위	3주	
그렉 아일즈	《Southern Man》	7위	1주	펜 케이지 시리즈 [3] (7)
크레이그 존슨	《First Frost》	13위	1주	월트 롱마이어 시리즈 [4] (21)
재클린 윈스피어	《The Comfort of Ghosts》	10위	1주	메이지 돕스 시리즈 [5] (21)
폴 트렘블레이	《Horror Movie》	13위	1주	-
제임스 리 버크	《Clete》	15위	1주	데이브 로비쇼 시리즈 [6] (21)
라일리 세이거	《Middle of the Night》	5위	3주	-
루시 폴리	《The Midnight Feast》	6위	4주	

1 《The Kill Artist》(2000)에서 처음 등장.
2 스포츠 에이전트 마이런 볼리타가 주인공. 《위험한 계약》(원제 Deal Breaker, 1995)에서 처음 등장.
3 텍사스주 휴스턴의 검사직에서 물러나 고향인 미시시피 내체즈로 돌아온 펜 케이지가 주인공. 《The Quiet Game》(1999)에서 처음 등장.
4 와이오밍의 가상 도시 앱사로카 카운티 보안관 월트 롱마이어가 주인공. 《The Cold Dish》(2014)에서 처음 등장.
5 1910~1929년의 영국을 배경으로 한 소설로, 여성 사설탐정 메이지 돕스가 주인공. 《Maisie Dobbs》(2003)에서 처음 등장하며, 《The Comfort Of Ghosts》는 시리즈 마지막 작품이다.
6 전직 뉴올리언스 경찰서 살인사건 담당 형사 데이브 로비쇼가 주인공. 《네온 레인》(원제 The Neon Rain, 1987)에서 처음 등장.

리브 콘스탄틴	《The Next Mrs. Parrish》	15위	1주	《마지막 패리시 부인》 속편
케이트 퀸	《The Briar Club》	14위	1주	
제임스 패터슨 & 마이크 루피카	《Hard to Kill》	3위	3주	
샤리 라피나	《What Have You Done?》	12위	1주	
브래드 소어	《Shadow of Doubt》	3위	2주	스콧 하바스 시리즈[1] (23)

■ 2024년 9~11월

알라이나 어커트의 《The Butcher Game》은 법의학자 렌 뮬러 박사를 주인공으로 하는 데뷔작 《The Butcher and the Wren》(2022)의 후속작으로, 10월 초 출간과 동시에 1위에 올랐다(2주간 순위에 머무름).

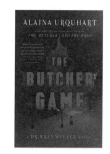

"지능적인 연쇄살인범 제레미 로즈는 경찰의 포위망을 벗어났으나, 렌 뮬러 박사를 괴롭히기로 결심하고 계속 살인극을 벌인다. 렌 박사는 이 사악한 인물을 추적하지만, 그가 함정을 파놓았을지도 모른다."

부검 기술자로 일한 경력이 있는 어커트는 범죄나 유령, 흉가 등 무섭고 끔찍한 소재를 다루는 팟캐스트 'Morbid'의 진행자로도 활동하고 있다.

마이클 코넬리의 《The Waiting》은 국내에서도 잘 알려진 해리 보슈와 할리우드의 젊은 형사 르네 발라드가 콤비를 이루는 시리즈 여섯 번째 작품으로, 역시 11월 초 출간되자마자 1위에 올랐다.

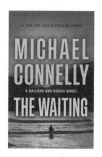

"르네 발라드와 LAPD의 미제사건 수사팀은 최근 체포된 남자와 20년 전에 잠적한 연쇄 강간 살인범의 DNA에 연관성이 있음을 발견한다. 그런데

---

1   전직 네이비 실이자 현재 미국 비밀경호국 요원인 스콧 하바스가 주인공. 《The Lions of Lucerne》(2002)에서 처음 등장.

체포된 남자는 스물네 살에 불과하므로 그의 가족 중 누군가가 범인일 가능성이 높지만, 용의자를 조사하려던 도중 법적 장애물과 마주친다. 한편 발라드는 배지, 총, 신분증을 도난당하는 예상치 못한 위험에 빠지자, 해리 보슈에게 도움을 청한다. 보슈의 딸이자 순찰 경관인 매디는 미제사건 수사팀에 자원한다."

11월 둘째 주에는 리 차일드와 앤드류 차일드의 잭 리처 시리즈 최신작(스물아홉 번째 작품)《In Too Deep》이 1위로 진입했다.

"잭 리처가 어둠 속에서 깨어났을 때, 그는 손목이 부러진 채 수갑이 채워져 침대에 있었고, 그곳에 어떻게 도착했는지 전혀 생각나지 않았다. 뇌진탕 때문인지 기억나는 것은 차에 타고 있다가 공격을 받아 운전자가 죽었다는 것뿐이다. 그러나 그런 좋지 못한 상황도 그가 탈출하는 것을 막지는 못한다. 리처는 사고가 일어난 원인, 범죄 조직의 계획, 그리고 그들의 사악한 계획을 어떻게 막을 수 있는지 빨리 알아내야만 한다."

그밖에 순위에 오른 작품은 다음과 같다.

작가	제목	최고 순위	기간	비고
더글러스 프레스턴 & 링컨 차일드	《Angel of Vengeance》	3위	1주	펜더개스트 시리즈[1] (22)
T. J. 뉴먼	《Worst Case Scenario》	13위	1주	-
윌리엄 켄트 크루거	《Spirit Crossing》	3위	1주	코크 오코너 시리즈[2] (20)
카린 슬로터	《This Is Why We Lied》	8위	1주	윌 트렌트 시리즈[3] (12)

---

1   FBI 특별수사관 알로이시어스 펜더개스트가 주인공. 《Relic》(1995)에서 조연으로 처음 등장했으며 《살인자의 진열장》(원제 The Cabinet of Curiosities, 2002)부터 주인공으로 활약한다.
2   미네소타주 오로라의 전직 보안관이자 아일랜드인과 미국 원주민의 혼혈 코크 오코너가 주인공. 《Iron Lake》(1998)에서 처음 등장.
3   조지아 경찰 수사국의 특수요원 윌 트렌트가 주인공. 《Triptych》(2006)에서 처음 등장.

앤 클리브스	《The Dark Wives》	9위	1주	베라 스탠호프 시리즈[1] (11)
돈 벤틀리	《Capture or Kill》	2위	2주	미치 랩 시리즈[2] (23)
J. D. 롭	《Passions in Death》	4위	2주	이브 댈러스 시리즈 (59)
레이첼 쿠시너	《Creation Lake》	10위	1주	
마이크 메이든	《Ghost Soldier》	13위	1주	'오리건 파일' 시리즈[3] (18)
리처드 오스먼	《We Solve Murders》	2위	2주	
로라 데이브	《The Night We Lost Him》	7위	2주	
제임스 패터슨 & 데이비드 엘리스	《Lies He Told Me》	6위	3주	
제이슨 르쿨락	《The Last One at the Wedding》	7위	1주	
퍼트리샤 콘웰	《Identity Unknown》	2위	4주	케이 스카페타 시리즈[4] (28)
리처드 치즈마	《Memorials》	10위	1주	

1년간의 흐름을 살펴보니, 베스트셀러 순위에 진입하는 작품들에는 독자가 선택하는 조건이라고 할까, 몇 가지 공통점이 눈에 들어온다. 첫째, 일단 유명 작가의 작품이라는 것이다. 존 그리샴, 스티븐 킹, 마이클 코넬리, 리 차일드의 작품은 출간 직후부터 1위를 차지했다. 둘째, 장기간 지속된 시리즈에 충성도 높은 독자가 있다는 것이다. 순위에 오른 작품 중에는 20년 이상 지속된 장기 시리즈가 적지 않으며, 출간 직후에는 짧은 기간이라도 많은 부수가 판매되는 것으로 보인다. 심지어 이미 작고한 지 제법 된 작가의 시리즈를 후계 작가가 발표하더라도 뿌리 깊은 애정은 식지 않는 것 같다. 또한 화제작이라 할 만한 작품이 여름 시즌(6~8월)에 출간되는 점은 세계적으로 별 차이가 없어 보인다.

분야별로 살펴보면 '정통'(흔히 '본격'으로 일컬어지는) 미스터리는 적어도 일반 독자들에게 큰 인기가 있는 것 같진 않다.

다만 따로 소개하진 않았지만, 2024년 장르 쪽의 전체적인 비중은 판타지 쪽이 더욱 높은 편이었으며, 상위권에 오래 머문 작품도 판타지 쪽이 많았다.

---

1 은퇴할 나이가 다가오는 노섬벌랜드 경찰의 노련한 여성 수사관 베라 스탠호프가 주인공. 《The Crow Trap》(1999)에서 처음 등장.
2 CIA 대테러팀의 비밀요원 미치 랩이 주인공. 《권력 이동》(원제 Transfer of Power, 1999)에서 처음 등장했으며, 원작자 빈스 플린이 열네 편을 발표하고 작고했으나 카일 밀스가 이어받아 집필했다. 《Capture Or Kill》부터는 돈 벤틀리가 바통을 이어받았다.
3 클라이브 커슬러의 '더크 피트 시리즈'에서 등장했던 허름한 외관의 최첨단 선박 오리건호가 등장하는 시리즈. 《Golden Buddha》(2003)가 첫 작품이며, 다섯 번째 작품부터 잭 듀 브륄, 보이드 모리슨이 커슬러와 함께 집필한 뒤 커슬러 사후에는 마이크 메이든이 집필하고 있다.
4 버지니아주 수석 법의학자 케이 스카페타가 주인공. 《법의관》(원제 Postmortem, 1990)에서 처음 등장.

위에 소개한 작품들은 '최신작'인 만큼 아직 거의 한국어로 번역되지 않은 점이 아쉽지만, 좋은 평가를 받은 작품들인 만큼 조만간 우리말로 읽을 수 있으리라 기대한다.

"그녀가 바란 것은
구원이 아니라 단 3학점이었다"
한국 사회의 구조적 폭력을 치밀하게
담아낸 방대한 스케일의 미스터리

타오

나비클럽 소설선

nabiclub

미스터리 장르 전문 출판사가 본 2024년과 2025년 전망

✦《계간 미스터리》편집부

겨울호를 맞아 《계간 미스터리》에서 국내외 미스터리 작품을 출간한 출판사들을 대상으로 간단한 설문을 진행했다. 질문은 아래와 같다. 이 설문이 2024년 한국 추리문학계를 정리하고, 2025년의 흐름을 관망하는 데 도움이 되길 바란다. 바쁜 와중 설문에 응답해주신 관계자들에게 감사드린다.

질문
1. 2024년 최고의 작가와 작품
2. 2024년 새롭게 떠오르는 작가와 작품
3. 2024년 아쉬웠던 작품
4. 2025년 출간 예정작과 기대작
5. 2024년 회고와 2025년 전망

■ 아프로스미디어

1. 2024년 최고의 작가와 작품

2024년은 미스터리보다 호러 스릴러에 집중하다 보니 국내 출간된 작품들을 많이 읽지 못했습니다. 다만, 미스터리의 뿌리는 역시 추리소설이라는 생각으로 장르에 충실한 작품인 유키 하루오의 《십계》를 최고로 뽑고 싶습니다. 전년도에 《방주》로 반전의 충격을 주었던 작가인데 이번에는 '하우더닛' 못지않은 '와이더닛'에 관한 설득력 있는 클로즈드

서클을 보여준 것 같습니다. 해외의 미스터리 작법서에서 '트릭'의 기본적인 작동 원리를 '고정관념'을 이용한 '상식 반전'이라고 했는데, 장르적으로도 충실하고 그 작동 원리를 아주 잘 아는 작가라고 생각합니다. 제목에서 알 수 있듯이 성경에서 모티프를 빌려온 차기작이 무척 기대됩니다.

2. 2024년 새롭게 떠오르는 작가와 작품

올해 저희가 출간한 《귀우鬼雨》와 이다모 작가에게 기대가 큽니다. 독특하게

도 일본을 배경으로 하고 등장인물도 일본 사람이지만 국내 독자들에게 익숙한 일본 소설의 영향을 받아서인지 문화적 괴리감이 별로 느껴지지 않습니다. 아직은 경험이 부족한 젊은 작가의 데뷔작인데도 상당한 필력을 보여주었습니다. 다음으로 한국을 배경으로 한 작품도 구상하고 있다니 더욱 업그레이드된 작품을 기대합니다.

3. 2024년 아쉬웠던 작품

감히 아쉬웠다고 말하는 건 출간된 작품에 대한 예의가 아니라고 생각합니다만, 어느 정도 기대치를 갖고 있었는데 그에 미치지 못했던 작품을 꼽으라고 한다면 시라이 도모유키의 《엘리펀트 헤드》입니다. 국내에서 반응도 나쁘지 않았고 일본에서 미스터리 대상 주목 작품이라 의아스럽게 생각하실 분도 있을지 모르겠지만, 전작인 《명탐정의 제물》이 팩션 스타일로 매우 훌륭했기 때문에 그렇게 말씀드릴 수밖에 없을 것 같습니다. 역시 실화를 기반으로 한 픽션은 무게감이 다르다는 것을 새삼 느낀 작품이었습니다.

4. 2025년 출간 예정작과 기대작

한국추리작가협회 회원인 김영민 작가의 첫 번째 장편소설이 출간될 예정입니다. 본격 미스터리를 추구하는 작가라 트릭에 중점을 둔 클로즈드 서클 추리극이 될 것입니다. 미스터리 마니아들에게 정통 미스터리의 쾌감을 주리라 기대하고 있습니다. 결이 좀 다르지만 《귀우》를 쓴 이다모 작가의 후속작도 준비 중입니다. 이번에도 괴이를 둘러싼 호러에 미스터리와 반전이 골고루 섞인 흥미로운 작품이 될 것입니다.

■ 황금가지

1. 2024년 최고의 작가와 작품

　　좀 늦긴 해도 거장의 귀환이라 부를 만한, 데니스 루헤인의 신작 《작은 자비들》입니다. 데니스 루헤인의 필력이 돌아왔다는 평가에 걸맞은 수작이며, 오바마 전 대통령을 비롯하여 미국의 주요 언론이 올해의 책으로 뽑은 작품입니다.

2. 2024년 새롭게 떠오르는 작가와 작품

　　2021년 《레모네이드 할머니》로 독특한 추리소설을 선보인 현이랑 작가의 신작 《새들의 집》입니다. 부동산이라는 한국적 소재를 영리하게 다루면서도 흡인력 있게 이야기를 풀어냅니다.

3. 2024년 아쉬웠던 작품

　　스티븐 킹의 《홀리》는 《미스터 메르세데스》에서 처음 등장한 홀리 기브니를 주인공으로 한 본격 장편소설입니다. 뛰어난 완성도와 흡인력 있는 작품임에도, 미국과 달리 한국에선 《미스터 메르세데스》 때만큼 판매되지 않아서 좀 아쉽기는 합니다. 스티븐 킹이 사랑하는 캐릭터라 후속작이 계속 나온다니 기대해봐야겠습니다.

4. 2025년 출간 예정작과 기대작

　《13계단》의 작가 다카노 가즈아키의 미공개 신작 단편집이 출간될 예정입니다. 미발표작 다섯 편을 포함한 총 여섯 개 작품이 수록되고, 일본이 아닌 한국에서 출간됩니다. 국내 작품으로는 '고진 시리즈'의 도진기 작가 신작 단편집이 출간됩니다. 〈법의 체면〉을 포함한 여섯 편의 신작 단편이 수록되어 있습니다. 김종일 작가의 신작 《밸런스 게임 지옥》도 기대작입니다. 차 안에 갇힌 감독이 딸을 납치한 범인에 의해 강제로 밸런스 게임을 하게 된다는 설정입니다. 이시우 작가의 《이화령》은 단편소설에서 개작 중인 작품인데 자전거로 국토 종주 중인 주인공이 연쇄 살인마와 한밤중의 결투를 벌인다는 내용입니다. 브릿G 플랫폼을 통해 단편부터 계발한 작품도 선보일 예정입니다.

5. 2024년 회고와 2025년 전망

미스터리는 갖고 있는 재미에 비해 상대적으로 다른 장르보다 소외받는 느낌이 강했습니다. 복기가 필수인 미스터리 장르가 웹소설이라는 매체와 어울리지 않는 탓도 있고, 흉흉한 사회적 분위기로 인해 출판이 소프트 SF 장르를 선호하고 강력 범죄가 기본인 추리소설을 의식적으로 배제한 탓도 일부 있는 것 같습니다. 하지만 브릿G를 통해 좋은 작가들을 계속 찾아내고 있고, 2025년에는 좀 더 본격적인 행보를 이어나갈 예정이라 더 나은 결과가 있으리라 생각합니다.

■ 블루홀6(블루홀식스)

1. 2024년 최고의 작가와 작품

2024년 12월 출간 예정인 이노우에 마기의 《아리아드네의 목소리アリアドネの声》입니다. 국내에도 출간된 《그 가능성은 이미 떠올렸다》의 작가인데, 교정 보면서 몇 번을 보아도 눈물이 나는 작품입니다.

2. 2024년 새롭게 떠오르는 작가와 작품

《십계》, 《교수상회》의 유키 하루오입니다. 현대물만이 아니라 다이쇼 시대를 다루는 시대극까지, 장편과 단편을 아우르며 현란한 솜씨를 보여주는 가히

미스터리의 초신성이라고 부를 만한 작가입니다.

3. 2024년 아쉬웠던 작품

가미시로 교스케의 《내가 대답하는 너의 수수께끼》입니다. 라이트노벨 표지와 컬러 인쇄, 굿즈 제작 등으로 기존 블루홀식스의 출간작과는 차별화된 다양성을 시도했지만, 판매로 이어지지는 못했습니다.

4. 2025년 출간 예정작과 기대작

2025년에도 많은 출간 예정작이 대기하고 있습니다. 아시자와 요의 《밤의 이정표》, 우사미 마코토의 《달빛이 닿는 거리》·《꿈 전달자》, 오승호의 《우리들 노래를 불러라》, 유키 하루오의 《낙원》·《시계 도둑과 악인들》, 후루타 덴의 《사건은 끝났다》, 구시키 리우의 《소년 농성》, 가미시로 교스케의 《내가 대답하는 너의 수수께끼 2》, 사카키바야시 메이의 《독이 든 화형법정》, 나카야마 시치리의 《이별은 모차르트》·《살육의 광시곡》, 미키 아키코의 《패자의 고백》, 샤센도 유키의 《책의 등뼈가 마지막에 남는다》 등입니다. 가장 기대작이라고 하면 유키 하루오의《낙원》과 오승호의《우리들 노래를 불러라》입니다.

5. 2024년 회고와 2025년 전망

2024년을 돌아보면 미스터리 마니아로서 작품성과 재미라는 두 기둥 사이에서 나름 다양한 시도를 해보았습니다. 라이트노벨 느낌의 컬러 인쇄를 시도하기도 했고, 미스터리 장르 안에서도 판타지 미스터리나 시대물 등 다양한 하위 장르에 도전했습니다. 결과적으로 의미 있는 성과를 얻었다기보다는 블루홀식스의 한계를 실감한 한 해였다는 생각이 듭니다.

2025년에도 크게 다르지는 않을 것 같습니다. 부족하지만 작품성과 재미를 모두 잡기 위해 노력하면서, 2024년보다 조금 더 많은 책을 만들어나가지 않을까요.

■ 리드비

1. 2024년 최고의 작가와 작품

요네자와 호노부,《가연물》

전무후무한 9관왕을 달성한《흑뢰성》이후 2년 만에 발표된 요네자와 호노부의 신작. 역시 일본 주요 미스터리 랭킹 3개를 석권하며 작가 통산 네 번째 3관왕을 달성한 작품이 됐다.《가연물》은 요네자와 호노부가 최초로 도전하는 '경찰소설'로, 조직 생리와 과학수사가 중심인 경찰소설이 아니라 경찰이 '탐정' 역할을 맡은 작품이다. 요네자와 호노부는 자기 작품을 '경찰 미스터리'라고 불러달라고 요청하고 있다.

수수께끼는 뚜렷하게, 단서는 담백하게 제시되며 주인공 가쓰라 경부의 개성은 거의 드러나지 않는 독특한 작품이다. 지극히 현실적인 사건과 설정으로 본격 미스터리의 묘미를 구현한다는 점에서 요즘 같은 특수설정 난립의 시기에 빛을 발한다.

2. 2024년 새롭게 떠오르는 작가와 작품

이가라시 리쓰토, 《법정유희》

제62회 고단샤 메피스토상 만장일치 수상작. 현직 변호사이자 법정 엔터테인먼트물로 명성을 얻고 있는 이가라시 리쓰토의 데뷔작. 출간 즉시 빠른 미디어 믹스가 결정돼 코믹스와 상업 영화로 만들어진 작품이기도 하다. 변호사라는 전문성, 법률의 즐거움을 알리고 싶다는 순수한 창작 동기, 모리 히로시의 영향을 받은 엔터테인먼트 성격이 결합돼 미스터리와 엔터테인먼트의 조화를 보여주는 흥미로운 수작이다. 《법정유희》를 포함해 국내에 단 세 작품만 소개된 작가이지만, 앞으로 행보가 기대된다.

3. 2024년 아쉬웠던 작품

아쓰카와 다쓰미, 《마트료시카의 밤》

아쓰카와 다쓰미는 '괴수'라는 표현이 어울릴 정도로 미스터리 장르에 해박한 작가다. 많지 않은 나이이지만(1994년생), 동서고금의 미스터리를 쉴 새 없이 읽고, 쓰고, 평가한다. 《마트료시카의 밤》은 《투명인간은 밀실에 숨는다》에 이은 작가의 두 번째 작품집으로, 총 네 편의 단편으로 구성돼 있다. 하드보일드의 맛, 다중 추리의 쾌감, 끊임없이 뒤엎어지는 반전, 오타쿠와 설정으로 만들어낸 수수께끼 등 그야말로 괴수의 기예가 모두 녹아 있다. 이 작품이 가장 아쉬운 이유는 작가의 인지도가 미치지 못해 판매가 많이 이뤄지지 않았다는 점이다. 수록 작품 중 〈'2021년도 입시'라는 제목의 추리소설〉을 한번 읽어보시길. 감탄이 절로 나온다.

4. 2025년 출간 예정작과 기대작

우케쓰, 《이상한 집 2》

시리즈 누적 250만 부, 2024년 오리콘 소설 부문 1위, 코믹스화, 영화화 등 2020년대 일본 최고의 IP라고 해도 좋을 '이상한 집 시리즈' 두 번째 작품. 이 작품 이후 일본 미스터리 시장은 오컬트, 호러 쪽으로 돌아섰다. 2권에는 총 열한 개의 평면도가 등장하고 모든 평면도가 한데 엮이며 충격적인 결말로 독자를 인도한다.

아오사키 유고, 《지뢰 구리코》

본격 두뇌 게임, 배틀, 청춘 소설. 승부에 강한 여고생이 학교에서 여러 게임에 휘말린다는 설정으로, 논리적인 치밀한 설계, 손에 땀을 쥐게 하는 심리전이 일품이다. 현재까지 총 네 개의 랭킹을 석권하고, 야마모토 슈고로상을 받았으며, 나오키상 후보에 오르는 등 2024년 일본 최고의 엔터테인먼트 소설 자리에 올랐다.

5. 2024년 회고와 2025년 전망

코로나19 이후 출판계는 불황에서 좀처럼 회복되지 못하고 있다. 올 한 해도 작년과 비슷한 매출 수준을 유지할 것으로 판단된다. 2023년 《슬램덩크》 열풍, 2024년 노벨문학상 수상처럼 전체 시장을 유지할 만한 호재들은 있었지만, 개별 출판사들의 어려움은 여전하다.

미스터리 시장은 충성 독자층이 여전하고, 출간 종수 또한 전년에 비해 줄지 않은 것으로 보인다. 하지만 일본 미스터리 분야를 제외하고 좀처럼 활로를 찾지 못하는 상황이다. 히가시노 게이고의 신작이 미스터리 장르 전체의 자존심을 세워주었지만, 작가 인지도와 부지런한 마케팅 덕이지 시장이 성장했다고 보기는 어려울 것 같다. 전체적으로 미스터리 장르 색이 옅어지고 있다는 건 주요한 특징이다.

2025년에는 현재 일본 대중 소설의 중요한 트렌드라고 볼 수 있는 호러 스타일이 확실히 늘어날 것으로 보인다. 페이크 다큐, 이야미스, 오컬트 미스터리 등의 작품이 많이 소개되고, 미스터리 장르의 영역이 더욱 넓어질 것이다.

■ 자음과모음

1. 2024년 최고의 작가와 작품

올해 9월에 정해연 작가의 《말은 안 되지만》이 출간되었습니다. 정해연 작가는 강렬하고 몰입도 높은 스릴러, 미스터리 소설을 꾸준히 써오고 있습니다. 《말은 안 되지만》의 세 번째 소설이자 표제작인 〈말은 안 되지만〉에는 하루아침에 '말'이 되는 주인공이 등장합니다. 이대로 살아가겠다는 주인공의 말을 아무도 들어주지 않고, 털이 밀리고 주둥이가 잘릴 위기에 처하고 맙니다. 독자들이 정해연 작가의 작품에 많은 호응을 보내고 있는 이유가 이 작품에서도 명확히 드러납니다. 심장이 쫄깃해지고, 책에서 눈을 뗄 수 없게 하는 정해연 작가의 《말은 안 되지만》이 올해 최고의 작품이라고 생각합니다.

2. 2024년 새롭게 떠오르는 작가와 작품

올해 8월에 단요 작가의 《한 개의 머리가 있는 방》이 출간되었습니다. 단요 작가는 2022년부터 작품 활동을 시작해, 청소년 문학, 장르문학, 순문학까지 장르를 가리지 않고 다양한 작품을 선보이고 있습니다. 《한 개의 머리가 있는 방》에 담긴 세 편은 저마다 다른 스타일과 테마를 취하고 있지만, 모두 소름 끼치도록 비현실적이면서 동시에 처참할 정도로 현실적입니다. 단요 작가가 품고 있는 무궁무진한 이야기가 더욱더 궁금해지고, 미래가 기대되는 작가입니다.

3. 2024년 아쉬웠던 작품

올해 설재인 작가의 《우연이 아니었다》가 출간 되었습니다. 설재인 작가는 다양한 장르와 소재, 작품 세계를 탄탄하게 구축해나가고 있는 작가입니다. 《우연이 아니었다》도 처음부터 끝까지 욕망으로 점철된 인물들의 이야기가 밀도 있게 펼쳐집니다. 좋은 작품이라고 생각하는데, 판매량이 저조해서 아쉬운 마음이 큽니다. 하루빨리 많은 독자가 《우연이 아니었다》를 읽어주시길 바라고 있습니다.

4. 2025년 출간 예정작과 기대작

2025년에는 배명은 작가가 공포, 미스터리 장르의 작품을 선보일 예정입니다. 돌아가신 이모의 땅이 낯선 남자들에게 넘어갔다는 사실을 알게 된 삼 남매가, 이모의 땅인 아까시나무가 가득한 숲으로 가게 되며 벌어지는 이야기입니다. 이모와 낯선 남자들의 관계와 낯선 남자들의 정체가 무엇인지, 그 숲의 비밀은 무엇인지 궁금하시지요? 저희 자음과모음도 기대하고 있는 작품입니다.

5. 2024년 회고와 2025년 전망

2024년에는 미스터리 장르의 작품 출간 종수가 적어서 아쉬운 마음입니다. 때문에 2025년에는 더욱 다양한 작가와 작품을 선보이려고 합니다. 괴이학회와 한국추리작가협회가 함께 쓴 연작 소설을 비롯해 배명은, 이정화, 엄성용, 이지유 등 다양한 작가들의 미스터리 작품을 선보일 예정입니다. 흥미진진하고 흡입력 높은 작품이 많을 것이라 예상되기에, 좋은 판매량으로 이어지길 바라고 있습니다.

■ 시공사

1. 2024년 최고의 작가와 작품

10년의 공백을 깨고 화려하게 돌아온 명탐정 긴다이치 고스케가 활약하는

《미로장의 참극》입니다. 요코미조 세이시의 후기 활동을 이끈 대표작 중 하나로, 1978년과 2002년에 TV 드라마로 제작되어 많은 인기를 끌었습니다. 오랜만에 출간된 작품이라 마니아들의 열렬한 지지를 받은 작품입니다.

2. 2024년 새롭게 떠오르는 작가와 작품

실화에서 영감을 얻고, 15년에 걸쳐 완성한 온다 리쿠의 새로운 대표작인 《둔색환시행》과 《밤이 끝나는 곳》입니다. 《둔색환시행》은 영상으로 제작하려고 하면 만들던 사람들이 사망해버리는 저주받은 작품의 진실을 쫓는 이야기이며, 《밤이 끝나는 곳》은 작품 속에서 메시아이 아즈사가 집필했다는 저주받은 작품입니다. 단순한 액자 소설이 아니라 본격적인 메타픽션을 쓰고 싶다는 작가의 열망이 독특한 작품으로 완성되었습니다.

3. 2024년 아쉬웠던 작품

아비코 다케마루의 《늑대와 토끼의 게임》입니다. 《살육에 이르는 병》의 속편이라는 좋은 평가를 받았고 나름의 재미도 있었지만, 전작의 아우라에는 미치지 못한 것 같습니다.

4. 2025년 출간 예정작과 기대작

요코미조 세이시가 긴 다이치 고스케 이전에 창조한 전설적인 명탐정 유리 린타로가 등장하는 새로운 시리즈를 선보일 예정입니다. 우선 본인이 뽑은 베스트 10에 항상 들어가는 두 작품, 《신주로》와 《나비 부인 살인사건》이 먼저 출간 준비 중입니다.

5. 2024년 회고와 2025년 전망

내외부 환경으로 인해 잠시 숨 고르기를 했던 2024년을 뒤로하고, 2025년에는 시공사 장르문학의 주요 작가들이 신작과 함께 돌아올 예정입니다. 긴다이치 고스케 시리즈 한국어판 출간 20주년에 맞춰 새롭게 시작하는 유리 린타로 시리즈와 《앨리스 죽이기》의 작가 고바야시 야스미의 신작도 출간을 준비하고 있으니 많은 기대 바랍니다.

■ 나비클럽

1. 2024년 최고의 작가와 작품

김세화 작가의 《타오》입니다. 미스터리 장르는 어떤 장르보다 로컬리티에 영향을 많이 받습니다. 작가가 동시대를 살면서 예리하게 인식하는 사회 문제나 범죄를 통해 드러나는 병리 현상과 같은 것이 작품에 자연스럽게 녹아드는 것이죠. 그런 면에서 특수 설정 미스터리나 본격 미스터리 등 다양한 장르가 창작되기 시작한 것에 비해, 한국 사회가 당면한 문제를 다루는 묵직한 사회파 미스터리가 없다는 것이 늘 아쉬웠습니다. 그러던 차에 30년 동안 기자 생활을 하면서 우리 사회의 다양한 문제와 첨예하게 부딪혔던 김세화 작가가 한국의 구조적인 모순과 이주 노동자 문제 등을 다룬 《타오》를 발표해 한숨 돌린 감이 있습니다.

2. 2024년 새롭게 떠오르는 작가와 작품

무경 작가의 《마담 흑조는 곤란한 이야기를 청한다 - 1928, 부산》입니다. 무경 작가는 이미 《1929년 은일당 사건 기록》 시리즈 두 편을 출간한 경력이 있는 작가인데, 주요 캐릭터 중 한 명인 천연주를 주인공으로 한 스핀오프가 앞의 작품입니다. 일제강점기를 다루고 있긴 하지만, 흔히 배경이 되는 경성이 아니라 부산이 주 무대이고, 셜록 홈스 같은 천재적이며 기형적인 탐정 역의 천연주가 본격적인 추리를 선보인다는 면에서 미스터리 애호가들이 주목할 작품입니다.

3. 2024년 아쉬웠던 작품

아쉬웠던 작품도 《마담 흑조는 곤란한 이야기를 청한다 - 1928, 부산》입니다. 장르 애호가만이 아니라 일반 독자들도 좋아할 만한 요소가 많음에도 불구하고 실질적인 판매로는 이어지지 않았습니다. 나카야마 시치리가 같은 세계관을 공유하는 작품들로 '나카야마 시치리 월드'를 이뤘듯, 무경 작가도 같은 캐릭터가 활약하는 다양한 작품들이 충분히 쌓이면 더 많은 독자가 알아보지 않을까, 생각합니다.

4. 2025년 출간 예정작과 기대작

2025년에는 공민철 작가의 《내일의 별빛(가제)》이 출간 준비 중입니다. 이미 눈 밝은 독자들이 한국의 히가시노 게이고로 성장할 재목이라고 부르는 만큼, 가슴 뭉클한 휴먼 미스터리가 될 것입니다. 그리고 2024 황금펜상을 수상한 무경 작가의 작품이 준비 중입니다. 한국 미스터리의 새로운 방향이라는 평을 들었던 수상작 <낭패불감, 이러지도 저러지도 못하고>에 등장한 악마가 암약하는 연작 장편 《악마 이야기(가제)》가 나올 예정입니다. 그 외에도 한국 미스터리만이 갖고 있는 힘을 보여줄 미스터리 작품을 선보이려고 합니다.

5. 2024년 회고와 2025년 전망

2024년은 미스터리 장르만이 아니라 출판계 전체가 고전을 면치 못한 해였습니다. 팬데믹 특수가 빠지면서 웹소설 장르 역시도 엄청난 낙폭을 보였습니다. 하반기에 한강 작가의 노벨문학상 수상이 약간의 숨통을 틔웠다고는 하지만, 몇몇 특정 출판사의 호재였을 뿐 출판 전체의 부흥으로는 이어지지 못할 것 같은 부정적인 예상이 지배적입니다. 2025년에는 더 어려워지지 않을까 싶습니다. 전반적인 경기 침체가 두드러질 것이고, 정치권의 실패로 인한 온갖 악재가 동시다발적으로 터질 것으로 보입니다. 소득이 줄면 가장 먼저 지갑을 닫는 쪽이 문화생활이니 예술계 전체가 어려움을 겪을 것입니다. 사회 분위기로 볼 때 달콤한 힐링을 주었던 작품들보다는 사적 제재나 크리처, 호러 등의 폭력적인 엔터테인먼트가 강세를 보이지 않을까 생각합니다.

신인상

심사평

심사평

《계간 미스터리》신인상 심사위원

이번 호에도 20여 편의 신인상 응모작이 투고되었다. 추리소설가를 지망하는 예비 작가들의 관심과 열정에 늘 감사드린다.《계간 미스터리》신인상 심사위원들은 매호 역량 있는 신인들의 좋은 작품이 들어오길, 한국 추리문학계의 지평을 넓힐 동량을 뽑을 수 있기를 간절히 바라고 있다. 그런 면에서 안타깝지만 겨울호 신인상은 수상자가 없다.

본심에 오른 작품들은 〈독보다 무서운 것〉, 〈살인자의 대출목록〉, 〈아내를 죽이는 일흔아홉 가지 방법〉, 〈X, Y, Z의 비극〉이었다. 그외의 많은 작품은 미스터리 장르라고 하기에 곤혹스러운 투고작들이었다.

〈독보다 무서운 것〉은 독을 운반하고 당사자에게 먹게 하는 트릭을 고심한 흔적이 엿보였다. 하지만 이야기 볼륨에 비해서 너무 많은 등장인물이 나오고, 작가가 모든 인물을 제대로 조율하지 못한 부분이 아쉬웠다. 신인의 경우라면 자신감이 붙기 전까지 등장인물을 최소화하는 것도 한 가지 방법이다. 〈살인자의 대출목록〉도 독살을 소재로 한 작품인데, 주인공이 살인을 해야만 하는 동기가 약하고, 독살을 다룬 책의 도서관 대출목록을 보고 범인을 잡는다는 사건 해결 과정이 너무 쉬웠다. 〈아내를 죽이는 일흔아홉 가지 방법〉은 SF의 타임루프 소재를 활용한 작품이었는데, 마지막 반전이 공정한 단서를 제공했다기보다는 깜짝쇼에 가까웠다는 점이 아쉬움으로 남았다. 〈X, Y, Z의 비극〉은 심신미약이라는 소재와 반전은 좋았지만, 머리에 추적 장치를 심는다는 등의 추가적인 설정을 효과적으로 다뤘다고 보기에는 어려웠다. 특히 이번 호 투고작 중에서 특정 작품의 제목을 패러디한 것이 눈에 띄는데, 재치라기보다는 치기 어린 느낌이 든다. 작품을 읽으면서 어쩔 수 없이 유명 작품이 연상되기 때문에 마이너스 요인이다.

미스터리는 기본적으로 불가해한 죽음(범죄)이 발생하고 특정 용의자들 사이에서 논리적으로 범인을 추론해내는 장르다. 최근에는 하이브리드가 유행이라 SF나 판타지, 무협 등과 접목하기도 하지만, 무한한 허용이 아니라 엄정한 규칙이 요구된다. 오히려 확장성이 클수록 하드 SF에 준하는 과학 법칙이나 마법이나 무공을 제한하는 특수한 설정이 중요해진다. 작가가 제시한 법칙 안에서 불가능해 보이는 미스터리를 공정하게 풀어내야 하는 것이다. 단순히 장르를 섞는다고 능사가 아니다.

  소재가 생겼다고 무턱대고 쓰지 말고, 그 소재를 어떤 플롯과 캐릭터로 극대화할 것인지를 충분히 고민해야 한다.《계간 미스터리》신인상에서 찾고자 하는 것은 설익은 습작이 아니라 충분히 농익은 '작품'이다.

단편소설

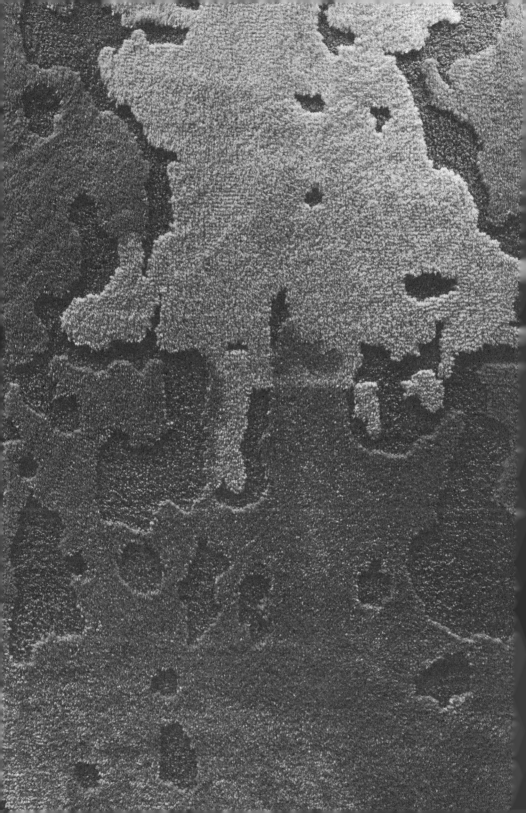

부부의 정원

박소해

1

비가 떨어졌다. 한두 방울 내리던 가랑비가 폭우로 변했다. 번개가 내리치고 천둥이 뒤따랐다. 경찰서 계단 앞에 몰려 있던 기자들이 하나둘 흩어져 주차장으로 내달렸다. 촬영 기자들은 점퍼를 벗어 카메라에 덮고 차량으로 달음박질했다. 수십 명이 제각각 다른 몸짓으로 질주하는 모습은 안무가 잘 짜인 발레 같았다. 혼돈의 군무.

밤 8시. 주차장 왕벚나무 밑에서 황동근 형사는 우산을 쓰고 담배를 피우며 기자들을 구경하고 있었다. 빗소리가 고막을 때렸다. 기자들이 사라지자 꽁초를 내던지고 움직이기 시작했다. 경찰서까지 걸어가는 몇 분 동안 온몸이 젖었다. 동근은 욕설을 내뱉으며 계단을 올라가 현관 우산꽂이 비닐 포장기에 장우산을 쑤셔 넣었다. 강력계에 들어서니 장승규 형사가 고개를 내밀었다.

"그 남편이란 작자는 어쩌고 있냐."

"계속 묵비권 행사 중입니다."

승규가 못마땅한 얼굴로 대꾸했다.

"술술 불었으면 과장님이 날 부르지 않았겠지. 다른 사건에서 빼내면서 말이야. 참 나, 저녁 쫄쫄 굶고 이게 뭐야. 마른 옷이나 좀 빌려주라."

동근은 투덜거렸고 승규는 회색 운동복을 건넸다.

"어서요. 다들 기다려요."

오늘 아침, 유명 추리소설가 박상연이 자택에서 살해된 시체로 발견되었다. 오전 10시 재활 운동 시간에 맞춰 방문했던 물리치료사가 경찰에 신고했다. 시신 근방에서 남편의 피 묻은 지문이 여러 개 나왔다. 남편은 제약회사에 출근해서 일하던 도중에 긴급 체포되었다. 추리소설가가 소설 속 피해자들처럼 잔혹하게 살해되었고 용의자인 남편이 제약회사에서 잘나가는 엘리트 연구의라는 게 알려지자 언론은 발광했다. 수갑을 찬 남편 이한의 사진이 모든 매체를 도배했다. 인플루언서 유튜버 '범죄창고'는 곧바로 자극적인 제목의 동영상을 올렸다.

'아내를 죽이고 태연하게 회사에 출근한 살인마.'

모니터실에 들어가자 요란하던 빗소리가 멈췄다. 방음 설비가 진공청소기처럼 모든 소음을 빨아들였다. 정적. 동근은 자신도 모르게 침을 꿀꺽 삼켰다. 강력계 박이문 과장과 김제기 팀장은 모니터실 매직미러 앞에 앉아 있었다. 이한은 은테 안경을 쓰고 단정한 흰 와이셔츠를 입은 채로 앉아 있었다. 아까 서를 도떼기시장으로 만들어놓은 장본인인 주제에 평생 교통 범칙금 한 번 낸 적 없는 사람처럼 담백한 얼굴이었다. 두 눈은 감고 있었다.

"백면서생처럼 얌전해 보이기만 하네."

"겉보기와 달라. 어디 네 재주 좀 보자."

박 과장의 입꼬리가 올라갔다.

"석방까지 몇 시간 남았죠?"

"40시간."

동근은 휴대폰의 알람을 40시간 후로 맞췄다.

"까짓 한번 해보죠, 뭐."

김 팀장이 동근의 귀에 블루투스 이어폰을 넣어주었다.

"우리가 너한테 할 말 있으면 이걸로 소통한다. 모니터실에 전할 말이 있으면 승규 편에 쪽지를 전하거나, 내 휴대폰으로 문자 해."

동근은 진술실 문을 열고 들어갔다. 승규가 보조로 따라붙었다. 동근이 자판기 커피, 서류철, 볼펜을 테이블 위에 늘어놓는 동안 이한은 여전히 눈을 감고 있었다.

"이한 씨. 벌써 여덟 시간째인데 슬슬 지루할 때가 되지 않았습니까?"

이한은 침묵했다.

"저도 같은 팀인데 다른 사건에 갔다가 늦게 합류하게 됐습니다. 인사 드리지요. 강력계 1팀 황동근이라고 합니다."

무응답.

"방금 소나기가 어지간했어야 말이죠. 갑자기 옷이 젖는 바람에 몰골이 이래서 죄송합니다."

동근은 옷을 손가락으로 가리켜 보이며 웃었다. 이한은 꿈쩍도 하지 않았다.

"아까 식사에 입도 대지 않았다면서요. 늦은 저녁이라도 드시겠어요?"

무반응. 동근은 자판기 커피를 이한 쪽으로 밀었다. 이한은 미동조차 없었다.

"자판기 커피 싫으면 카페 커피라도 사올까요?"

이한은 조용했다. 벽. 동근은 남자와 자신 사이에 있는 굳건하고 두꺼운 벽을 느꼈다.

"아, 변호사 접견은 원하지 않으십니까?"

"선배. 그건 아까 팀장님이 이미 얘기하셨잖아요. 원하지 않는다고 했다고."

승규가 속삭였다.

"알았어."

동근은 슬슬 초조해지기 시작했다. 보통 이 정도까지 자극하면 반응이 나와야 하는데 이 남자는 달랐다. 마음을 다독였다. 여유를 가지자. 이어폰으로 박 과장의 목소리가 들려왔다.

"동근아. 너만 믿는다. 저 남자의 알리바이를 어떻게든 파훼破毁해야 해. 40시간 안에."

파훼. 동근은 이 두 음절이 회초리처럼 자신을 후려치는 것 같았다. 박 과장은 늘 강조했다.

'알리바이를 파괴하는 것만으로는 부족해. 부순 다음에는 모조리 헐어버려야지. 용의자가 더 이상 비벼볼 건덕지가 없음을 깨닫고 완전히 항복하게.'

동근은 서류철에서 사진을 꺼냈다. 봐주기는 끝났다. 맨 앞의 사진을 이한 앞으로 밀었다.

"아내분이 발견되었을 때 모습입니다."

과학수사대에서 사건 현장을 찍은 사진이었다. 박상연은 자기 피로 만들어진 웅덩이 위에 누워 있었다. 목에 난 자상 외에 몸통에는 거의 피가 튀지 않아서 붉디붉은 카펫 위에서 곤히 잠든 것처럼 보였다. 처음 사진을 봤을 때 동근은 피해자의 얼굴이 평화로워 보인다고 생각했다. 박상연 옆에는 과도로 보이는 뾰족한 칼이 떨어져 있었다.

동근이 일부러 사진을 이한의 손에 닿게 밀었지만 반응은 없었다.

"사진을 외면하는 건, 자신이 저지른 일의 결과를 보기 싫어서입니까? 아님 현실 도피입니까?"

동근이 목소리를 높였지만 이한은 담담한 표정이었다.

"아파트 이웃에게 진술을 받았습니다. 이한 씨가 평소보다 늦게 집을 나섰다고. 별명이 인간 AI라면서요? 아침 8시에 칼 출근하는 사람이 왜 늦장을 부렸을까요?"

묵묵부답.

"살인 현장을 정돈할 시간이 필요했던 게 아닙니까? 베란다 창문을 활짝 열어놓은 것도 외부 소행으로 돌리기 위한 술수였죠?"

이한은 조용했다.

이한은 평소 오전 8시 정각에 집을 나선다. 오늘은 8시 15분이 넘은 시간에 집을 나섰고, 오전 10시에 집을 방문한 물리치료사가 박상연의 시신을 발견했다. 검안의는 사망 추정 시각이 오전 9시 전후라고 밝혔다. 집에서 전철역까지 걸어서 15분, 전철역에서 회사까지는 지하철과 도보를 합쳐서 35분이 좀 넘게 걸렸다. 이한은 9시 10분에 회사에 도착했다. 알리바이가 성립되는 셈이다.

평소와 달리 상기된 얼굴로 출근했다는 회사 동료의 진술이 있었다. 동료는 이한 팀장이 지각하는 일은 좀처럼 드물다고 덧붙였다. 게다가 오전 회의 도중에 집중력을 잃고 몇 차례 말실수하는 바람에 부장에게 주의를 받았다고 했다.

"과도는 수건으로 문질러 지문을 완벽하게 지워놓았는데 실수로 바닥에 지문이 몇 개 찍히는 바람에 이 자리에 계시게 되어, 안타깝게 됐습니다."

무응답. 신경 쓰지 않고 동근은 말을 이었다.

"알리바이가 있는 건 알고 있습니다. 사망 추정 시각에 이미 회사에 출근해 계셨죠."

이한의 입술이 약간 열렸다.

"무슨 수를 썼는지는 모르겠지만 교묘하게 알리바이를 조작했죠? 어떻게 사망 추정 시각을 한 시간이나 늦췄을까…, 정말 궁금하네요."

처음으로 이한의 입술이 조금 떨렸다.

의식하고 있나?

동근은 밀어붙이며 이한의 표정을 살폈다. 상당히 깊었던 목의 자상. 과학수사대가 놀랐을 만큼 엄청난 혈액량. 벽에 흩뿌려진 비산혈의 흔적. 적나라하게 현장을 묘사하며 말을 이어갔지만, 이한은 그사이 침착함을 되찾았다.

"이대로 시간만 흘려보낼 겁니까? 우리가 결정적인 증거를 찾아내기 전에 먼저 자백하고 협조하면 어느 정도 정상참작이 될 수도 있습니다만."

이한은 묵묵히 있었다. 박 과장이 동근의 이어폰으로 속삭였다.

"벌써 네 시간 지났다."

삽질하는 사이에 이한을 진술실에 묶어둘 수 있는 시간이 36시간으로 줄어들었다. 이쯤 되면 이판사판이다. 뭐라도 던져보자.

"우리 다른 이야기를 할까요?"

무시.

"제가 호기심이 좀 많아서 그런데요."

침묵.

"박상연 작가의 어떤 프로필에도 배우자 정보가 없더군요. 박 작가가 이한 씨와 9년 전에 재혼한 걸 많은 사람들이 이번 사건으로 처음 알게 됐습니다."

동근은 자포자기한 마음으로 말을 던졌다.

"아내분을 어떻게 만났는지 이야기를 들어보고 싶습니다."

다음 순간, 동근은 눈을 의심했다.

이한의 눈썹이 꿈틀거리며 두 눈을 떴다. 동근은 처음으로 이한의 눈동자를 봤다. 한국인치고는 멜라닌 색소가 부족한 밝은 갈색 홍채였다. 이윽고 낮은 목소리가 진술실에 울려 퍼졌다.

"10년 전, 토론회에서였습니다."

　이한은 방송녹화 시간 한참 전에 도착했다. 원래 약속에 늦는 걸 싫어한다. 분장한다는 언질을 듣고 더 일찍 갔다. 토론회가 처음이라 바짝 긴장하고 있었다.

　"생방 아니니까 너무 겁먹지 마세요. 박사님은 잘하실 겁니다."

　이한이 분장실에 앉아 있는데 막내 피디가 두 주먹을 쥐고 파이팅을 외쳤다. 코디네이터가 이한의 옷차림을 보더니 고개를 좌우로 저었다. 잠시 후 와이셔츠와 넥타이를 갈아입고 명품 재킷을 걸치니 그럴듯했다. 화장을 난생처음 해본 이한은 거울에 비친 자기 모습이 낯설었다.

　이한은 대학병원에서 신경과 전문의로 일하다가 제약회사로 이직했다. 파킨슨병과 헌팅턴병을 비롯한 난치성 신경계 질환의 치료제를 개발하는 중이었다. 작년에 팀장을 달았고 같은 회사 연구의인 지아와는 다음 해에 결혼할 예정이었다. 지아는 학부 때부터 12년을 함께한 오래된 연인이었다.

　이번 KBS 〈일요토론〉의 주제는 조력 존엄사 법안 허용 여부였다. 모 국회의원이 조력 존엄사 법안을 발의했고, 찬반을 놓고 나라 전체에서 갑론을박이 벌어지고 있었다. 서울대학교 의대 교수가 사양한 패널 자리가 이한에게 돌아왔다. 여러 번 거절했으나 의료계와 제약계 사정을 모두 아는 전문가가 필요하다며 막내 피디가 전화를 스무 통 넘게 걸며 애원했다.

　무대에 들어서자 강한 조명에 눈이 부셨다. 사회자가 이끄는 대로 자리에 앉았는데 마지막 패널 한 명이 들어왔다. 키가 작은 여자였다. 부스스한 긴 머리에 피곤해 보이는 표정이었는데도 눈을 뗄 수 없는 묘한 아우라가 풍겼다.

　'어디서 본 얼굴인데 누구지?'

이한은 여자에게서 위압감을 느꼈다. 여자는 그에게 날카로운 시선을 던지고 자신의 자리에 가서 앉았다. 이한은 여자 앞에 놓인 스탠드형 명찰에 눈길을 보냈다.

'추리소설가 박상연.'

조력 존엄사 토론 자리에 추리소설가가? 이한은 속으로 의아했지만 '죽음'을 다루는 직업이니 그럴 만도 하다 싶었다. 박상연이란 이름은 잘 알고 있었다. 몇 년 전, 신비로운 한국인 청년을 사이에 놓고 두 백인 여성이 암투를 벌이는 스릴러 《검은 눈동자》로 한국 추리문학 사상 최초로 미국추리작가협회의 에드거상 최우수 장편상을 받으면서 한국뿐 아니라 아시아 추리문학계의 긍지가 된 작가. 2004년에 일본의 기리노 나쓰오도 《아웃》으로 최종 후보까지 오른 적이 있지만 수상하진 못했다. 한국 작가가 에드거상을 차지하자 일본 언론이 앞다퉈 박상연을 인터뷰했고 일본 추리작가협회는 한국추리작가협회에 축전을 보냈다. 《검은 눈동자》는 세계 20여 개 나라에서 번역 출간됐고 할리우드 영화로도 제작됐다. 저 여자가 에드거상 수상식에서 트로피를 들고 연설하는 장면을 TV 뉴스에서 본 기억이 났다. 붉은 이브닝드레스를 입고 입가에는 자신감 넘치는 미소를 머금고 있었다.

사회자의 모두발언으로 토론이 시작되었다.

"여러분, 안녕하십니까? 조력 존엄사란 말 다들 아시나요? 죽음을 앞두고 극단적인 고통을 겪고 있는 말기 환자가 의사의 도움을 받아서 스스로 삶을 종결하는 것을 의미합니다. 최근 국회에 조력 존엄사를 허용하자는 법안이 발의됐습니다. 과연 이 제도가 필요한지에 대해 각계 전문가들 네 분을 모시고 토론하는 시간을 갖겠습니다."

사회자가 말을 시작했다.

"박상연 님은 추리소설가이자 조력 존엄사 관련 단체에서 활발하게 활동하고 있어 이 자리에 모셨습니다. 먼저 박 작가님은 조력 존엄사에 대해 어떻게 생각하십니까?"

"저는 기본적으로 타인에게 위해가 가해지지 않는다면 죽을 권리는 무제한으로 보장해야 한다고 생각합니다. 네덜란드에서는 의사에 의한 적극적인 존엄사를 허용하고 있습니다. 네덜란드는 세계 최초로 안락사법이 만들어졌는데 우리나라보다 자살률이 아주 낮아요. 오히려 안락사법이 없는 한국이 세계 자살률 1위입니다. 이를 근거로 보더라도 안락사법이 통과되면 생명 경시 풍조가 만연해질 것이라는 주장은 낭설이라고 생각합니다. 저는 가까운 가족이 난치병으로 큰 고통을 겪다 돌아가시는 모습을 지켜봤습니다. 환자 본인뿐만 아니라 가족도 이루 말할 수 없이 고통스럽습니다. 제가 조력 존엄사 단체에서 활동하고 있는 것도 그 경험 때문입니다."

"이번에는 이한 연구의께서 조력 존엄사에 대한 의견을 말씀해주실까요? 참고로 이한 연구의는 대학병원과 제약회사 양쪽의 입장을 잘 아시는 전문가입니다."

"의사들은 거의 80퍼센트 정도가 반대합니다. 첫 번째는 의사가 법적 처벌을 받을 수 있기 때문이죠. 아무리 대중의 찬성률이 80퍼센트에 이른다고 해도 법적인 제도가 제대로 정비되어 있지 않는 한 의사가 곤란한 상황에 처할 가능성은 여전히 남아 있습니다. 두 번째는 의사의 직업윤리는 생명을 존중하고 이어가는 것인데 자살을 돕는 것은 이에 어긋나기 때문입니다."

"이한 선생님. 그 의견에는 동의하지 않습니다."

박상연이 차갑게 말했다.

"의학계에서 반대하는 이유가 단지 법적 불이익과 직업 윤리 위배 때문이라고요? 왜 핵심은 피하고 고상한 이야기만 늘어놓으시죠? 의사들이 조력 존엄사를 반대하는 건 대놓고 말하자면 돈 때문이잖아요?"

박상연은 보통내기가 아니었다. 투사였다.

"뭐라고요?"

"제가 틀린 말을 했습니까? 말기 암 환자들에게 공격적인 항암제를 처방하고 기약 없는 생명 연장을 약속하면서 환자들의 돈을 탈탈 털어가고 있잖습니까? 의료계에 여명이 몇 개월 남지 않은 말기 암 환자들만큼 매력적인 고객은 없겠죠.”

이한은 울컥 치솟는 분노를 참았다. 참자. 여긴 토론회야.

“그 말씀은 현장에서 환자들을 위해 최선을 다하고 있는 의료진에 대한 모욕입니다.”

“제 말이 지나쳤다면 사과하겠습니다. 하지만 제 말에도 어느 정도는 근거가 있다고 생각합니다. 엄청난 수익을 올리고 있는 항암제 시장을 생각해보시죠.”

“의사 윤리로는….”

이한은 심호흡을 한 후 말을 이었다.

“끝까지 환자에게 최선을 다해야 합니다. 히포크라테스 선서에서 저는 그렇게 배웠습니다. 제가 제약회사로 이직하고 치료제 연구에 전념하는 것도 그 때문입니다. 제 연구로 많은 난치성 신경계 질환 환자들에게 희망을 주고 싶습니다.”

상연은 붉어진 이한의 얼굴을 보더니 입술 끝을 살짝 올렸다.

‘비웃는 건가?’

이한은 화가 치밀었다.

이한과 상연은 계속해서 치열한 토론을 벌였다. 평소 감정 기복이 거의 없는 이한이 격앙됐다. 결국 사회자가 끼어들어 두 사람의 과열된 분위기를 진정시켰다. 처음에는 찬성 2, 반대 2의 팽팽한 구도였지만 상연이 이한에게 공격을 가하면서 찬성으로 기울었다. 곧 찬성파인 노년유니온 최현구 사무처장이 이한과 말싸움을 벌였다. 반대편인 강바오로 신부는 이한을 돕기는커녕 찬성파의 연합 공세에 쩔쩔매는 형국이었다.

상연이 마지막 발언을 했다.

“우리의 몸은 유전자 정보를 태우고 분해와 재생을 거듭하면서 죽음을 향해 나아가고 있는 테세우스의 배[1]와도 같죠. 그런데 그 배를 너무 오래, 때로는 주인인 테세우스의 의지를 무시하면서 유지보수하고 있는 건 아닌가요? 테세우스의 배는 테세우스가 그만 가라앉히라고 하면 저 깊은 바닷속에 영원히 가라앉혀야 합니다. 왜 죽고 싶은 권리는 존중되지 못하나요."

토론회가 끝나고 패널들이 잡담을 주고받았다. 이한과 상연은 명함을 교환했다. 상연은 담담한 표정으로 이한의 명함을 보더니 물었다.

"아까 신경계 질환 치료제를 개발하신다고 했죠? 지금 집필 중인 소설에 헌팅턴병 환자가 나와요. 선생님을 취재하고 싶은데 괜찮으실까요? 전문가의 고견을 듣고 싶군요."

"그러시죠."

속으로 짜증을 참으며 이한이 대답했다.

막상 약속한 날이 되자 이한은 그 여자가 만남을 취소하기를 속으로 바랐다. 하루 종일 안절부절못하며 좀처럼 일에 집중할 수 없었다.

상연은 제시간에 회사로 왔고, 이한은 회사 아래층 카페에서 그녀를 만났다. 상연은 헌팅턴병에 대한 전반적인 질문을 던졌다. 성실하게 답변을 하면서 이한은 이 여자가 자신의 답을 건성으로 듣고 있다는 느낌이 들었다. 고개를 가볍게 끄덕이고 있었지만 눈길은 무심했다.

상연은 불쑥 환자 사진을 하나 봐달라고 했다. 이한은 태블릿에 뜬 뇌 MRI 사진을 들여다봤다. 미상핵이 위축된 정도로 볼 때 헌팅턴병이 상당

---

1   테세우스의 배는 그리스 신화에 등장하는 역설로, 대상의 원래 요소가 교체된 후에도 그 대상은 여전히 동일한 대상인지에 대한 사고 실험이다. 아테네의 영웅 테세우스는 괴물 미노타우로스를 죽인 후 미노스 왕으로부터 아테네의 아이들을 구출하여 델로스로 가는 배를 타고 탈출했다. 매년 아테네인들은 아폴론을 기리기 위해 델로스로 순례하는 배를 타고 이 테세우스의 전설을 기념했다. 고대의 철학자들은 "수 세기가 지나 테세우스의 배의 모든 부분이 교체된다면 그 시점의 배는 원래 배와 여전히 같은 배라고 할 수 있는가?"라는 질문을 던졌다. 플루타르코스에 따르면 아테네인들은 테세우스가 탈출할 때 탑승한 배를 보존하며 썩은 부분을 교체해왔다. 이는 "배의 모든 부분이 교체되었더라도 그 배는 여전히 '바로 그 배'인가?"라는 질문으로 요약할 수 있으며, 경우에 따라 "배의 부품을 교체하면서 원래 부품은 모두 창고에 두었다가, 모두 교체한 뒤 창고에 모인 부품으로 배를 하나 조립했다면, 무엇이 진정 '원래 배'인가?"라는 질문으로 확장되기도 한다.

히 진행된 상황이었다. 보통 헌팅턴병은 발병 후 기대 수명을 최대 25년까지 내다보는데 이 환자는 그 정도까지 버틸 수 없을 것이다.

"얼마나 버틸까요?"

"저는 진료를 안 본 지 오래됐습니다. 그래도 듣고 싶다면 길어야 10년을 내다봅니다. 물론 환자마다 상황이 다르니 보장은 못합니다."

상연은 희미하게 미소를 지었다.

"정말 흥미롭군요."

"뭐가요?"

"사실 이건 제 사진이에요."

그제야 이한은 여자가 자신을 찾아온 이유를 깨달았다. 본인이 헌팅턴병 환자이고 이한이 이 병의 치료제를 개발하고 있는 연구자였기 때문이다. 토론회에 패널로 참가한 것도 이한을 만나기 위한 치밀한 사전 계획이었는지 모른다.

'의도적으로 나한테 접근한 거야.'

이유를 알 수 없는 실망감이 몰려왔다. 머리가 차가워졌다.

"치료제 임상 시험군에 넣어달라는 부탁을 하러 왔다면 안타깝지만 아직 연구가 그 단계에 이르지 못했다는 걸 말씀드려야겠군요."

이한은 냉담하게 말했다.

"그건 오해예요. 제가 살아 있는 동안 치료제가 나올 수 없다는 건 알고 있어요. 그리고 그 치료제가 말만 치료제이지 사실은 증상을 완화하고 삶의 질을 높이는 약에 불과하다는 것도 잘 알아요. 헌팅턴병은 공식적으로 불치병이니까요."

상연은 정면으로 이한을 응시했다.

"저는 완치를 원하는 게 아니에요. 다만, 마지막 장편소설을 완성할 때까지 최대한 좋은 컨디션으로 글을 쓰고 싶어요. 박사님께 부탁이 하나 있어요."

이한은 말없이 상연을 바라봤다.

"제 주치의가 되어주시겠어요? 약 처방이 필요해요."

"담당의가 이미 있을 텐데요."

"그 선생님 약은 너무 독해요. 종일 안개 속에 잠긴 기분이에요."

상연은 싱긋 웃었다.

이한은 머뭇거렸다. 직감은 거절해야 한다고 외쳤다. 상연은 늘 규칙적인 이한의 세계에 처음으로 들이닥친 불규칙이었다. 종잡을 수 없는 존재. 그는 이 여자에게 양가감정을 느꼈다.

혐오감 그리고 매혹.

힘겹게 이한은 입을 뗐다.

"알겠습니다. 일단 다음 주에 여기로 와주세요."

이한은 두려웠다. 어쩐지 이 여자에게 휘말릴 것만 같은 예감이 들었다.

3

"두 분 사연 잘 들었습니다."

동근이 말했다.

"진료의가 아니니 직접 처방은 못 하셨을 텐데요."

"매주 만나서 진찰과 상담을 하고 대학병원 친구에게 부탁해서 대리 처방을 내렸습니다."

헌팅턴병이라는 새로운 정보가 등장했다. 언론에도 공개되지 않았던 이야기다. 박 작가는 5년 전에 나온 장편소설을 마지막으로 한동안 작품을 발표하지 않았다. 그동안 투병하고 있었던 걸까?

"그럼 10시에 방문한 물리치료사는…."

"헌팅턴병이 심해지면 몸이 말을 안 듣습니다. 재활치료를 꾸준히 받으면 몸을 움직이는 데 도움이 되지요. 아내는 이제 잘 걸을 수 없는 상태여서 물리치료사가 재택 방문을 했습니다."

"왜 투병 사실을 세상에 비밀로 한 건가요?"

"아내는 투병 사실이 알려지면 독자들이 편견을 갖고 소설을 읽을까 봐 걱정했습니다. 아내의 병을 알고 있는 사람은 단 네 명뿐이었습니다. 편집자, 저, 담당 의사와 물리치료사."

이어폰으로 김 팀장의 목소리가 들렸다.

"세 시간이 지났다. 이제 석방까지 서른세 시간."

"곧 동이 트겠군요. 잠시 쉬시죠?"

동근은 문자를 보냈다.

'팀장님. 아무래도 현장에 가봐야겠습니다. 잠깐 교대 좀 해주세요.'

이한을 내버려두고 진술실을 나왔다.

동근은 택시를 잡아타고 현장으로 갔다. 이동하는 동안 휴대폰으로 헌팅턴병을 검색했다. 박상연은 신체 기능이 많이 저하되어 집 안에서만 생활하면서 겨우 걸어 다녔을 것으로 보였다. 박상연의 집은 경찰서에서 15분 정도 떨어진, 왕벚나무 숲이 있는 오래된 아파트 단지 2층에 있었다. 새벽하늘은 캄캄했다. 아래부터 레몬색으로 물들기 시작한 동쪽 하늘을 뒤로하고 동근은 부부의 집으로 향했다. 경찰 통제 테이프를 뜯어내고 현관문을 열었다. 피비린내가 엄습했다. 손에 라텍스 장갑을 끼고 신발에 비닐 덧신을 신고 거실 불을 켠 순간 입이 떡 벌어졌다.

아름다운 실내 정원이 펼쳐졌다.

화분마다 이름이 붙어 있었다. 떡갈고무나무, 아레카야자, 인도고무나무, 벵갈고무나무, 해피트리, 녹보수, 행운목, 몬스테라, 여인초, 스파티필름, 스킨답서스, 아이비…. 피 웅덩이 바로 옆에 제법 튼실하게 잘 자란 몬스테라가 놓여 있었다. 몬스테라는 접붙이기용으로 팔면 꽤 돈이 된다는 기사를 읽은 기억이 났다. 큰 몬스테라 잎이 웅덩이 근처까지 늘어진 채 하늘거렸다.

거실에는 박상연이 죽어간 현장이 고스란히 남아 있었다. 피 웅덩이 근처 벽에는 비산혈이 뿌려져 있었고 곳곳에 피가 점점이 떨어져 있었다.

국과수 검안의 보고서에는 목을 찔렸다고 했다. 신경과 전문의 출신인 이한은 아내의 몸 상태를 잘 알고 있었다. 헌팅턴병 환자에겐 베개만으로도 충분했을 텐데. 아무리 우발적인 살인이어도.

검안의에게 전화를 걸었다. 졸린 목소리가 나왔다.

"새벽이라 죄송합니다. 황동근입니다. 과도가 살인 흉기가 맞긴 합니까?"

"실은, 이상해요."

"네?"

"과도는 흉기가 아니에요. 피의 흔적이 없어요. 그런데 상처는 과도의 크기와 일치해요. 그리고… 동맥이 멀쩡해요."

동근은 머리가 지끈거렸다. 과도에 피가 묻지 않았다? 거실에 피의 홍수가 날 만큼 엄청난 피를 흘렸지만, 동맥은 건드리지 않았다? 그런데 상처는 과도의 크기와 일치한다?

"저랑 장난하십니까?"

"아직 7시도 안 됐어요. 나머지는 약물검사 나오면 말씀 나누시죠."

검안의는 거칠게 전화를 끊었다.

거실을 지나 베란다 창을 열었다. 베란다 창문의 손잡이가 독특했다. 밖에서도 열 수 있게 되어 있었다. 아마 이한이 집에 없을 때 박상연이 베란다에 갇힐까 봐 조처를 해둔 것 같았다.

'이 손잡이 때문에 외부 침입설이 나왔던 거였군.'

아파트가 2층이고 경찰이 현장에 왔을 때 베란다 문이 활짝 열려 있었다. 충분히 가스 배관을 타고 올라갈 수 있는 높이다. 아파트 외벽에서 족적은 발견되지 않았다. 강도가 신발을 신지 않고 맨발로 접근했다고 치자. 하지만 제3자의 침입이라 하더라도 살해 동기가 뭘까? 강도? 박상연은 자신이 쓴 소설은 전부 판권을 팔았다. 몇 권은 베스트셀러가 됐다. 에드거상을 받은 《검은 눈동자》는 할리우드 영화로 만들어졌고 전 세계에서 흥행했다. 박상연은 부유하긴 했어도 엄청난 부자는 아니었다. 집 안에 도난당한 귀중품은 없었다. 부부는 검소하게 살았다. 아무래도 이한이 유력한 용의자일 수밖에 없었다. 하지만 이한은 지나칠 정도로 침착했다.

28평 아파트이지만 소파 외엔 가구가 거의 없고 푸릇푸릇한 정원 덕분인지 넓게 느껴졌다. 곳곳에 튼튼한 손잡이가 있어 몸이 불편한 박상연을 배려한 흔적이 보였다. 방은 세 개였고 모든 문은 슬라이드 형식으로 개조되어 있었다.

동근은 서재로 들어갔다. 작가답게 벽면 가득 책이 꽂혀 있었다. 소설이 많을 줄 알았는데 AI나 3D 프린팅 관련 과학 서적이 의외로 많았다. 구석에는 3D 프린터로 만든 다양한 장식품이 놓여 있었다.

냉장고를 열었다. 안에는 잡아당기면 열리는 특수한 고리가 달린 반찬통이 여럿 들어 있었다. 반찬은 모두 이한이 직접 만든 것 같았다. 반찬통마다 단정한 글씨로 언제 무엇을 먹을지 지시하는 내용의 하늘색 포스트잇이 붙어 있었다. 그 포스트잇 위에는 엉성한 글씨로 적힌 노란색 포스트잇이 덧붙여져 있었다.

'여보, 떡볶이 정말 맛있었어.'

'여보. 치료사 샘이랑 약속한 거 다 했어. 오늘 다리 스무 번.'

초등학생처럼 서툰 글씨. 아마 박상연으로서는 최선이었을 것이다. 헌팅턴병은 불수의적인 움직임에 치매까지 몰고 왔다. 5년 전에 출간한 장편은 대체 어떻게 쓴 거지.

동근은 승규에게 전화를 걸었다. 이한의 상황이 궁금했다.

"여전히 변호사 접견은 요청하지 않았고 회사에 전화 한 통만 하게 해달라고 했습니다. 실험 진행과 관련해서 부하 연구원에게 뭔가 지시하더라고요."

"이 와중에? 구체적으로 뭐라고 했어?"

"얼핏 듣기로는 '내가 가면 바로 재현 실험할 수 있게 준비해놔'라고 말했어요."

구속될 거라고 예상하는 사람이 업무 관련 지시를 할 리가 없다. 이한은 알고 있다. 자신이 곧 풀려난다는 걸.

잠깐 사우나를 하고 다시 택시를 타고 서로 향했다. 이한은 잠을 잔 후에 다시 진술실로 돌아와 있었다. 두 눈은 감고 있었다.

"주치의가 되고… 그다음엔 어떻게 됐죠?" 동근이 물었다.

이한이 눈을 떴다.

"매주 화요일, 아내가 제 회사로 왔습니다."

4

이한은 연인과 회사 동료들에게 '소설 취재'라고 둘러댔다. 진찰과 처방은 30분 안에 끝났지만, 그 뒤 긴 시간 동안 두 사람은 이야기를 나눴다. 종일 혼자 글을 쓰는 상연은 이한을 만나야 멀쩡한 성인과 제대로 된 대화를 나누는 셈이라며 웃었다.

"일주일 내내 택배 기사하고만 대화한 적도 있어요."

"그러니까 전 옛날 귀부인들이 돈을 주고 고용했던 대화 친구 같은 걸까요?"

이한이 이렇게 말하자 상연은 또 웃었다.

"진료비가 없으니 다른 걸로 받아야겠네요."

이한이 농담을 던졌다. 하지만 속으로는 오히려 돈은 상연이 받아야 할지도 모른다고 생각했다. 즐겁고 지적이고 시간 가는 줄 모르는 대화였다. 한번은 11시까지 이야기한 적도 있었다. 미처 못 다한 이야기는 회사 밖에서 계속 이어졌고 몇 번의 만남은 이한을 마구 흔들어놓았다. 두 사람은 소주방이나 와인 바에 갔다.

"제 첫 결혼은 프로크루스테스의 침대였어요."

상연이 말했다.

"그 결혼은 저라는 사람에 비해 작은 침대였어요. 남편은 착한 사람이었고 아이들을 사랑했지만, 결혼은 저와 정말 맞지 않았죠. 매일 스스로 내 목이나 발목을 자르지 않고서는 결혼생활을 유지할 수 없었어요. 전 글로 도망쳤죠."

상연은 미소를 지었다.

"눈만 뜨면 글을 썼어요. 식탁에서, 화장실에서, 공원에서, 아르바이트를 나갔다가 계산대에서…. 휴대폰으로 썼고 수첩에도 썼어요. 모든 순간 문장이 흘러넘쳤죠."

"그런 노력 덕분에 황금펜상, 추리문학상 대상, 그리고 에드거상도 받으신 거겠죠."

토론회가 있던 날, 이한은《검은 눈동자》를 밤을 새워 완독했다. 상연에게 말로 지고 어쩐지 분한 느낌이었다. 하지만 작품을 읽고 나니 인정할 수밖에 없었다. 그녀는 이야기를 할 줄 알았다.

이한은 이야기를 들을 줄 알았다. 오목과 볼록처럼 두 사람은 합이 잘 맞았다. 불쾌했던 첫 만남을 생각하면 희한할 정도로 빨리 친해졌다. 상연은 이한의 일상에 스며들었다.

"전 아빠한테서 헌팅턴병 인자를 물려받았어요. 운이 나쁘게도 아빠는 30대 초반에 발병해서 채 10년도 못 버티고 돌아가셨어요. 진행이 너무 빨랐죠…. 전 아빠를 정말 사랑했어요. 고위 공무원이었는데 정말 총명한 분이었어요. 사람들과 잘 지냈죠. 상투적인 표현 같지만, 촉망받던 인재였어요."

상연의 얼굴이 어두워졌다.

"아빠 몸 상태가 나빠지자 가족 여행을 가자고 했어요. 그때 아빠 이미 지팡이를 짚고 있었어요. 가족이 다 같이 일본으로 여행을 갔죠. 아빠는 돈을 아끼지 않고 최고급 호텔을 잡았어요. 아마 직감했던 것 같아요. 마지막 여행이라는 걸…."

박상연은 지갑에서 사진을 한 장 꺼냈다.

"이게 그 여행에서 찍은 사진이에요."

이한은 파리한 얼굴의 젊은 남자가 드레스를 입은 어린 여자아이를 안은 사진을 봤다.

"이 여행을 마지막으로 아빠는 스스로 요양원에 들어가셨어요. 더 이상 엄마를 고생시키고 싶지 않다고 했는데 그건 핑계였고 실은 가족에게 자신이 무너져가는 모습을 보여주고 싶지 않았던 거예요. 자존심이 정말 센 분이었죠."

"아버지가 보고 싶으셨겠네요."

"매일 엄마한테 아빠를 만나러 가겠다고 떼쓰며 울었어요. 하지만 엄마는 아빠한테 부탁받았는지 한 3년이 지나서야 면회를 시켜줬어요. 요양원에 간 첫날 정말 충격을 받았어요. 아빠를 전혀 알아볼 수 없었어요. 아빠도 저를 알아보지 못했고요…."

상연의 눈빛이 가라앉았다.

"아빠가 돌아가신 후 유전자 검사를 권유받았지만, 검사를 안 했어요.. 너무 무서웠어요. 만약에 헌팅턴병 인자가 있다는 사실을 알게 되면 평생 두려움에 떨며 살 것 같았죠. 에드거상 시상식 만찬이 끝나고 여자 화장실에서 첫 발작이 시작되었을 때 바로 직감했어요. 50 대 50의 확률 게임에서 내가 졌다는 걸. 오빠는 인자가 없었는데, 제가 당첨됐죠. 정말 아이러니하죠. 인생 최고의 순간에 발작을 일으키다니…. 귀국하자마자 바로 검사를 받았죠. 헌팅턴병을 진단받고 나서 남편과 바로 이혼했어요. 양육권을 다 주고 나왔죠. 병까지 걸린 마당에 더 이상 결혼생활에 얽매이고 싶지 않았어요. 저 정말 이기적인 여자죠? 대신 양육비는 열심히 보냈어요."

이한은 묵묵히 그녀의 말을 듣고 있었다.

"발병하자마자 두 아들도 바로 검사를 받았어요. 다행히 첫째는 인자가 없었어요. 하지만 둘째는….'

상연의 눈에 물기가 고였다.

'어쩌면 이건 사고야.'

이한은 그렇게 생각했다.

자신의 힘으로 통제할 수 없는 감정이 물밀듯이 밀려오는 건 교통사고와 똑같았다. 시간이 지날수록 상연을 생각하는 마음이 커졌다. 더 이상 마음을 숨기기 어렵다고 느껴질수록 필사적으로 속마음을 내면의 블랙박스 안에 묻어두었다. 그녀에게 들키지 않기를 빌었다. 영리한 저 여자가 자신의 감정을 눈치채면 달아날까 봐 두려웠다.

지아는 이한의 변화를 바로 알아챘다. 판에 박힌 일상을 살고 좀처럼 감정 변화가 없던 이한이 마치 사춘기 소년처럼 들뜬 표정을 짓거나 사소한 실수를 남발하곤 했다. 지아는 불안한 마음이 들수록 결혼 준비를 서둘렀다.

어느 날, 두 사람은 가구를 보러 갔다. 대화에 집중하지 못하는 이한에게 지아는 화를 냈다. 이한이 계속 엉뚱한 대답을 한 탓이었다.

"한이 너, 계속 이럴 거야?"

화가 난 여자 친구의 얼굴을 바라보면서 이한은 자신의 마음을 들여다봤다. 지아는 가장 젊고 찬란했던 시기의 12년을 같이 보낸 좋은 친구이자 연인이었다. 이대로 결혼해서 거짓으로 대할 자신이 없었다. 그녀에게 못할 짓이었다.

"할 말이 있어."

며칠 후 두 사람은 파혼했다.

결혼식이 예정되었던 달에, 상연이 물었다.

"제가 축의금이라도 보내드려야죠. 몇 달이나 진료와 처방을 해주셨는데요."

이한이 망설이다가 대답했다.

"실은 파혼했습니다."

상연의 눈빛이 흔들렸다.

"왜요?"

상연이 작은 목소리로 물었다.

"혹시 제가 매주 찾아오는 것 때문은 아니죠?"

"아닙니다."

이한이 단호하게 부인했다.

"이건 어디까지나⋯ 저 혼자만의⋯ 곧 정리될 겁니다. 모든 건 언젠가는 지나가게 마련이니까요. 작가님은 아무것도 신경 쓰실 필요 없습니다."

상연이 고개를 숙이더니 중얼거렸다.

"원하신다면 여자 친구분에게 말씀드릴 수 있어요. 우리 사이에 아무일도 없었다고."

"파혼은 제가 원해서 한 겁니다. 이미 지난 일입니다."

"제가⋯ 담당의를 바꿀게요. 다른⋯ 의사를 찾아볼게요."

이한의 목소리가 처음으로 높아졌다.

"뭐 하려고? 저는 결코 선을 넘지 않을 겁니다. 약속드립니다. 저를 이용하세요. 당신에게 호감이 있는 사람을 이용하세요. 예전에 처방받은 약이 너무 독한 나머지 글을 전혀 쓸 수 없어서 절 찾아온 게 아니었습니까?"

두 사람 사이에 침묵이 흘렀다.

곧 관계에 변화가 왔다.

여름이 오기 전에 이한과 상연은 혼인신고를 했다. 이한은 상연이 건강

할 때 하루라도 빨리 함께하고 싶었다. 이한은 상연의 집에 몸만 들어가 살기 시작했다. 결혼식은 가족 식사로 대신했다. 상연은 네 살 연상의 이혼녀인 자신을 이한의 부모가 싫어할까 봐 걱정했지만, 이한의 부모는 자식의 인생을 존중하는 사람들이었다.

"어차피 한번 고집을 피우면 제 말을 절대 듣지 않는 아이거든요."

식사 자리에서 이한의 어머니가 미소 지으며 말했다.

남편 겸 주치의라는 역할을 이한은 자연스럽게 받아들였다. 조용하고 내성적인 이한이 조강지처와 다를 바 없는 여자 친구를 버리고 이혼녀인 추리소설가와 결혼하자 회사가 술렁댔다. 회사 사람들의 눈총이 쏟아져도 이한은 묵묵히 견디며 연구에 몰두했다.

4개월 후 지아는 평소에 그녀를 쫓아다니던 학교 후배와 결혼식을 올렸다. 이한은 식에 초대받지 못했다.

이한과 상연은 반지 하나 장만하지 않았지만, 신혼여행은 다녀왔다. 하루키의 소설《노르웨이의 숲》을 좋아했던 상연은 노르웨이에 가자고 했다. 장시간의 비행이 염려스러웠지만, 다행히 상연은 버텨냈다. 두 사람은 세상의 북쪽 끝인 노르드 곶으로 갔다. 노르웨이의 가장 북쪽이자, 세상의 맨 끝. 북극 만년설이 시작되는 곳에서 1300킬로미터 떨어져 있는 노르드 곶의 고원은 달의 뒷면처럼 신비로웠다. 사람이 살지 않고 식물도 자라지 않는다. 세상 끝에서 불어오는 바람을 정면으로 맞으며 두 사람은 서로 손을 꼭 잡았다.

두 사람의 신혼은 채 5년을 가지 못했다. 헌팅턴병이 부부의 생활을 위협하기 시작했다. 상연은 불굴의 의지를 발휘하며 마지막 장편소설 집필에 집중했다.

"안 돼!"

어느 날 이한은 아내의 비명을 듣고 달려갔다. 상연이 방바닥에 쓰러져 있었다. 얼굴은 눈물로 젖어 있었다.

"끝이야. 이젠 희망이 없어….."

이한은 흐느끼는 아내를 일으켰다. 눈으로 노트북을 훑어보며 무엇이 아내를 절망하게 했는지 알았다. 최후의 희망으로 생각했던 스위스의 조력 자살 회사에서 상연의 가입을 거절하는 이메일을 보내왔다. 아직 기대 여명이 많이 남아 있다는 이유였다. 이한은 말없이 아내의 얼굴을 두 손으로 감쌌다. 손바닥이 축축해졌다.

상연은 몸과 마음이 피폐해졌다. 말하고 걷는 데 점점 어려움을 느꼈다. 마지막 장편소설 《푸른 안개》를 출간한 후 집필을 접었다. 외출은 아예 포기했다. 우울증에 걸린 아내를 위로하며 이한은 묵묵히 연구에 전념했다. 자신이 할 수 있는 일이 치료제 연구밖에 없다는 사실에 무력감을 느꼈다. 아무리 열심히 해도 아내는 살아 있는 동안 치료제의 혜택을 받을 수 없을 것이다. 최후를 향한 초읽기가 시작됐다. 시간이 얼마나 남았는지 알 수 없었다. 부부는 두려움 속에서 서로를 의지했다.

5

이한은 말을 마치고 눈을 감았다.

"이번에도 잘 들었습니다."

동근이 말했다.

"언제까지 저 부부의 러브스토리를 들어야 하는 거야? 알리바이를 무너뜨려야지."

김 팀장이 이어폰에 대고 투덜거렸다.

"이한 씨. 잠시 쉴까요? 밖에 다녀오겠습니다."

모니터실에 동근, 승규, 김 팀장, 셋이 모였다.

"맨 처음 입을 열었을 때 왜 이한 씨는 눈을 떴을까요?" 동근이 말했다.

"뭔 소리?"

김 팀장이 물었다.

"진술실에서 계속 눈을 감고 있었습니다. 그러다가 아내와 자신의 이야기를 꺼낼 때 처음으로 눈을 떴죠. 그게 이상하지 않습니까? 말이란 건 눈을 감고도 할 수 있잖아요. 갑자기 눈을 뜬 이유가 틀림없이 있을 겁니다."

동근은 모니터 요원에게 부탁해 이한의 진술 녹화 화면을 들여다봤다. 화면을 확대해서 이한이 처음 눈을 떴을 때 눈길이 어디로 향하는지 봤다. 처음에는 자신을 바라본다고 생각했는데 화면을 느리게 해서 확인해보니 시선의 방향이 동근보다 위쪽을 향하고 있었다.

벽시계였다. 이한의 시선은 벽시계에 꽂혀 있었다. 잠시 후 이한은 시선을 내려 동근을 바라봤다. 미세한 변화여서 녹화 화면으로 확인하지 않았다면 절대 눈치채지 못했을 것이다. 이한은 벽시계로 시간을 확인하기 위해 눈을 떴다. 휴대폰은 압수당했고 그는 시간을 볼 필요가 있었다.

"석방까지 남은 시간을 계산하려고 한 걸까?"

김 팀장이 물었다.

"글쎄요. 어떤 목표 시간대가 있었던 게 아닐까요?"

동근은 말했다.

"또 궁금해지는 건 왜 진술실에 처음 도착했을 때부터 눈을 감고 있었는가 하는 점입니다."

"그건 또 뭔 소리야?"

동근은 생각에 잠겼다.

"비언어적 의사소통."

갑자기 동근이 외쳤다.

"우리가 의사 표현을 할 때 언어로 하는 소통보다 비언어적 의사소통이 대부분이죠. 시선, 표정, 손동작, 몸짓 같은 거 말입니다. 그런데 저 남자는 진술실에 처음 들어왔을 때부터 눈을 감고 손은 차분하게 테이블 위에 올려놓고 있었죠."

"도대체 무슨 소리를 하고 싶은 거예요?"

답답하다는 듯이 승규가 물었다.

"나도 그게 궁금하다."

김 팀장이 툴툴거렸다. 동근이 웃었다.

"간단해요. 비언어적 의사소통에서 가장 중요한 게 바로 눈이거든요. 거짓말을 하거나 당황하면 눈빛이 제일 먼저 달라지니까. 저 남자는 경찰의 심문에 무너지지 않으려고 눈을 감은 겁니다. 심경이 흔들려서 경찰에게 진실을 털어놓을 가능성을 원천 봉쇄하기 위해 눈과 입을 차단해서 자신을 보호한 거죠. 특정한 시간이 될 때까지."

"그 특정한 때가 도대체 언제란 말이야?"

"그건 저도 모르죠."

"그러면 그동안 늘어놓은 아내와 자신의 러브스토리는?"

"그때까지 버티기 위한 수단이겠죠."

동근이 말했다.

"《아라비안나이트》의 셰에라자드처럼요?"

승규가 멍한 표정으로 중얼거렸다. 동근은 피식 웃었다.

그때 모니터실 문을 벌컥 열고 박 과장이 세 사람에게 외쳤다.

"지금 뉴스 좀 확인해봐."

세 사람은 뛰쳐나가 TV 화면을 봤다. 아나운서가 흥분한 어조로 말했다.

"긴급 속보입니다. 어제 아침에 시신으로 발견된 박상연 작가가 자살을 예고하는 동영상을 유튜버들에게 보냈습니다."

바로 박상연 작가의 '자살 예고 쇼'였다. 뉴스 화면 속에서 거실 소파에 앉은 박상연은 천천히 손을 흔들었다. 몸이 불편한 사람치고는 밝은 표정이었다. 한쪽 손에는 실리콘 손가락장갑을 끼고 다른 손에는 과도를 들고 있었다.

"여러분, 안녕하세요? 제 발음이 어눌해서 워드 문서로 작성한 말을 기계음이 읊고 있답니다. 양해 바랍니다. 어색한 몸짓과 발음을 보고 눈치 챈 분들도 있겠지만 전 헌팅턴병을 앓고 있습니다. 이 병은 난치병으로 나을 가망이 없습니다. 아직은 몸을 움직이고 말할 수 있지만 곧 스스로 아무것도 못하는 시기가 올 거예요.

저는 오늘 스스로 생명을 종료할 계획입니다. 기왕 죽는 김에 이 죽음에 어떤 의미 부여를 하고 싶어서 약간의 이벤트를 준비했습니다. 경찰분들이 심심하실까 봐 남편 지문을 본뜬 실리콘 지문을 준비했어요. 제 피를 조금 찍어서 바닥에 도장 찍기를 하면 경찰이 처음엔 남편을 범인으로 여길지도 몰라요. 어때요? 재밌겠죠?

물론 남편은 오늘 제가 자살할 계획인 걸 몰라요. 좀 전에 평소처럼 회사에 출근했고요. 전 그이한테 확실한 알리바이가 생길 즈음에 살해당한 것처럼 위장한 자살을 실행할 계획입니다. 자살은 3단계로 이뤄질 거예요. 우선 거실 바닥에 지난 몇 달 동안 매일 뽑아 모아둔 피로 웅덩이를 만들 예정이고요, 그다음엔 피를 주사기에 넣어 벽에 뿌려서 비산혈을 좀 흉내 낼 거랍니다. 피와 지문이 묻지 않은 깨끗한 과도를 웅덩이 근처에 일부러 흘릴 거고요. 마지막으로 웅덩이에 누워서 몇 달 전에 남편 몰래 해외직구로 구매해둔 안락사 약을 원샷 할 거랍니다. 그런데 그 약이 효과를 발휘하기까지 약간의 시간이 있어요. 전 그 시간조차도 알뜰살뜰하게 사용하려고 해요. 목에 상처를 내서 마치 경동맥에서 피가 뿜어져 나와 웅덩이가 생긴 것처럼 꾸며놓고 죽을 계획이랍니다. 미스터리가 필요하니까 목에 상처를 낼 도구에 대해선 함구하도록 할게요.

여러분, 이 자살은 장난이 아니랍니다. 10년 전에 조력 존엄사 법안이 처음으로 발의됐지만 부결되었고, 5년 전 두 번째 법안도 부결되었죠. 스위스 조력 자살 회사에 가입하려고 했지만 여명이 남았다는 이유로 거절 당했어요. 전 절망했습니다. 대체 저는 어떻게 죽어야 하나요?

난치병 환자인 저는 조력 존엄사 관련 단체에서 활동하며 계속 주장해 왔습니다. 존엄하게 죽을 권리를 허용해달라고. 태어날 때와 방식은 선택하지 못하지만, 죽을 때와 방식은 선택할 수 있어야 하지 않을까요? 하루가 다르게 신체적 능력이 소실되어가는 저는 날마다 생매장을 당하는 기분이 듭니다.

제 죽음이 계기가 되어 조력 존엄사 법안이 세 번째로 발의되기를 바랍니다. 국회의원 여러분, 힘써주세요. 여러분도 목소리를 내주세요. 이 자살은 저의 처절한 시위입니다. 조력 존엄사 법안이 통과됐다면 저는 남편 곁에서 사랑하는 이들에게 둘러싸여 품위 있게 죽었을 겁니다.

여러분의 정신 건강을 위해서 자세한 자살 과정은 보여드리지 않겠습니다. 이 동영상은 제 남편이 풀려날 수 있게 변호사를 통해 전국 유명 유튜버들에게 보내질 거랍니다.

그럼, 여러분 안녕. 5년 전에 발표한 제 마지막 장편소설《푸른 안개》많이 읽어주세요. 헌팅턴병 환자인 한 청년이 불편한 몸으로 사랑하는 이들을 위해서 목숨을 걸고 복수를 벌이는 스릴러랍니다. 그때만 해도 투병 사실을 숨기고 있어서 비평가들로부터 '진짜 헌팅턴병 환자가 쓴 줄 알았다'는 칭찬을 들었을 때 속으로 웃었습니다.

마지막 인사는 남편에게 하겠습니다. 여보. 막내를 위해서 마지막까지 연구 열심히 해줘. 당신만 믿어. 그리고 내가 친 장난 때문에 곤란을 겪게 해서 미안해. 이 동영상이 공개되면 곧 풀려날 거야. 그동안 나를 도와주고 돌봐줘서 고마웠어요. 사랑해."

동영상은 딥페이크가 아닌 진짜였다. 이한은 석방되었다. 체포된 지 이틀째 오후였다. 여론과 경찰청 윗선의 석방 압박이 심했다. 이한은 불과 이틀 사이에 살인자에서 아내를 사랑한 희생양으로 바뀌었다. 박 과장과 김 팀장은 할 수 없이 석방 서류에 서명했다.

"고생하셨습니다."

동근은 90도로 고개를 숙이고 이한을 배웅했다. 경찰차로 자택에 데려다주겠다고 했지만 이한은 단호하게 거절했다. 취재진을 피해서 뒷문으로 내보냈다. 수염이 거뭇거뭇해진 얼굴의 이한은 햇살이 눈부신 듯 손차양을 만들더니 대기시켜둔 택시를 타고 떠났다.

동근은 강력계로 돌아와 의자에 주저앉았다. 두 손으로 머리를 쥐어뜯었다. 그때 요란한 알람 음이 울려 미간을 찌푸렸다. 휴대폰 화면에 '40'이란 숫자가 떠 있었다.

6

이한은 현관 키패드를 누르고 집으로 들어갔다. 경찰이 들쑤신 후라 집 안 꼴은 흉흉했다. 죽음의 냄새와 아내의 마지막 순간에 관한 생각이 이한을 짓눌렀다. 소파에 앉자 긴장이 풀리면서 쓰러져 잠들었다.

잠에서 깨니 창으로 보이는 하늘이 어둑어둑했다. 거의 열 시간을 잤다. 현관 안으로 들어온 종이가 두 장 보였다. 하나는 옆집 이웃의 쪽지였다.

'당장 이사 가세요. 남부끄러워서 원.'

옆집에 화가 나지 않았다. 똑같은 일을 겪으면 나도 이럴지도 몰라. 담담하게 쪽지를 식탁 위에 올려놓았다. 나머지 하나는 익숙한 글씨체로 쓴 포스트잇이었다.

'오랜만이지. 남편에게 허락받고 미역국을 좀 끓여서 현관에 걸어뒀어. 초인종을 누를까 하다 경황이 없을 것 같아서 음식만 걸어두고 가. 힘 내,

한이야.'

이름은 없었지만, 지아가 보낸 쪽지였다.

이한은 무너졌다. 그 자리에서 갑자기 통곡하기 시작했다. 모든 것이 실감 났다. 상연은 죽었고, 다시는 볼 수 없다.

부검이 끝난 후 이한은 아내의 장례식을 치렀다. 언론이 들이닥칠까 봐 비공개로 진행했다. 동료 추리작가들과 편집자들이 많이 왔다. 장례 첫날에 전남편과 두 아들이 상복을 입고 왔다. 이한은 상연의 전남편을 어떻게 호칭해야 할지 한참 고민하다가 '형님'이라고 불렀다. 선량해 보이는 그는 몇 년 전에 재혼한 아내와 함께 왔다.

"전처가 이한 씨 덕분에 제대로 글을 쓸 수 있었다고 고마워했습니다. 마지막까지 잘 돌봐주어서 고맙습니다. 그 사람 장난기에 경찰에 끌려가서 고초를 겪으셨죠."

"형님, 별말씀을 다…."

전남편은 영정 사진을 보더니 옅은 미소를 지었다. 따로 영정 사진을 준비해둔 게 없어서 이한과 같이 찍은 사진에서 상연만 잘라내고 포토샵으로 배경을 지운 사진이었다. 사진 속 상연은 환하게 웃고 있었다. 상연이 아직 건강하던 무렵, 7년 전에 찍은 사진이었다.

"저랑 살 때는 표정이 저렇게 밝지 않았어요. 이한 씨와 결혼해서 다행이라고 생각합니다."

전남편은 데려온 아이들에게 인사를 시켰다. 대학생과 고등학생이 된 두 아들은 이한에게 고개를 숙였다. 이한은 막내아들에게 눈길을 보냈다. 상연이 유전자 검사에서 헌팅턴 인자가 나왔다고 말한 아들이었다. 친구들과 축구하기를 좋아한다는 아주 건강하고 활기차 보이는 소년이었다.

"막내를 위해서라도… 마지막까지 열심히 연구해줘."

상연의 말이 귀에 들려오는 듯했다.

장례를 마치고 이한은 제약회사로 출근했다. 부장이 이한을 불렀다. 3년 치 연봉에 달하는 퇴직금을 주겠다며 권고사직을 권유했지만 거부했다.

"치료제를 저만큼 잘 아는 사람은 없어서 연구를 그만두고 싶지 않습니 다. 그 편이 회사에도 이득이 될 겁니다."

이한은 간곡히 부탁했다.

"전 어떤 소동도 일으키기 싫고 조용히 연구에만 전념할 계획입니다."

"그래, 그렇겠지."

부장은 깊은 한숨을 쉬며 말했다. 더 이상의 권유는 없었다.

회사 사람들은 이한을 연구실을 배회하는 유령 취급했다. 살인 용의자 가 되었다가 풀려난 그에게 인사를 하거나 말을 거는 사람은 아무도 없었 다. 무죄로 판명됐지만 실은 아내 목을 찔렀을지도 모른다는 소문이 계속 돌았다. 알리바이가 조작되었지만 경찰이 못 찾아냈을 거라고. 어느 날 회사에 출근했더니 사무실 문에 자신이 수갑을 찬 채로 체포되어 끌려가 는 사진이 붙여져 있었고 문고리에는 에세머가 쓰는 핑크색 털 수갑이 걸 려 있었다. 이한은 사진과 수갑을 떼지 않고 그대로 두었다. 일주일 뒤, 두 개 다 사라졌다.

이한은 회사에 가장 일찍 출근해서 가장 늦게 퇴근했다. 점심도 혼자 먹 었다. 이한은 사람들이 투명 인간 취급해도 신경 쓰지 않았다. 주말에도 출근하며 묵묵히 연구를 계속했다. 원래 새치가 있던 머리에 하얗게 서리 가 내려 뒤에서 보면 노인처럼 보였다. 허리가 조금 굽었고 부쩍 야위었 다. 심한 노안이 와서 안경을 새로 맞췄다.

이한은 상연이 유산으로 남긴 아파트에서 혼자 살았다. 실내 정원도 그 대로 유지했다. 퇴근하고 집에서 식물에게 물을 줄 때면 아내의 영혼이 곁에 머무르는 것처럼 느껴졌다.

상연의 다섯 번째 기일에 이한은 평소처럼 출근했다가 퇴근길에 유골

함이 있는 추모 공원으로 갔다. 최근 발표한 논문을 납골당 안에 넣었다. 파킨슨, 헌팅턴병을 비롯한 신경계 질환자들의 삶의 질을 획기적으로 높여줄 수 있는 치료제에 관한 연구논문이었다. 지난 5년간의 연구 성과를 고스란히 쏟아부은 논문을 제일 먼저 아내에게 보여주고 싶었다.

"여보. 미국 연구의와 같이 쓴 공저 논문이야. 당신 막내를 위한 연구이기도 해. 이 연구를 토대로 수많은 신경계 질환 및 헌팅턴병 환자들을 위해 새로운 치료제를 만들려고 해."

논문 옆에는 상연이 늘 마셨던 예가체프 커피를 한 잔 올려뒀다.

"커피 생각 날 거 같아서…. 난 잘 지내. 내 걱정은 하지 마. 아참, 조력 존엄사 법이 세 번째로 발의됐어. 당신 이름이 많이 나오고 있어. 15년 넘게 시도한 노력이 이번엔 결실을 볼지도 몰라. 당신 동영상이 계속 뉴스에 나와서 반갑기도 하고 서글프기도 하고 그래."

이한이 말을 마치자, 뒤에서 귀에 익은 목소리가 들려왔다.

"오실 줄 알았습니다."

동근이었다. 몇 년 만에 보는 그는 초췌한 모습이었지만 눈빛은 형형했다. 이한은 순간 숨이 멎을 것처럼 놀랐으나 묵묵히 눈인사했다.

"오랜만이네요. 오늘 여기에 오면 만날 것 같았습니다. 회사에 찾아가면 절대 안 만나주시니까요."

이한은 동근을 외면하고 뒤돌아서서 빠르게 걷기 시작했다. 동근은 급하게 이한을 따라오면서 말을 붙였다.

"절 멋지게 속이셨더군요. 두 분이."

이한이 발걸음을 멈췄다.

"아직 조력 존엄사 법이 통과되지 않은 상황에서 의사 남편이 자살을 도우면 자살 조력 혐의로 감옥에 갈 수 있지요. 두 분은 그 사실을 누구보다도 잘 알고 있었습니다. 게다가 부인은 추리소설가라 사법 절차를 꿰뚫고 있었죠."

"왜…."

이한은 작게 한숨을 쉬었다.

"저한테 왜 이러시죠? 이미 다 지난 일 아닙니까."

"패배한 형사의 자존심이라고 해두죠."

이한은 멈춰 섰다. 동근은 절대 물러설 것 같지 않았다. 체념한 표정으로 이한이 말했다.

"커피나 한 잔 하시죠."

이한은 동근을 집으로 데려갔다. 몇 년 사이에 더 자란 몬스테라를 보더니 동근은 감탄했다.

"몬스테라가 정말 잘 자랐군요. 정원은 여전하네요. 이렇게 멋진 실내 정원은 본 적이 없습니다."

"고맙습니다."

이한이 커피를 내오자마자 대뜸 동근이 입을 열었다.

"대체 어떻게 한 겁니까?"

"뭘요?"

"부인 목을 찌른 흉기요. 과도에선 지문도 피도 안 나왔으니까, 틀림없이 다른 흉기가 있었을 텐데요. 그때 이한 씨는 직장으로 출근하는 중이었으니까 다른 사람이 대신 다른 흉기로 찔러줄 수도 없었을 겁니다. 부인 혼자서 감당할 수 있는 흉기여야 했을 겁니다. 경찰이 들이닥치기 전에 어딘가에 숨기기 쉬워야 했을 거고. 아, 부인이 마신 안락사 약을 담은 용기는 대체 어디에 숨긴 겁니까? 초동 수사 때 흉기와 안락사 약은 나오지 않았습니다."

"…."

"모든 증거는 이한 씨가 체포당할 만큼은 수상해야 하고 무죄로 풀려날 만큼은 어설퍼야 했습니다."

"다시 한번 말하자면 저는 아내가 그날 아침에 자살할 계획이라는 걸

전혀 몰랐습니다. 내 지문으로 실리콘 지문을 만든 것도."

"여전히 눈뜨고 당했다고만 할 겁니까?"

동근은 물러서지 않았다.

"부인과 그날 실행하기로 의논한 거였죠? 과도를 살해 흉기처럼 흘리고, 베란다 문을 일부러 활짝 열어서 외부인의 소행으로 꾸미고, 지문을 바닥에 찍어서 모든 혐의점을 남편에게 돌려서 의심받게 했다가 짜잔! 하고 구원의 동영상으로 석방하는 시나리오였습니까?"

"맹세코 저는 아내의 계획을 전혀 몰랐습니다."

이한은 미소를 지었다.

"커피 다 드셨으면 가주시겠습니까? 요즘 체력이 떨어져서 일찍 자야 해요."

"그날 왜 평소보다 15분 늦게 나왔습니까? 그 15분 동안 도대체 어디에서 뭘 한 거죠? 지난 5년 동안 생각하고 또 생각했습니다. 이한 씨는 순결한 희생양이 아니라 공범이라고."

이한은 아무 대답도 없이 손가락으로 현관문을 가리켰다. 동근은 순순히 일어나더니 현관으로 향했다. 그는 문 앞에서 뒤돌아서 이한을 노려봤다.

"전 다시 올 겁니다."

동근은 위협하듯 말하고 나갔다. 이한은 깊은 한숨을 쉬었다.

그날의 기억이라면 선명했다.

동근이 계속 집착하는 트릭은 알고 보면 한심했다. 아내는 물리치료사를 공범으로 끌어들였다. 아내는 3D 프린팅을 공부했다. 과도와 똑같은 모양의 플라스틱 칼을 복제했고 이한에게 보여주기까지 했다. 물론 이한은 자살을 위해 플라스틱 칼을 만들었을 거라곤 꿈에도 생각하지 못했다. 물리치료사가 10시에 문을 열고 들어오자마자 죽은 아내 손에 있던 플라스틱 칼을 가져갔다.

안락사 약은 방수가 되는 몬스테라의 큰 잎 안에 숨겨놨다가 들이마셨을 것이다. 둥근 잎 안에 치사량 한 봉지 정도는 충분히 넣어둘 수 있었다. 남은 약봉지 역시 물리치료사가 가져갔다.

그날, 이한은 아침에 일어나자마자 아내가 평소와 다르다는 것을 바로 느꼈다. 계속해서 크고 작은 실수가 잦았고 이한과 눈을 안 마주치려고 했다. 본능적으로 알 수 있었다.

'오늘이구나.'

이한은 망설였다. 아내가 요즘 들어 변호사와 자주 통화하고 조력 존엄사 법안을 발의한 국회의원과 문자를 주고받는 것도 알고 있었지만 모른 체했다. 혹시 최후의 결정을 내리더라도 남편인 자신에게는 반드시 얘기해줄 줄 알았다. 하지만 말없이 결행한다니. 눈물이 날 만큼 섭섭했지만 참았다. 자신이 눈치챘다는 걸 알면 아내는 계획을 포기할 것이다.

출근을 앞두고 상연은 평소보다 길게 포옹했다. 입술에 키스도 했다. 일부러 이한은 귀찮다는 듯한 반응을 보였다. 자신이 유난히 반응하면 아내가 이상하게 여길 거로 생각했다. 그런 이한에게 아내는 끝까지 웃어줬다. 아내는 천천히 말했다. 요즘 발음이 새서 말이 아주 어눌했다.

"몇 시에 들어올 거야?"

"알잖아. 오늘 늦어."

이한은 속으로 몇 번이나 재택근무를 하기로 했다면서 회사에 나가지 말까 하다가 참았다. 오늘 계획을 무산시키면 내일 저지를지도 모른다. 어차피 언젠가는 실행할 것이다.

"다녀올게."

살아 있는 아내에게 마지막으로 인사를 하며 이한은 평소처럼 뒤를 돌아보지 않고 현관문을 닫았다. 발걸음이 떨어지지 않았다. 천천히 계단을 내려가다가 넘어질 뻔했다.

'아직 늦지 않았어. 이제라도 다시 집으로 돌아가서….'

계단 밑 자전거 보관소에 한동안 머물렀다.

'하지만 다시 돌아가면? 오늘 못하게 해봤자….'

이한은 얼굴에서 흐르는 물이 땀인지 눈물인지 알 수 없었다. 분명한 건, 아내의 계획이 성공하려면 자신이 회사에 지각하면 안 된다는 사실이 었다. 휴대폰으로 시간을 보고 당황했다. 벌써 7분이 흘렀다. 바위처럼 무거워진 발걸음을 천천히 떼며 자전거 보관소를 나왔다. 지하철역까지 평소처럼 걸어가려고 노력했지만 몇 번이나 집으로 되돌아가고 싶었다. 걸음이 점점 느려졌다.

왕벚나무를 지나면서 고개를 들어 하늘을 보았다. 벚꽃 잎이 점점이 흩날렸다. 꽃잎 하나가 이한의 뺨에 잠시 붙었다가 바람을 타고 날아갔다.

7

이한은 매일 자로 잰 듯 똑같은 하루를 보냈다.

연구에 매진하는 나날이었다. 그가 연구한 치료제가 드디어 상용화되자 갑자기 주변 반응이 달라졌다. 언론에서 취재 요청이 들어오고 매체에서 영웅 대접을 했지만, 이한은 별 반응을 보이지 않았다. 모든 언론 인터뷰를 거절했다.

매년 봄 새로 들어오는 신입 연구의를 받으며 이한은 자신이 쇠락해간다는 생각이 들었다.

'나이가 들어도 머리가 굳어져선 안 돼.'

틈틈이 스도쿠를 풀고 헬스클럽 운동 시간을 늘렸다.

그래도 나이를 피할 수 없는지 어느 겨울에 지독한 독감을 앓고 이한은 오후 반차를 냈다. 약을 먹고 잠든 다음 날 아침에 눈을 떴는데 도저히 일어날 수 없었다. 회사에 하루 쉬겠다고 통보하자 전화를 받은 부하 직원은 놀라는 눈치였다. 이한이 결근을 한다는 게 상상이 가지 않는 모양이었다. 허둥대는 직원의 목소리에 이한은 쓴 미소를 지었다.

아내가 죽은 후 몇 년 동안이나 제대로 휴가다운 휴가를 가본 적이 없으니 휴가로 생각하기로 했다. 실내 정원은 규모를 줄였지만 꾸준히 관리했다. 식물들에 물을 주고 턴테이블에 바흐 피아노 모음곡 레코드를 걸고 커피를 내리고 있는데 휴대폰이 울렸다. 낯선 외국 번호. 혹시 보이스피싱인가 싶어 받지 않았다. 끈질기게 벨소리가 울려서 받아보니 누군가가 영어로 말을 걸었다. 이한은 묵묵히 상대방의 말을 듣고만 있었다.

"…미스터 리? 왜 대답이 없습니까? 제 말을 이해했습니까?"

"이해했습니다."

"좋은 소식이 있기를 기원합니다."

이한이 노벨 생리의학상 후보에 올랐다는 소식이었다. 치료제 연구를 함께했던 중국계 미국인 연구의와 공동 지명이긴 하지만 한국인 최초의 노벨 생리의학상 후보였다. 정말 축하한다는 호들갑 섞인 축하 인사가 뒤따랐다. 이한은 기어 들어가는 목소리로 알았다고 말하고 통화 중지 버튼을 눌렀다.

소식이 금세 퍼진 모양이었다. 몇 분 후 지인들로부터 축하 전화가 빗발치기 시작했다. 이한은 휴대폰을 꺼버렸다.

이한은 멍한 상태로 커피를 잔에 따랐다. 커피가 흘러넘치자 허겁지겁 행주로 식탁을 닦았다. 커피 잔을 들고 식탁에 앉았다. 노벨상 후보는 전혀 예상하지 못했던 일이었다. 수상 여부와 상관없이 이한의 치료제는 세계적으로 인정을 받았다. 가슴이 벅차올랐다.

상연의 막내아들이 발병한다면 이 치료제의 도움을 받으면 좋겠다고 생각했다. 세상의 많은 헌팅턴병 환자들이 치료제 덕분에 희망을 되찾기를. 정작 사랑하는 아내는 혜택을 누리지 못하고 스스로 세상을 떠났지만 말이다.

그날이 떠올랐다.

그날, 왕벚나무 아래를 지나던 이한은 결국 자제심을 잃고 미친 듯이 뛰어서 집으로 돌아갔다. 현관문을 거칠게 열자 아내는 울고 있었다.

"오늘이지?"

　이한은 가쁜 숨을 몰아쉬며 말했다. 아내의 마른 어깨에 두 손을 얹었다. 아내는 흐느끼면서 고개를 끄덕였다.

"내가 뭘 하면 되는지 지금부터 하나도 빠짐없이 말해줘."

　황동근 형사가 옳았다. 좋은 형사야. 이한은 생각했다. 아내의 계획대로 이한은 체포됐고 때가 오기를 기다렸다. 아내와 자신의 이야기를 하면서 정신을 똑바로 유지할 수 있었다. 아내 이야기를 하는 동안만큼은 살아서 곁에 있는 기분이 들었다.

"언젠가 당신은 노르웨이처럼 몹시 추운 나라에 갈 거야. 좋은 일로."

　그날, 부부가 의논을 마치고 상연이 현관문을 닫기 전에 마지막으로 했던 말이 생각났다. 마치 예언 같았던 그 말. 그 말이 어쩌면 현실이 될지도 모른다.

"고마워. 여보."

　당신의 추리가 맞기를. 스웨덴도 노르웨이 못지않게 추운 나라지.

　이한은 고개를 숙였다. 저절로 눈가가 젖었다. 한참 동안 그는 고개를 들지 못했다. 바흐의 선율이 부엌에 울려 퍼졌다. 한 모금도 마시지 않은 커피는 그대로 식어갔다.

　머리를 드니 식탁 건너편에 아내가 머그잔을 들고 앉아 있었다. 가장 건강하던 모습으로 환한 웃음을 지은 채.

"그러게, 내가 뭐랬어."

　머그잔을 들어올리며 상연이 윙크를 보냈다.

이한은 커피 잔을 들어 상연이 든 잔에 부딪혔다. 챙 하는 소리는 들리지 않았다. 상관없었다. 그는 천천히 미소를 지었다. 아침 햇살이 창백한 백발 위에 쏟아졌다. 창으로 들어온 바람에 몬스테라의 큰 잎이 부드럽게 어깨를 어루만졌다.

박소해 이야기 세계 여행자. 한국추리작가협회 정회원. 추미스, 호러, 판타지, 역사, 로맨스, SF 등 장르의 경계를 넘나드는 몽상가. 선과 악의 경계를 넘어 인간의 본성을 깊숙이 다루고자 한다. 시각화에 강한 이야기꾼이란 소리를 듣는다. 한국의 셜리 잭슨이 되고 싶다.

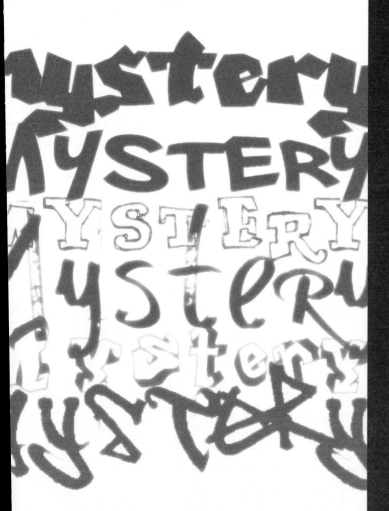

이것은 유해한 장르다

박인성

스터리는 어떻게 힙한 장르가 되었나

날카로운 믿음

배상민

"선배. 그때 그 사건, 피해자 어머니가 딸을 죽이고 자기도 자살했다던데 맞아요?"

기태가 책상에 앉으면서 물었다. 나는 대답하지 않았다. 기태도 답을 바라고 한 말은 아닐 것이다.

"솔직히 선배가 잘못한 건 없잖아요. 승진 앞두고 이런 일 터져서 골치 아픈 사람은 가만히 있는데, 다들 왜 그러는지…."

기태는 짐짓 내 편을 들어주었다. 나는 그런 그를 빤히 쳐다보았다. 기태는 내 눈치를 슬쩍 살피더니 모니터를 보는 척했다. 나도 안다. 그도 속으로는 뒤에서 이러쿵저러쿵 입방아를 찧어대는 이들과 같은 마음이라는 걸.

일주일 전, 우리 팀은 불치병 환자를 낫게 해준다는 사이비 종교 기도원의 원장을 체포한 적이 있었다. 사기 금액이 적지 않아서 언론의 주목을 꽤 받기도 했다. 사실 승진을 목전에 둔 나로서는 꼭 해결했어야만 하는 사건이었다. 그래서 반장은 내가 직접 기도원장을 수갑 채울 수 있도록 배려해주었고, 나는 사진 기자들의 플래시 세례를 받으며 뉴스에 얼굴을 알릴 수 있었다. 하지만 지금은 그게 독이 됐다.

기도원장을 체포해서 차에 태울 때였다. 누군가 내 옷깃을 붙잡았다. 돌아보니, 은채 어머니였다. 곁에는 휠체어에 앉아 가쁜 숨을 내쉬고 있는 은채가 있었다. 이제 겨우 열 살이 된 은채는 병원에서 3개월 시한부 판정을 받았다고 들었다. 은채 어머니는 그야말로 지푸라기라도 잡는 심정으로 이 기도원을 찾았다. 기도원장은 은채 어머니에게 자신이 주는 생명수를 석 달 동안 꾸준히 마시면 반드시 낫는다고 장담했다. 절망적인 말만 듣던 은채 어머니에게 그 말은 구원의 목소리로 다가왔을 것이다. 생명수 한 병에 100만 원이라는 터무니없는 돈을 내면서도 은채 어머니는 기도원장에게 그저 감사하는 마음뿐이었다. 아이도 점점 기력을 찾아가는 것 같았다. 그런데 이제 와서 기도원장이 사기꾼이고 그가 준 생명수가 수돗물을 페트병에 담아놓은 것에 불과했다니…. 은채 어머니는 내 옷깃을 잡으면서도 믿을 수 없다는 표정을 지었다.

"형사님. 정말 저분이 사기꾼인가요?"

은채 어머니의 목소리가 심하게 떨리고 있었다. 기태는 내 옆구리를 찔렀다. 아무 말도 하지 말고 가자는 뜻이었다. 나도 기도원장을 차에 욱여넣고 문을 닫으려고 했다. 그런데 은채 어머니가 그러잡고 있는 옷깃을 뿌리칠 수가 없었다. 그녀는 온힘을 다하고 있었다. 곤란했다. 그쪽으로 돌아서자 기태는 내 어깨를 붙잡고 고개를 가로저었다. 나는 헛기침을 했다.

"저 사람, 사기꾼이 맞습니다. 그러니 더 늦기 전에 은채를 치료할 방법을 찾아보세요."

은채 어머니는 비로소 옷깃을 놓았다. 그리고 두세 걸음 물러서더니 은채를 꼭 끌어안았다. 순간 그녀의 눈에 절망의 빛이 스쳤던 것도 같은데, 나는 그대로 차에 올랐다.

사흘 뒤 모녀의 자살 소식을 들었다. 정확히 말하면 은채 어머니는 자살, 은채는 어머니에 의한 타살이었다. 이 끔찍한 소식은 또다시 뉴스를 탔다. 나는 카메라 세례를 받은 만큼 엄청난 질타를 받아야 했다. 목전에 왔던 승진도 그만큼 멀어지고 있었다.

"죄지은 자는 합당한 벌을 받아야 해. 우리는 그걸 했을 뿐이야."

나는 자리에서 일어서면서 중얼거렸다. 딱히 기태더러 들으라고 한 말은 아니었다. 그저 아주 오래전 누군가에게 들었던 말을 내뱉었을 뿐이다.

옥상에 가서 기분 전환이라도 하려고 했는데, 반장이 먼저 나를 막아섰다. 내가 멀뚱멀뚱 서 있자, 파일 하나를 내밀었다.

"이게 뭡니까?"

"사건. 가면서 봐. 어려울 것 같지 않으니까, 이참에 바람이나 좀 쐬고와."

나는 떨떠름한 표정으로 파일을 받았다. 반장은 기태를 보면서 말했다.

"갈 때 기태 네가 운전해."

"네. 반장님."

기태가 차 키를 챙기면서 일어섰다.

"어딘 줄 알고 일어나는 거야?"

나는 기태를 보면서 어이없다는 듯 물었다.

"어디로 가야 하는지는 파일에 있겠죠, 뭐."

기태가 태평하게 대답했다. 반장은 어서 나가라는 손짓을 하고 돌아섰다. 나를 이 분위기에서 건져주려는 의도일 것이다. 눈치가 빠른 기태는 반장의 속내를 알아챘을 것이고. 나는 반장에게 인사하고 서를 나섰다.

현장으로 향하면서 파일을 들춰보니 하필 이번에도 사이비 종교와 관련한 사건이었다. 변사자의 이름은 사춘호. '천국 생명'이라는 교단의 교주였다. 사춘호는 자신의 방에서 잠을 자다가 화재가 발생하는 바람에 미처 빠져나오지 못하고 죽었는데, 부검 결과 유독 가스에 의한 질식사였다. 질식사는 화재가 발생하면 가장 빈번하게 보고되는 사인이다. 특이사항은 수면제 성분이 몸에서 검출되었다는 것이다. 하지만 불면증 환자가 처방받는 수준일 뿐 치사량은 아니었다. 다만 수면제로 인해 잠에 취하는 바람에 화재 당시 미처 빠져나오지 못하고 사망한 것으로 추정되었다. 즉 화재에 의한 사고사로 보는 것 외에는 딱히 다른 혐의점을 찾기는 어려운 사건이었다. 나는 탁, 소리 나게 파일을 덮었다. 운전하던 기태가 슬쩍 돌아봤다.

"왜요? 할 일이 많아요?"

"아니야."

나는 한숨을 섞어 말하고는 차창으로 고개를 돌렸다. 사건 현장으로 가는 길이 낯익었다. 끔찍할 정도로 많이….

＊

살면서 누구에게도 털어놓은 적이 없지만, 나의 엄마는 천국 생명이라는 사이비 종교에 빠진 나머지 전 재산을 갖다 바치고도 모자라 교주라는 자의 수발을 들며 공동체 생활을 하던 사람이었다. 그리고 그 천국 생명이 지금 내가 가고 있는 곳이다. 30년 전, 열 살이 되던 해까지 나도 엄마를 따라 천국 생명의 공동체 숙소에서 살았다. 그 시절 나는 선택된 아이였다. '천사'라고 불렸고, 엄마는 그런 나를 몹시 자랑스러워했다. 천사의 임무는 교주를 옆에서 받드는 것이었는데, 실상은 밤마다 잠자리에 끌려가는 것이었다.

천사는 나 말고 또래의 여자아이도 있었다. 우리 둘은 밤마다 오들오들 떨면서 교주의 가혹한 성적 학대를 견뎌야 했다. 천사하기 싫다고 엄마에게 떼를 써보기도 했지만, 돌아오는 것은 매질뿐이었다. 그이는 나를 때리며 울었다. 천사가 되는 것이 얼마나 큰 축복인 줄 모르는 내가 답답해서였다. 교주와 관계하는 것이 너무 아파서 여러 번 거부한 적도 있었다. 그때마다 교주는 나를 어두운 독방에 가뒀다. 죄지은 자는 합당한 벌을 받아야 한다고 말하면서…. 천국이라고 불리던 곳이지만 나에게는 지옥이었다. 그래서 그곳에서 탈출해야겠다고 결심했다. 교주의 말에 따르면 지옥은 죄지은 자가 가는 곳이다. 나는 천사였으므로 내가 있어야 할 곳이 아니었다.

교주와 잠자리를 한 지 1년쯤 되었을 때, 나는 밤에 몰래 일어나서 그의 책상에 놓여 있던 편지 칼을 집어들었다. 날이랄 것은 없지만 끝이 꽤 뾰족했다. 나는 편지 칼을 들고 벌거벗은 교주의 몸을 내려다보다가 가장 증오스러운 놈의 성기에 힘껏 내리꽂았다. 죄지은 자는 합당한 벌을 받아야 하니까. 교주는 살면서 한 번도 들어보지 못한 목청으로 비명을 질러댔다. 나는 창문을 깼다. 그리고 함께 있던 여자아이에게 손을 내밀었다. 하지만 그 아이는 고개를 저었다. 대신 교주 방문의 문고리를 붙잡으면서 달아나거든 자신을 꼭 구하러 와달라고 했다. 곧이어 방문을 거세게 두드리는 소리가 났다. 여자아이는 힘껏 버텼다. 나는 다시 돌아오겠다는 말을 남기고 창을 넘어 그곳을 빠져나왔다.

그 후 다시는 돌아가지 않았다. 대신 보육원을 찾아갔다. 그곳은 내가 언제나 꿈꾸던 천국이었다. 엄마가 없는 아이들만 있으니까. 나는 모든 기억을 잃은 척했고, 새로운 이름을 얻었다. 물론 보육원 생활도 만만치 않았지만, 천국 생명에 비하면 그야말로 천국이었다. 그렇게 보육원에서 자라면서 나는 천국 생명도, 그 아이도 잊어갔다.

보육원에서 나온 후에는 마술사의 조수가 됐다. 이상하게 기적을 보여주는 일을 해야 할 것만 같았다. 빌어먹을 교주의 흔적이 그때까지 남아 있던 것인지도 모르겠다. 하지만 마술을 배울수록 교주가 신도들에게 행했던 어설픈 기적이 떠올랐다. 어쩌면 교주는 삼류 마술사였는지도 모른다는 생각이 들 때쯤 나는 더 이상 마술을 배울 수가 없었다. 조수를 그만둔 후에는 교주와 완전히 결별할 수 있는 일을 찾고 싶었다. 그래서 형사가 됐다. 사기꾼이 형사를 찾는 일은 없을 테니까.

그런데 이제 와서 내 발로 천국 생명을 찾아가고 있다. 반장이 건넨 파일을 확인하지도 않고 맡은 게 잘못이었다. 그럼에도 이 일을 고사하기는 어려웠다. 내가 사건을 맡지 않겠다고 하면 반장은 이유를 캐물을 것이고, 나는 끔찍했던 과거를 털어놓아야 할지도 몰랐다. 이를 앙다물고, 과거에 알던 누굴 만나든 시치미를 뚝 떼며, 한 번은 참아보자 마음먹었다. 하긴 천국 생명을 떠나고 많은 시간이 흘렀다. 나도 중년에 접어들었으니, 누가 알아볼까 싶었다.

*

천국 생명은 그사이 많이 변해 있었다. 내가 살 때만 해도 황무지에 컨테이너 몇 개만 갖다 놓은 정도였다. 그런데 지금은 제법 번듯한 건물들이 자리 잡고 있었다. 정문 맞은편에는 중형 교회 크기의 예배당이 있고, 오른편에는 이층짜리 빨간 벽돌 건물이 외따로이 서 있었다. 위층은 불에 타서 벽의 왼쪽 면이 흉측하게 그을린 모습이었다. 지붕도 일부가 내려앉은 것으로 봐서 불길이 얼마나 대단했는지 짐작할 수 있었다. 속으로 천벌이라는 게 있다면 교주가 받은 것이라고 생각했다. 그 집의 맞은편에는 기숙사 같은 건물이 몇 동 있었는데, 공동체 생활을 하는 사람들의 숙소로 보였다.

나와 기태는 예배당으로 향했다. 기억이 맞다면 이 시간에는 모두 모여서 자신의 죄를 고백하고 있을 것이다. 당시 교주는 죄를 고백한 신도들의 뺨을 세차게 때려서 합당한 벌을 내렸고, 죄를 씻어주었다고 했다. 모욕을 당했음에도 뺨을 맞은 신도들은 편안한 표정을 지었다. 심지어 더 때려달라고 애원하는 이도 있었다. 돌이켜 생각해보면 비겁한 자들이었다. 죄를 씻으려면 교주에게 뺨을 맞을 것이 아니라 죄지은 상대에게 가서 고개를 숙이고 그에 걸맞은 벌을 받았어야 했다.

예배당 문을 지키고 서 있는 사람에게 경찰 신분증을 내보였다. 그는 아주 조심스럽게 문을 열어주었다. 예배를 방해하지 말라는 뜻일 것이다. 일단은 예배당 맨 뒤쪽 벽에 기대서서 이들의 모습을 지켜보았다. 어차피 신도 대표를 만나려면 예배가 끝날 때까지 기다리는 수밖에 없었다.

사건 파일에 따르면, 강단에서 교주 대신 예배를 이끄는 사람은 이지현으로 나이는 나와 같은 마흔 살이었다. 교주가 사망하고 난 후 그의 신원을 확인해준 사람이기도 했다. 교주는 가족이 없었기 때문에 신도 중 한 명이 나섰다. 지현은 수녀를 연상시키는 회색의 수수한 원피스 차림에 화장기 없는 얼굴이었지만, 멀리서도 큰 눈과 곧바른 콧날이 돋보이는 미인이었다. 기록을 미리 읽지 않았다면 서른 살 초반으로 보일 만큼 동안이기도 했다. 지현의 얼굴을 지켜보는 동안 뇌리에 떠오르는 한 사람이 있었다. 나와 함께 천사라고 불리던 그 아이…. 나는 무의식적으로 고개를 가로저었다.

예배가 끝나자 지현은 '속죄의 길'을 준비하라고 지시한 후 강단에서 내려갔다. 속으로 여기는 30년이 지나도 변한 게 없구나 생각했다. 아니나 다를까, 예배당 내에 장엄한 음악이 울려 퍼지기 시작했다. 익숙했다. 아마도 어렸을 때 들었기 때문이리라. 그런데 내 예상과는 달리 신도들은 뺨을 얻어맞을 준비를 하는 대신 일렬로 서서 예배당 밖으로 향했다.

"뭘 하려는 걸까요?"

기태가 물었다. 나는 가볍게 어깨를 으쓱했다. 그러고는 그와 함께 신도들의 행렬에 섞여 들었다.

예배당 마당에는 앞서 빠져나간 사람들이 무엇인가를 빙 둘러싸고 서 있었다. 다가가서 보니 언제 준비했는지, 아직 불씨가 꺼지지 않은 벌건 숯들이 대략 10미터가량 깔려 있었다. 나는 단박에 이것이 '속죄의 길'이라는 것을 알 수 있었다. 이미 주변은 숯이 뿜어내는 열기로 후끈했다. 신도들은 숙연한 얼굴로 서서 그 뜨거움을 온전히 받아내고 있었다.

잠시 후 지현이 신도들을 가르고 나타났다. 중세의 수도사나 입을 법한 두꺼운 로브를 걸친 모습이었다. 발에는 아무것도 신고 있지 않았다. 지현이 숯 길 앞에 서자, 신도들은 나직하게 탄성을 질렀다. 지현의 곁에 있던 여자 신도가 큰 소리로 말했다.

"이제부터 지현 자매님께서 우리 성도들을 대신해서 속죄의 길을 걷겠습니다. 우리의 무관심으로 인해 불길 속에 죽어간 총회장님을 위해 기도합시다."

신도들은 모두 두 손을 모았다. 지현도 잠깐 기도를 한 후 결연한 얼굴로 숯 길 위에 한 발을 내디뎠다. 신도들의 탄성이 더욱 커졌다. 지현은 조금도 망설이지 않고 성큼성큼 걸어 나갔다. 이마에는 땀이 흘렀고, 숨은 가빴다. 그 모습을 지켜보던 여자 신도가 무릎을 꿇고 하늘을 향해 양팔을 벌렸다. 그와 동시에 다른 신도들도 일제히 무릎을 꿇었다. 기도인지 울음인지 모를 소리가 예배당 마당을 채웠다. 기태가 눈살을 찌푸렸다.

"저거 말려야 되는 거 아니에요? 아무리 종교의식이라지만 저러면 발이 남아나지 않을 것 같은데…."

"일단은 지켜보자고. 기적이 일어날 수도 있잖아."

기태는 의아한 표정으로 나를 쳐다봤다. 나는 계속해서 지현을 응시했다. 그사이 지현은 숯 길을 지나 맨땅에 섰다. 대기하고 있던 신도가 미리 준비한 생수를 지현에게 건넸다. 지현은 발을 들어 생수를 부었다. 그러자 깨끗하고 하얀 맨발이 드러났다. 오오, 하는 신도들의 함성이 일었다. 주여, 외치는 소리도 들렸다. 기태는 눈을 동그랗게 떴다.

"저게 어떻게 된 일이죠?"

"어떻게 된 일인지 보여줄까?"

나는 신발과 양말을 벗었다. 기태가 내 옷깃을 붙잡았다.

"뭐 하려고요?"

나는 싱긋 웃어 보였다. 그러고는 숯 길 위를 성큼성큼 걸었다. 귓전으로 어어, 하며 어쩔 줄 몰라 하는 기태의 목소리가 들렸다. 신도들의 시선도 느껴졌다. 그들의 표정 역시 기태와 그리 다르지 않았다. 하긴 이곳 신도가 아닌 자가 기적을 행하고 있으니 당혹스러울 수도 있겠지.

내가 숯 길 걷기를 끝내자, 기태가 달려와서 지현이 가지고 있던 생수를 낚아채 부어주었다. 나는 발을 들어서 기태에게 보였다.

"뭐야? 멀쩡하네요?"

기태는 내 발을 유심히 살피면서 말했다.

"겉보기에는 델 것 같지만 실제로 걸어보면 전혀 화상을 입지 않아. 저 숯불과 열기는 불에 맨살이 닿으면 화상을 입을 거라는 사람들의 선입견을 자극하는 일종의 트릭인 셈이지. 이건 기적도 뭣도 아니야. 요즘에는 회사 단합대회 같은 데서도 가끔 하더라고."

나는 신도들이 들을 수 있게 일부러 큰 소리로 말했다. 그런데 신도들의 반응이 예상 밖이었다. 그들의 얼굴에는 은근한 적의가 떠올라 있었다. 신도 하나가 날카로운 눈빛으로 입에 손가락을 대고 조용히 하라는 뜻을 전했다. 하지만 지현은 부드러운 목소리로 말했다.

"오늘은 여기서 끝내도록 해요. 사실 총회장님 사망 사건을 조사하기 위해 형사님들이 찾아오신다고 했거든요. 이분들이 진실을 알아 가실 수 있도록 따뜻하게 박수로 맞이해요."

지현의 말이 끝나자 신도들이 박수를 쳤다. 나에 대한 적의가 순식간에 누그러졌다. 기시감이 일었다. 교주의 말에 맹목적으로 복종하던 30년 전 천국 생명의 신도들이 딱 저랬다. 그래서일까, 나는 오히려 지현이라는 사람에 대한 적의가 생겨나는 것 같았다.

지현은 우리를 교주가 지내던 집으로 안내했다. 신도 둘이 그녀와 함께 갔다. 둘은 그 짧은 거리를 걸어가는 동안에도 계속해서 나와 기태를 돌아보았다. 그것이 경계와 감시의 끈을 놓지 않겠다는 의사임은 묻지 않아도 알 수 있었다.

지현과 마주치는 신도들은 옅은 미소를 띠고 깊이 고개를 숙였다. 지현도 환하게 웃으며 인사했다. 기태는 주위를 두리번거리다가 물었다.

"이상하지 않아요?"

"그러게. 이틀 전에 교주가 죽었는데, 분위기가 너무 차분한 것 같아."

"오히려 밝은 것 같은데요? 장례 분위기를 전혀 느낄 수가 없네요."

나는 앞서 걸어가는 지현의 뒷모습을 바라보았다. 그녀가 새로운 교주로 등극했다면 이 분위기가 설명 가능하다. 새로운 권력은 과거의 권력을 지우고 싶어 하니까.

교주가 살던 집의 일층은 비교적 멀쩡했다. 불길이 위로 치솟았던 데다가 여기에는 불이 옮겨 붙을 만한 물건이 별로 없었기 때문이다. 곧장 이층으로 올라갔다. 교주의 방문은 철제로 되어 있어 불에 그슬린 흔적만 있을 뿐 멀쩡했다.

"다른 문은 모두 나무로 되어 있는데 여기만 다르네요."

기태가 말했다.

"숨길 게 있거나 적이 많은 사람이라면 그럴 수도 있지."

나는 일부러 지현과 신도들의 얼굴을 살피면서 말했다. 하지만 세 사람에게서는 아무런 동요의 기색이 엿보이지 않았다. 수상했다. 그들이 믿고 따르던 교주를 헐뜯은 것이나 마찬가지인데, 내 말에 동조하고 있다는 느낌을 받았기 때문이다. 지현이 교주 방의 문을 열었다.

"뭐가 있을지 모르겠네요. 그래도 우선은 현장을 보존해두라고 해서 딱히 손대거나 치운 것은 없어요."

나는 고개를 끄덕이고는 문 앞에 쳐져 있는 폴리스라인을 넘었다. 안은 그야말로 잿더미였다. 그도 그럴 것이 화재 발생 전 교주 방 사진을 보면 나무로 된 책상과 책장, 나무 프레임의 킹사이즈 침대, 빽빽하게 꽂혀 있는 책까지 온통 불에 타기 쉬운 것들뿐이었다. 여기에 더해 진열장에는 높은 도수의 위스키와 주성분이 알코올일 게 분명한 향수까지 가득했다. 불이 잘 붙는 연료도 잔뜩 마련되어 있는 셈이었다. 문득 어린 시절 밤마다 교주의 몸에서 났던 짙은 남성 향수 냄새가 떠올랐다. 나도 모르게 아랫입술을 꽉 깨물었다.

방 안을 돌아다니며 더 자세히 살펴보았다. 깨진 유리 파편이나 재 따위밖에 없어서 뭐가 뭔지 분간하기 어려웠다. 그나마 형태가 정확하게 남아 있는 금속 안경테 정도가 전부였다. 안경테는 노트의 종이를 끼우는 철제 스프링과 얽힌 채 바닥에 뒹굴고 있었다. 나는 지현에게 혹시 교주 방에 불을 붙일 수 있는 것은 없었냐고 물었다. 라이터나 성냥 혹은 취미로 쓰는 부싯돌 같은 것이라도. 지현은 고개를 가로저었다.

"총회장님은 담배도 피우지 않으셨어요. 직접 요리를 하는 일도 없고, 캠핑 같은 걸 가지도 않았고요. 아무런 취미가 없었다고 할까…."

"그렇군요. 이상하네요. 불이 날 것도 없는데 불이 나다니."

"저도 이상해요. 하늘에 임하신 분의 섭리인지…."

나는 지현을 쳐다봤다. 모시던 교주가 화재로 죽었는데, 신의 섭리라는 말을 입에 올리다니. 지현은 내 시선을 의식하고는 얼굴을 붉히며 다급하게 말했다.

"말이 헛나왔네요."

"사춘호 씨 몸에서 수면제 성분이 검출됐어요. 수면제를 매일 복용했나요?"

"매일 드셨는지는 잘 모르겠어요. 요즘 들어 불면증에 시달린 건 맞아요. 잠을 자보려고 하다가 안 되면 새벽에 수면제를 드신다는 말씀을 종종 하셨어요."

"사춘호 씨의 생활에 대해 잘 알고 계시네요?"

"아주 어렸을 때부터 모셨고, 나이가 들어서는 비서 역할을 했어요."

지현은 처음으로 나를 똑바로 응시하면서 말했다. 나는 헛기침을 하고는 기태에게 나가자는 눈짓을 했다. 사실 더 둘러볼 것도 없었다. 직접적인 발화 물질은 없지만 불에 타기 쉬운 것은 많은 만큼, 우연히 발생한 화재일 가능성도 다분했다.

예배당 사무실로 가서 사건 당일 CCTV 영상을 확인했다. 신도들을 감시할 목적으로 설치된 것이니만큼, CCTV 카메라는 스무 개가 넘을 정도로 많았고 천국 생명 곳곳에 있었다. 당연한 얘기겠지만 교주의 방에는 설치되어 있지 않았다. 따라서 교주 방 앞에 설치된 것부터 확인했다. 화재 추정 시각은 오전 8시에서 9시경이므로 전후의 영상을 집중적으로 살펴보았다. 그러나 아무리 봐도 누군가의 방화를 의심할 만한 장면은 딱히 없었다. 다만 오전 9시쯤 아이 하나가 교주의 방에서 나왔다. 나이는 열살가량의 남자아이였다. 아마도 '천사'일 것이다. 순간 누군가 목을 죄는 것처럼 숨이 잘 쉬어지지 않았다. 나는 크게 심호흡했다. 기태가 그런 나를 보고 걱정스럽게 물었다.

"선배, 어디 안 좋아요?"

"아니."

목소리를 쥐어 짜내어 대답했다. 기태는 걱정스러운 표정을 풀지 않았다. 나는 계속 영상을 재생하라고 했다. 이후 몇 분 동안 이어진 영상에도 별다를 게 없었다. 결과적으로 밤새 교주의 방을 들락거린 사람은 아이 하나뿐인데, 그 아이가 불을 질렀다고 짐작하기는 어려웠다. 라이터도 성냥도 없는 꼬마가 무슨 재주로 불을 피운단 말인가.

영상 재생이 끝나고 사무실 테이블에 앉았다. 지현이 차가운 물 한 잔을 가져다주었다. 한 모금 마시고 나서 지현에게 물었다.

"아까 교주 방에서 나온 아이의 부모는 어디에 있나요?"

지현은 고개를 가로저었다.

"몰라요. 우리 천국 생명에서 운영하는 보육원의 아이예요."

"보육원 아이가 왜 저 방에서 나오죠?"

"글쎄요. 총회장님께서 밤에 특별히 돌봐주시는 거라고 했어요."

"돌봐준 게 맞나요?"

나도 모르게 목소리에 날이 섰다. 지현은 덤덤하게 대답했다.

"총회장님께서 그리 말씀하셨어요."

나는 지현을 쏘아보았다. 지현은 내 눈길을 피하지 않았다. 나는 자리에서 일어났다. 더 이상 앉아 있기가 힘들었다.

기태와 함께 천국 생명을 돌아보았다. 신도들이 생활하는 숙소 뒤로 보육원이 있었고, 그 옆에는 노인들이 기거하는 건물이 있었다. 신도들을 위한 일종의 양로원이라고 했다. 보육원 아이들은 지현을 보자 쪼르르 달려와 안겼다. 지현은 한 번에 다섯 명이나 되는 아이들을 모두 안아주었다. 까르르, 아이들의 웃음이 터졌다. 나로서는 교주의 방에서 나오던 아이가 떠올라 차마 그 광경을 지켜볼 수 없었다.

양로원으로 발길을 옮겼다. 그러다 가장 보고 싶지 않은 사람과 마주쳤다. 일흔 살. 그이는 거동이 불편한 노인의 휠체어를 밀어주며 산책하고 있었다. 백발이 성성했지만, 생각보다 주름이 많지는 않았다. 엄마가 나이 들었다면 딱 저 정도의 모습일 거라고 상상했던 그대로였다. 심장이 거세게 뛰었다. 최대한 아무렇지 않은 척했다. 그이는 나를 향해 환하게 웃은 후에 손을 흔들어주었다. 속으로 뜨끔했다. 설마 나를 알아봤을까 싶었다. 하지만 그이는 이내 노인의 휠체어를 밀면서 정원을 돌기 시작했다. 한가로운 모습이 너무나 거슬렸다. 자식을 지옥에 몰아넣고도 자신은 살아서 천국에 간다고 믿었던 여자의 말로는 적어도 지금보다 비참해야 했다.

기태에게 보육원 쪽을 알아보라고 말한 후에 그이에게 다가갔다. 그이는 따뜻한 미소로 나를 맞이했다.

"총회장님 사건을 조사하러 왔다는 형사님이죠?"

"맞습니다. 여기는 양로원이라고 들었어요."

"양로원이기는 한데, 평범한 양로원과는 조금 달라요. 몸이 성한 노인이 성치 않은 노인을 돌봐요. 천국 가기 전에 서로를 돌봐주는 품앗이라고 할까요. 호호."

"그렇군요. 힘들지는 않은가요?"

"전혀요. 이게 다 지현 자매님의 노력 덕분이에요. 신도들이 서로를 도우면서 행복하게 지낼 수 있도록 정말 많은 애를 쓰셨어요."

"교주님은요? 이런 양로원이나 보육원은 그분이 만드신 게 아닌가요?"

"교주님? 혹시 총회장님을 말씀하시는 건가요?"

"아, 네. 밖에서는 대개 교주라고 하니까요."

"여기는 신도들에게 돈이나 빼앗는 그런 단체가 아니에요. 교주라는 말은 어울리지 않아요."

그이는 정색하고 주의를 준 다음 말을 이어나갔다.

"10여 년 전쯤 총회장님은 영적으로 우리를 인도하는 일에 전념하시기로 하고, 천국 생명 관리는 지현 자매님께 맡기셨어요. 지현 자매님은 이곳을 정말 천국으로 만드셨답니다. 참 좋은 일이지요. 한 분은 천국에 가서 우리 성도들을 영접할 준비를 하시고, 다른 한 분은 성도들이 살아서 천국을 누릴 수 있도록 하시고. 제가 어디서 이런 복을 타고났나 싶어요. 하루하루 감사하면서 살고 있답니다."

그이는 잠깐 뜸을 들이다가 말했다.

"형사님. 여기 천국 생명에는 슬픔이 없어요."

"정말 아무런 슬픔도 없나요?"

"그럼요."

그이는 한 치의 망설임도 없이 자신 있게 말했다. 나는 주먹을 꽉 쥐었다.

"예전에도 슬픈 일이 없었나요?"

"예전에는…."

그이는 말을 잇지 못했다. 문득 아련한 눈빛으로 하늘을 올려다보았다.

"평생 한 가지 소원이 있다면 제가 꼭 보고 싶은 사람을 천국에서 만나는 거예요. 언제나 기도하고 있답니다."

"그 사람이 누구인가요?"

그이가 내 얼굴을 빤히 들여다보았다.

"형사님이 그걸 왜 묻죠?"

"아닙니다. 실례했습니다."

나는 고개를 숙이고는 다급하게 걸음을 옮겼다. 그이가 조금이라도 더 우울해할 수 있게 돌아보지 않으려 애썼다.

지현을 찾아 예배당으로 향했다. 가는 길에 기태가 합류했다. 그사이 무슨 좋은 일이라도 있었는지 표정이 밝았다.

"뭐 좀 알아낸 거라도 있어?"

"아니요. 그런데요, 여기 생각보다 괜찮은 곳 같아요. 보육원 애들도 밝고, 신도들도 자기 자식처럼 애들을 돌보더라고요. 모여서 일도 하는데, 똑같이 일하고 똑같이 나눈다고 하네요. 심지어 아파서 나오지 못하는 사람한테도요. 사이비 종교는 다 나쁜 줄로만 알았는데 이런 곳도 있네요."

"어떤 사이비 종교든 겉으로는 다 그럴듯해 보여."

"저도 형사 하면서 많은 사람을 만나봤는데, 뭐랄까 여기는 진짜 같아요."

"사이비가 무슨 뜻인 줄 알아?"

"글쎄요. 사이비라는 말을 익숙하게 써서 그런가, 무슨 뜻인지 생각해본 적이 없네요. 뭐예요?"

"진짜 같은 가짜. 그러니 가짜처럼 보여서는 사이비가 될 수 없지. 이를 테면 마술 같은 거야."

기태는 대꾸 없이 함께 걸었다. 할 말이 없어서가 아니라 말싸움을 피하고 싶어서일 것이다. 예배당에는 또다시 신도들이 모여 있었고, 이번에도 진지한 분위기였다. 단상에는 어디서 굴러먹다 왔는지 볼에 칼자국처럼 보이는 긴 흉터가 난 사내가 서 있었다. 오른쪽에는 지현이 있었다. 사내는 단상에 서서 자신의 지난날을 고백하는 중이었다. 나와 기태는 예배당 가운데 의자에 자리 잡았다.

사내가 고백하는 이야기는 꽤 흥미로웠다. 그는 조직 폭력배였으며, 지금까지 여럿을 불구로 만들거나 죽인 적이 있다고 했다. 하지만 전혀 죄를 뉘우치는 표정은 아니었다. 오히려 지은 죄를 떠벌리는 가운데 자신이 얼마나 무서운 인간인지 각인시키려고 하는 것 같았다. 저런 양아치들이 흔히 쓰는 기선제압 수법이었다. 어쩌면 저 자는 여기를 접수하겠다는 속내를 품고 있을지도 몰랐다. 기태가 발끈하면서 단상으로 가려고 했지만, 나는 그의 어깨를 잡았다. 조금 더 지켜보자는 뜻이었다.

사내의 말이 끝나자 입교식이 진행되었다. 쟁반을 든 여자가 사내에게 다가갔다. 쟁반에는 검은색 표지의 천국 생명 교리집, 회칼, 현금 다발, 거울 따위가 놓여 있었다. 지현은 사내의 뒤로 몇 걸음 떨어져 섰다. 그러자 두 명의 신도가 강단 위로 올라와 지현 앞에 흰색 천으로 된 가림막을 놓았다. 지현의 모습은 검은 실루엣으로 드러났다. 사내는 지현을 볼 수가 없고, 지현 역시 사내를 볼 수 없게 되었다.

"대체 뭘 하려는 걸까요?"

기태가 중얼거렸다. 혼잣말인 걸 알기에 딱히 대답하지 않았다. 쟁반을 가져온 여자가 사내에게 아무 물건이나 집어보라고 했다.

"당신이 집은 물건을 지현 자매께서 알아맞힐 것입니다."

사내가 코웃음을 쳤다. 가림막 뒤에 있는 사람이 어떻게 그걸 알아맞히겠냐는 뜻일 것이다. 하지만 지현도 여자도, 그리고 그걸 지켜보는 신도모두 진지했다. 사내는 장난처럼 회칼을 집어들고 지현에게 겨누는 시늉을 했다. 그 모습을 지켜보던 여자가 몇 초 침묵하더니 입을 열었다.

"지금 잡은 것은 당신의 마음을 나타낸 것입니다. 지현 자매님?"

"칼을 집어들었네요. 여기서는 예전 방식이 안 통한답니다."

지현은 막힘없이 대답했다. 객석에서 작게 함성이 일었다. 사내는 신기해하면서도 대수롭지 않다는 표정을 지었다. 어쩌다 우연히 맞혔겠지, 하고 생각한 모양이었다. 그는 회칼을 내려놓은 다음 곧바로 거울을 집어들었다. 여자가 말했다.

"이것은 당신의 현재입니다."

지현은 가만히 서서 생각하다가 한숨을 내쉬었다. 맞히기가 쉽지 않은모양이었다. 그녀는 이마에 두 손을 올리고 집중하는 듯한 모습을 보였다. 마치 초능력자가 투시라도 하는 것 같았다. 사내의 얼굴에는 비웃음이 떠올랐다. 여자가 재촉하듯 말했다.

"어서 말씀하세요, 자매님."

지현이 신중하게 말했다.

"흠. 거울이네요. 좋은 선택이에요. 사람은 자신을 돌아보면서 살아야해요."

지현이 두 번을 연속해서 맞히자 함성이 더욱 커졌다. 사내는 조금 당황한 기색이었다. 그는 거울을 놓고 현금 다발을 집어들었다. 여자가 헛기침하고 목을 가다듬은 후에 말했다.

"당신이 떨쳐내지 못하는 미련입니다."

이번에는 지현이 곧바로 맞혔다.

"돈이네요. 돈도 중요하죠. 하지만 여기서 살아보시면 돈보다 더 중요한 게 무엇인지 알게 될 거예요."

신도들 사이에서 박수가 터졌다. 사내는 갑자기 지현에게 다가갔다. 돌발 상황에 신도 몇이 벌떡 일어섰다. 사내는 가림막 안으로 들어갔다가 나오기를 반복했다.

"저 새끼 왜 저래?"

기태도 긴장한 기색이었다.

"가림막에서 앞이 보이는지 안 보이는지 확인하려는 거겠지."

아니나 다를까, 사내는 믿을 수 없다는 표정을 짓다가 다시 가림막 밖으로 나왔다.

"이제 마지막이에요."

지현은 여전히 가림막 뒤에 서서 말했다. 사내는 고민을 거듭하다가 회칼을 집어들었다. 여자가 미소를 띠며 좌중을 찬찬히 둘러보다가 말했다.

"지현 자매님, 말씀해주세요."

"마음속에 아직 의구심이 남아 있네요. 칼을 들었어요. 칼은 당신을 해칠 거예요. 그 칼 내려놓고 여기서 함께 살아봐요."

지현은 가림막 앞으로 나왔다. 순간 예배당 창을 통해 한 줄기 햇살이 그녀를 비췄다. 사내는 믿기지 않는다는 표정을 짓더니 회칼을 쟁반에 놓은 다음 무릎을 꿇었다. 지현은 사내의 어깨에 손을 올렸다. 예배당에서는 박수갈채와 함께 환호성이 울려 퍼졌다. 나는 코웃음을 쳤다.

"잘도 갖다 대는군."

이번에도 목소리를 높였다. 뒷줄에 앉아 있던 신도들이 돌아보았다. 기태가 신도들의 눈치를 살피면서 말했다.

"이번에는 진짜 같은데요? 어떻게 네 번이나 연거푸 맞혀요?"

"단순한 트릭이야."

나는 신도들의 환호성이 잦아들 때를 기다려 모두 들으라는 듯 소리를 높였다.

"예전에 말이야. 간단한 숫자 계산을 하는 천재 말이 화제가 된 적이 있었어. 사회자가 2 더하기 3이라는 문제를 내면 말이 5라는 숫자를 고르는 식이었어. 처음에는 사람들이 모두 놀라워했지만 결국 트릭이라는 게 밝혀졌지. 사람들이 천재 말이 문제를 맞히느냐 마느냐에 집중하는 동안 주인은 말에게 5라는 숫자를 고르라는 사인을 몰래 보냈던 거야. 팔짱을 끼거나 슬쩍 코를 만지거나 하는 식으로."

"갑자기 왜 그런 말을 하시는 거예요?"

기태가 핀잔을 주듯 물었다.

"저것도 원리가 똑같은 트릭이라는 소리야."

"그게 무슨 뜻이에요?"

"분명히 이지현 씨는 앞이 보이지 않을 거야. 그건 저놈이 직접 확인했으니 굳이 물어보지 않아도 알겠지. 그래도 무슨 물건을 집었는지 알아내는 방법이 있어. 바로 소리와 몸짓. 내 생각에는 이지현 씨가 몇 초 가만히 서 있으면 칼, 이마에 손을 갖다 대면 거울, 헛기침을 하면 돈이라는 의미일 거야. 그런 동작을 취할 때마다 쟁반을 든 신도가 곧바로 말을 해서 맞다는 신호를 주는 거지. 생각해봐. 저놈이 칼을 들 때마다 이지현 씨는 얼마간 침묵했어. 그러고 나서 쟁반을 든 신도가 말했지. 이지현 씨가 정말 누군가의 마음을 알아맞힐 수 있다면 뭣 하러 귀찮게 실루엣이 비치는 가림막을 갖다 두는 짓을 하겠어. 그냥 두 눈을 감고 맞히면 간단한 걸 말이야."

내 말이 끝나자, 신도들이 웅성거리기 시작했다. 사내의 얼굴에는 비웃음이 떠올랐다. 그가 일어나 회칼을 집어들었다. 위험하다! 나는 기태에게 눈짓을 한 후 사내를 향해 달려갔다. 그사이 기태가 사내의 등 뒤로 살금살금 돌아 들어갔다. 내가 사내의 눈길을 끄는 동안 여차하면 제압하기 위해서였다. 사내는 지현에게 칼을 들이밀었다.

"정말 사람 마음을 알 수 있다면 이것도 알아맞혀 봐. 지금 내가 너를 죽일까 살릴까?"

쟁반을 들고 있던 여자가 두려움에 하얗게 질렸다. 사내는 낄낄거렸다. 이 상황을 즐기는 것 같았다. 지현은 침착하게 여자를 자신의 뒤로 끌어당겼다. 사내가 더욱 위협적으로 회칼을 치켜들었다. 나는 경찰 배지를 내밀며 사내에게 소리쳤다.

"그만해! 칼 내려놔."

사내는 형사가 있다는 걸 미처 몰랐는지 움찔했다. 그러다 별안간 지현의 목을 끌어안고 나를 향해 회칼을 겨누었다.

"가까이 오지 마!"

사내는 지현을 인질로 잡은 채 한걸음씩 뒤로 물러났다. 이대로 예배당을 빠져나갈 요량인 것 같았다. 이때 기회를 엿보던 기태가 사내를 덮쳤다. 덕분에 사내는 지현의 목을 안고 있던 팔을 풀었다. 대신 자신을 보호하기 위해 회칼을 마구잡이로 휘둘렀다. 맨손인 기태가 위험했다. 내가 몸을 던지려고 하는데, 지현이 먼저 둘 사이에 끼어들었다. 사내의 회칼이 지현의 어깨를 파고들었다. 악! 신도들이 비명을 질렀다. 사내는 당황한 나머지 회칼을 뽑을 생각조차 하지 못한 채 몸을 돌려 달아나려고 했다. 나는 사내를 발로 차서 넘어뜨린 후에 기태와 함께 수갑을 채웠다. 신도들은 지현의 곁으로 우르르 몰려왔다. 기태가 사내를 붙들고 있는 동안, 나는 구급차를 불렀다. 상처 부위로 봤을 때, 출혈만 조심한다면 생명에는 지장이 없을 것이다.

전화를 끊자마자 신도 중 몇이 나를 밀치며 거세게 항의했다. 왜 사사건건 예배를 망치냐는 것이었다. 나는 사실을 말했을 뿐이라고 했다. 그런데 그 말이 신도들의 심기를 더욱 건드리고 말았다. 그들은 나를 에워싸기 시작했다. 난감했다. 이들을 어리석다고 해야 할지, 내가 어리석다고 해야 할지.

"그만하세요! 신성한 예배당에서는 어떤 폭력도 일어나서는 안 돼요."

지현이 소리쳤다. 신도들은 일제히 동작을 멈췄다. 그야말로 찬물이라도 끼얹은 것 같았다. 지현이 일어나려는 것을 내가 제지했다.

"출혈이 심할 수 있어요. 그냥 누워 있어요."

"형사님들은 이만 가시는 게 좋겠어요. 끝내지 못한 게 있다면 내일 하시고요. 아무것도 건드리지 않을게요."

나는 기태를 바라봤다. 그는 고개를 끄덕였다. 나는 지현에게 몸조심하라는 말을 남기고 사내를 연행한 채 걸음을 옮겼다. 예배당을 빠져나오는 내내 신도들의 분노 섞인 눈길을 받아야 했다. 그때 픽, 하는 소리와 함께 이마에서 무엇인가 주르륵 흘러내렸다. 반사적으로 손을 들어 닦아보니 날달걀이었다.

"선배 괜찮아요?"

기태가 나를 막아서며 물었다.

"괜찮아."

나는 무덤덤하게 말했다. 앞에는 방금 달걀을 던진 아이가 서 있었다. CCTV에서 본 '천사'였다. 기태가 아이에게 화를 내려고 했지만, 나는 고개를 가로저었다. 아무렇지 않은 척 조용히 지나쳐주고 싶었다.

사내를 유치장에 넣고, 퇴근 준비를 했다. 책상을 정리하던 기태가 느닷없이 말을 건넸다.

"선배, 유치장에 있는 저놈 말이에요. 그냥 천국 생명에 있는 게 낫지 않았을까요?"

"왜?"

"아까 무릎을 꿇을 때는 진짜로 지현 씨를 믿는 표정이었거든요. 그대로 거기 신도가 됐다면 천국 생명의 보육원이나 양로원에서 사람들을 돌보면서 남은 인생을 살지 않았을까요?"

"무슨 소리를 하고 싶은 거야?"

"그냥요. 내 생각이 그렇다고요. 예전에 사이비였다고 지금도 그럴까요?"

나는 뭔가 말을 하려다가 입을 닫았다. 칼날 앞에서 기태를 감싸 안을 때의 지현은 누가 봐도 '진짜'였다. 나는 기태에게 내일 보자는 말을 건네고 자리에서 일어났다. 잠이 올 것 같지 않은 피곤함이 밀려들었다.

*

이튿날은 예배당 사무실에서 화재 전날의 CCTV를 확인했다. 기태는 그냥 종결지어도 될 사건인데, 공연히 헛수고한다고 투덜거렸다. 나도 종결지어도 될 사건이라는 확신을 얻기 위해 CCTV를 확인하는 거라고 말해주었다. 화재 전날이라고 해서 별다른 것은 없었다. 다만 밤 10시경 교주의 방으로 들어가는 '천사' 아이의 손에 조그마한 병 같은 게 들려 있었다. 나는 사무실에 있던 신도에게 저게 뭐냐고 물었다. 그는 교주가 쓰는 손 세정제라고 말했다.

"총회장님은 자기 전에 교리집을 읽으시는데, 그때마다 손을 세정제로 깨끗하게 닦으십니다. 손 세정제로 손을 먼저 닦고, 돋보기안경을 쓴 다음에 교리집을 읽는 총회장님의 모습은 천국 생명의 의식과도 같죠."

가장 추악한 짓을 하기 전에 정결한 척 흉내 내다니. 하지만 나는 이미 죽은 교주보다 아무런 의심도 하지 않는 신도의 무감각이 더 메스꺼웠다. 그런데 가만, 돋보기안경은 돋보기다. 즉 빛을 모을 수 있다는 얘기다. 실제로 햇빛이 강한 날 돋보기안경을 차 안에 뒀다가 화재가 난 사건도 있었다. 순간 뇌리에 노트 스프링과 얽혀서 바닥에 떨어져 있던 안경테가 떠올랐다. 다시 생각해보니 분명 어색한 그림이다. 어쩌면 돋보기안경이 책장에 기대 서 있던 노트 스프링에 끼워져 있었던 것이 아닐까. 눈을 감았다. 돋보기안경의 한쪽 다리가 수직에서 약간 비스듬한 형태로 노트 스프링에 끼워진다. 이내 돋보기안경은 햇빛을 한 점으로 모으기 시작한다. 그 아래에는 먹지처럼 검은색 표지의 교리집이 놓여 있다. 여기에 알코올 성분이 대부분인 세정제가 떨어진다면? 불은 여기서부터 시작되었을지 모른다. 그렇다면 이 화재는 우연이 아닐 수 있다! 돋보기안경을 일부러 노트 스프링에 걸어두고, 그 초점 가운데 불이 잘 붙게 손 세정제를 뿌려놓는 손이 떠올랐다. 작고 보드라운 손. 나는 기태에게 CCTV를 좀 더 살펴보라고 일러두고 예배당 사무실을 나섰다.

보육원 마당에서 공을 차고 노는 아이를 발견했다. 상처가 깊을 텐데도 저리 해맑게 뛰어놀고 있는 걸 보면 아이는 역시 아이라는 생각이 들었다. 나도 저랬나 싶기도 했다. 내가 다가가자, 아이는 주눅 든 표정을 지었다. 아마 어제 내게 달걀을 던진 일 때문일 것이다. 나는 가져온 초콜릿을 내밀었다.

"혼내려고 온 거 아니야. 잠깐 같이 이야기만 해주면 돼."

아이는 초콜릿을 만지작거리면서 우물쭈물했다.

"선생님한테도 허락 맡았어. 괜찮아."

물론 거짓말이다. 나는 여기 선생님이 누군지도 모르고 당연히 허락을 맡은 적도 없다. 하지만 어른에게 허락 맡았다는 말은 아이의 마음을 풀어놓는 데 꽤 유용하다. 아이는 "정말요?" 하고 되물었다. 나는 고개를 끄덕였다. 아이는 망설임 없이 나를 따라 보육원 마당 벤치에 앉았다.

"혹시 돋보기 장난해본 적 있니? 돋보기로 햇빛을 모아서 검은색 종이에 쬐면 불붙는 거."

아이는 "네" 하고 조그맣게 대답했다.

"총회장님 방에서도 그런 장난 한 적 있어? 돋보기안경으로 말이야."

언뜻 아이의 얼굴에 당혹스러움이 스치더니 푹 고개를 숙였다.

"괜찮아. 탓을 하는 게 아니야. 장난을 쳤을 뿐인데 뭘."

"총회장님 방에서 있었던 일은 아무한테도 말하지 말라고 했어요."

"누가?"

"지현 선생님이요."

"그래서 말하지 않을 거야?"

아이는 초콜릿을 내 손 위에 다시 얹어놓았다. 얼굴에는 아무런 미련도 없어 보였다. 나는 아이의 마음에 지현이 얼마나 크게 자리 잡고 있는지 직감했다. 더 이상 묻는 것은 의미가 없어 보였다. 물을 필요도 없었다. 지현에게 확인해야 하는 일이었다. 나는 아이에게 초콜릿을 주고 벤치에서 일어났다.

지현은 아직 병원에 있었다. 입원실은 고급스러운 일인실로 그녀가 교주와 같은 대우를 받고 있다는 느낌이 들었다. 노크하고 안으로 들어가자 간병하던 신도가 일어서서 나를 가로막았다. 나는 신도의 어깨 너머로 지현을 봤다.

"잠깐 우리 둘만 이야기 좀 했으면 합니다만."

"그러세요."

지현은 순순히 응했다. 하지만 신도는 미심쩍은 눈빛을 지우지 않았다. 지현은 그녀에게 자리를 비켜달라고 부탁했다. 그제야 신도는 걸음을 뗐다. 나는 입원실 문을 닫고 지현에게 다가갔다. 지현은 그나마 쓸 수 있는 왼손을 이용해서 조금 몸을 일으켰다.

"몸은 어떻습니까?"

"칼에 찔린 데가 아직 아프기는 해도 참을 만해요. 생명에는 지장이 없다고 하더라고요."

"다행이네요."

둘 사이에 잠깐 침묵이 흘렀다. 지현은 고민하는 내 기색을 읽었는지 부드럽게 말했다.

"편하게 말씀하세요."

나는 천천히 입술을 축인 다음, 교주의 방에서 어떻게 화재가 날 수 있었는지 설명했다. 지현은 듣기만 했다. 오히려 내가 머쓱했다.

"그러니까 형사님 말씀은 제가 호영이에게 그런 일을 하도록 지시했다는 말인가요?"

"그 아이 이름이 호영인가요?"

"네."

지현은 물끄러미 천장을 바라보았다.

"제가 총회장님을 모신 지 30년이에요. 그를 미워했다면 진즉에 죽였을 수도 있어요. 왜 이제 와서 그분을 죽이려고 하겠어요?"

"글쎄요. 사춘호 씨가 최근 들어 수면제를 먹기 시작한 것이 관련 있을 수도 있죠. 아무래도 수면제를 먹고 깊이 잠들게 되면 쉽게 죽일 수 있을 테니까요."

"정말 그럴까요?"

나는 대답하지 않았다.

"그런데 형사님, 그거 아세요?"

"어떤?"

"총회장님 방은 창이 북쪽으로 나 있다는 거요. 화재가 난 아침 시간에는 볕이 잘 들지 않는데, 형사님이 말씀하신 대로 돋보기안경으로 빛을 모아서 불을 내는 게 가능할까요?"

아차, 싶었다. 교주의 방이 북향이라는 사실을 미처 고려하지 못했다. 얼굴이 달아올랐다. 지현은 차가운 오렌지 주스를 내밀었다.

"이해해요. 의심하는 게 직업이니까요."

얼떨결에 오렌지 주스를 받아 들었다. 하지만 입원실에 더 이상 머물러 있을 수는 없었다. 실례했다는 말을 남기고, 그곳을 빠져나왔다.

천국 생명으로 되돌아오는 내내 고민했다. 뭔가를 들킨 것처럼 눈에 띄게 당황하던 아이의 표정을 믿을 것인가, 아니면 차분히 받아치던 지현의 말에 설득될 것인가. 그런데 형사로서의 촉은 아이의 표정 쪽으로 향했다. 나는 마지막으로 한 번만 더 확인해보자고 생각했다. 지현의 말에 설득되기 위해서라도.

108

다시 CCTV를 확인했다. 이번에는 천국 생명에 있는 모든 CCTV를 살펴볼 작정이었다. 시간은 화재 당일 아이가 교주의 방을 나서던 때 전후로 한정했다. 그럼에도 봐야 할 분량이 만만치 않았다. 기태가 또 불퉁거렸다.

"대체 뭘 찾으라는 거예요?"

"그냥. 특이한 거."

"막연히 특이한 거 찾으려고 이 많은 CCTV를 다 살펴본다고요? 오늘 퇴근 안 할 거예요?"

"퇴근하려면 하고."

기태는 어이없다는 듯 나를 잠깐 흘겨보다가 결국 자리를 잡고 앉았다. 지루한 화면을 빠른 속도로 넘기던 기태가 어, 하고 화면의 한 지점을 손가락으로 가리켰다.

"여기 예배당 지붕 위에서 뭔가가 반짝이는 거 같아요."

나도 유심히 화면을 봤다. 신도들의 숙소에서 예배당 방향으로 찍힌 CCTV 화면이었는데, 과연 기태의 말처럼 지붕 위에서 뭔가가 반짝거리고 있었다.

"거울 같지 않아?"

"그러네요. 그런데 거울이 왜 여기 있을까요?"

"왜 여기에 있게 됐는지 찾아보면 알겠지."

나는 CCTV 화면을 더 세세하게 훑었다. 그러다 예배당 2층으로 올라가는 계단을 통해 누군가 대형 거울을 들고 잰걸음으로 이동하는 모습을 찾아낼 수 있었다. 뒷모습으로 보건대, 여자 같았다. 나는 계속해서 예배당 2층에 설치된 CCTV를 살폈다. 역시 같은 인물이 옥상 계단으로 올라가는 모습을 발견할 수 있었다. 화면을 천천히 되감으면서 여자의 앞모습이 나오는 부분에서 멈췄다. 흐릿하지만 얼굴이 눈에 익었다. 지현이었다.

"선배, 이거 뭐 있죠?"

기태가 목소리를 낮춰 물었다. 나는 나가자는 눈짓을 했다. 예배당 사무실을 지키는 신도가 귀를 쫑긋 세우고 있었다.

기태를 예배당 뒤편 담벼락으로 데리고 가서 그동안의 일을 모두 이야기해주었다. 화재가 어떻게 날 수 있었는지, 내 말을 들은 아이의 반응은 어땠는지, 또 내 말을 들은 지현의 반박은 무엇이었는지 등을. 그리고 이를 재반박하기 위해 거울을 찾아내려고 했던 것까지. 기태는 믿기지 않는다는 표정으로 나를 보다가 말했다.

"지나친 억측 아니에요? 햇빛으로 불을 내서 사람을 죽인다고요? 그것도 자기가 모시던 교주를? 대체 왜?"

사실 교주를 죽일 이유는 충분했다. 나와 지현 그리고 아이 모두. 어쩌면 더 오래 당했을 지현의 증오심이 셋 중에 가장 클 수도 있다. 다만 기태에게 그 이유를 말하기에는 차마 입이 떨어지지 않았다. 큰 상처인 만큼함부로 드러내기가 어려웠다. 기태는 그런 나를 보다가 벅벅 마른세수를했다. 그리고 벌게진 얼굴로 말했다.

"선배는 예전에 마술사 하다가 그만뒀다고 했죠?"

"맞아."

"요즘에 마술이 왜 잘 안 되는 줄 알아요?"

"글쎄."

"제 생각에는 사람들이 마술을 잘 안 믿어서 그래요. 선배부터 안 믿잖아요."

"하고 싶은 말이 뭐야?"

"이 사건을 어떻게 처리할 건지는 선배 마음이에요. 하지만 저는 지현씨가 그렇게 나쁜 사람은 아닐 거라고 믿어요."

기태는 그 말을 남기고 자리를 떴다. 나는 그를 쫓아가지 않았다. 대신한참을 멍하니 서 있다가 지현을 만나러 갔다. 이제 결정해야 할 때였다.

이번에도 지현과 단둘이 마주했다. 나는 CCTV에서 그녀가 거울을 들고 가는 모습을 확인한 것과 더불어 화재 발생 당시의 정황을 정리해서 말했다.

"지현 씨는 교주에게 평소 좋지 않은 감정이 있었을 겁니다. 그래서 교주의 방에 드나드는 아이를 시켜, 그가 잠든 틈에 돋보기안경을 노트 스프링에 걸고, 돋보기의 초점이 모이는 곳에 검은 색 표지의 교리집을 놓은 다음 손 세정제를 뿌려두게 했을 거예요. 그사이 지현 씨는 거울을 갖고 예배당 지붕으로 올라가 교주 방의 창을 향해 비췄어요. 덕분에 창은 북향이지만 돋보기안경에 빛이 모일 수 있었겠죠. 결과적으로 세정제의 알코올이 가열되면서 순식간에 불이 붙었고, 교리집을 태우면서 교주의 방 전체에 화재가 난 거예요. 불길이 거셌겠죠. 방에는 위스키와 향수 같은 인화물질이 가득했으니까요. 수면제에 취해 잠들어 있던 교주는 일어날 생각도 하지 못한 채 유독 연기에 질식해서 죽었을 거예요."

지현은 이번에도 별다른 표정 변화 없이 차분하게 들었다.

"듣고 보니 형사님께서 그렇게 생각하실 수도 있겠네요. 맞아요. 저는 그 시간에 거울을 들고 예배당 옥상으로 올라갔어요. 하지만 제가 총회장님의 방에 햇빛을 비췄다는 것을 어떻게 증명할 수 있죠? 다른 곳을 비췄을 수도 있는데요?"

"결국은 지현 씨의 의도겠죠. 누구보다 교주를 증오했을 테니까. 그가 합당한 벌을 받기를 바랐을지도 모르죠."

"제가 총회장님을 증오했다는 걸 어떻게 알죠?"

나는 대답하지 않았다. 그저 지현의 얼굴을 바라볼 뿐.

"그렇다면 형사님은 저의 의도를 심판하겠다는 건가요?"

이번에도 대답하지 않았다.

"내 의도는 단순해요. 천국 생명의 모두가 행복해졌으면 좋겠다는 것, 그리고 그것을 위해서라면 뭐든 하겠다는 것."

지현은 잠깐 숨을 골랐다. 그리고 떨리는 목소리로 말했다.

"창우야."

갑자기 온몸에 전기가 관통한 것처럼 전율이 일었다. 창우. 30년간 잊고 있던 나의 이름.

"너 창우 맞지? 보면 볼수록 긴가민가했는데, 맞는 것 같아. 네가 창우가 아니라면 사춘호에 대한 내 마음을 어떻게 알겠어?"

가슴 한편에서 죄책감 같은 것이 순식간에 차올랐다. 나는 고개를 떨궜다.

"그날, 네가 나에게 같이 나가자고 했던 말을 한시도 잊은 적이 없어. 태어나서 처음이었거든. 누군가가 나를 도와주겠다고 한 게. 고마웠어. 그래서 언젠가 다시 돌아올 거라는 네 말도 믿었고. 이렇게 정말 돌아오니까 얼마나 기쁜지 몰라. 내 믿음이 지켜졌으니까."

나는 그게 아니라고 부인하려 했다. 하지만 너를 구하기 위해 돌아온 게 아니라는 그 말은 입가에 맴돌기만 할 뿐이었다. 내 표정을 살피던 지현은 계속해서 말을 이었다.

"이 일을 어떻게 처리하든 네 마음이겠지. 그렇지만 너의 의도는 옳을 거라고 믿어. 고민하지 마. 그냥 마음 가는 대로 해."

지현은 조용히 나를 응시했다. 나도 고개를 들어 그녀를 응시했다. 그때야 비로소 이 사건을 어떻게 처리할지 결정할 수 있었다.

사건은 원인을 알 수 없는 화재로 종결되었다. 기태는 나를 믿었다고 했다. 그놈의 믿음…. 천국 생명을 나서는 길에 마지막으로 그이를 보았다. 지난번처럼 양로원 마당에서 다른 노인의 휠체어를 밀어주고 있었다. 그이는 이번에도 나를 보고 웃으며 손을 흔들어주었다. 나는 생각했다. 30년 전, 그이는 정말 나와 함께 천국에 가려는 선한 의도를 가지고 있던 걸까. 모르겠다. 나는 아직도 그이가 슬펐으면 좋겠다.

배상민 2009년 제1회 자음과모음 신인문학상을 통해 소설을 발표하기 시작했다. 소설집 《조공원정대》, 장편소설 《콩고, 콩고》, 《페이크 픽션》, 《복수를 합시다》, 《아홉 꼬리의 전설》, 이야기 작법서 《이야기 어떻게 쓸까? : 매체를 넘나드는 이야기 쓰기의 원리》 등이 있다.

저 여자, 요괴인 걸까? 마음을 읽는 요괴 사토리?”
1928년 부산에 등장한 경성 제일의 사건 오따꾸,
유령 같은 병약한 여성 탐정의 탄생

마음 훔치는 곤란한 이야기를 청한다

나비클럽 소설선

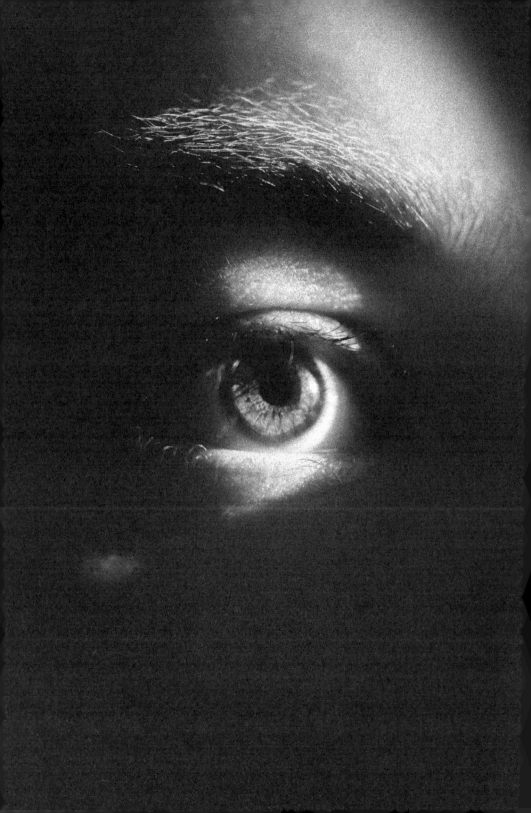

핏줄

여실지

1

시커먼 먹구름이 깔렸다. 고속도로를 따라 연식이 오래된 봉고 한 대가 덜덜거리며 달렸다. 굵은 빗방울이 차 앞 유리에 부딪히며 둔탁한 소리를 내더니 곧 억수같이 퍼부었다. 봉고는 장대비를 두들겨 맞으며 하얀 안개를 뿜었다. 와이퍼가 쉴 새 없이 좌우로 움직이며 빗물을 훔쳐냈지만, 운전석의 시야는 점점 좁아졌다.

만식은 허리를 곧추세우고 앉아 핸들을 꼭 붙들었다. 검버섯이 핀 거무튀튀한 손가락 마디가 하얘졌다. 앞길을 비추는 하얀 헤드라이트 불빛을 따라 어깨를 잔뜩 움츠린 만식의 몸도 앞으로 쏠렸다. 만식은 언제라도 브레이크를 힘껏 밟을 수 있도록 오른발을 간당였다.

조수석에는 검은 비닐봉지와 빨간 노끈이 널브러져 있었다. 맞은편에서 간간이 지나가는 헤드라이트 불빛이 잠든 희정의 얼굴을 비추었다. 만식은 룸미러로 뒷좌석을 힐끔거렸다. 고개를 늘어뜨린 채 잠든 희정의 얼굴은 평온했다. 수면제를 탄 음료수 덕분이었다. 언제 깨어나서 달려들지 몰라 빨간 노끈으로 묶어둔 손발이 눈에 들어왔다. 발갛게 피가 쏠린 손이 차마 안쓰러워, 만식은 미간을 찌푸리며 옅은 한숨을 내쉬었다.

"그러게, 집에 오지 말았어야지."

만식이 중얼거렸다.

만식의 시선은 다시 앞을 향했다. 봉고가 느릿느릿 요금소를 빠져나와 우회로를 돌았다. 국도에 진입하자 비는 점점 거세졌다. 만식은 가슴이 조여들었다. 입술이 바짝 마르고 목이 타는 듯 갈증이 밀려와 마른침만 꼴깍 삼켰다.

"핏줄이 별거더냐."

만식은 핸들을 쥔 손에 더욱 힘을 주었다.

2

"희정아, 밥 먹어! 좀 나와봐!"

아무리 불러도 기척조차 없었다. 순옥은 포기한 듯 밥상으로 돌아왔다.

"놔둬. 속이 엉망일 텐데, 밥이 들어가겠어?"

만식이 갈치 가시를 발라내며 말했다. 혹시라도 잔가시가 목에 걸릴까 싶어 돋보기안경을 코에 걸치고 미간을 찌푸리며 확인하고 또 확인하고 나서야 흰 생선살을 어린 소희의 밥숟갈 위에 올려주었다.

"그래도 밥은 먹어야지. 세상에 이혼한 사람이 저 혼자도 아닌데, 왜 저리 유난을 떠는지 모르겠네."

순옥이 속상한 듯 말했다.

"평생 저러겠어? 며칠 그러다 말겠지."

말은 그렇게 했지만, 속이 터지는 건 만식도 마찬가지였다.

만식에게 희정은 하나뿐인 자식이었다. 가진 재산이 부족해도, 가방끈이 짧아도, 한쪽 다리를 절름거리는 장애가 있어도 남부럽지 않게 키운 딸이었다. 서울에 있는 대학을 나와 그 험한 취업난에도 은행에 취직하고, 성실하고 다정한 남자를 만나 적당한 나이에 결혼도 하고, 귀여운 딸 하나 낳고 오순도순 잘살던 딸이었다. 그랬던 딸이 어느 날 갑자기 이혼해서는 어린 딸을 데리고 친정으로 돌아온 것이다.

무탈한 인생을 살아왔기에 이혼이 적잖은 충격을 줬으리라, 그것 때문에 마음에 병이 생겼으리라고 만식은 생각했다. 하지만 마음 한구석이 늘 찜찜했다. 온종일 방에 틀어박혀 이상한 기도문을 외우거나 이불 속에 들어가 덜덜 떨고 있는 딸의 모습이 괴상해 보였다. 어린 자식을 돌보지도 않고, 같이 놀아주지도 않는 딸의 모습이 딱해 보이면서도 한편으로는 저렇게까지 사람이 망가질 수 있나 싶었다.

만식은 소희를 내려다보았다. 작은 입을 오물거리며 먹는 모습이 희정의 어릴 적 모습과 판박이였다. 만식은 고개를 낮추며 물었다.

"소희야, 이따 아이스크림 사줄까?"

소희는 고개를 힘껏 끄덕였다. 아이의 솔직하고 어설픈 몸짓에 만식과 순옥은 웃음이 절로 비어져 나왔다.

한밤중에 짝, 하고 찢어지는 소리가 울렸다. 멀리, 동네 밖에서 아득하게 들리는 줄 알았던 소리는 집 안에서 울리고 있었다.

"무슨 소리지?"

소리를 먼저 알아챈 건 순옥이었다. 이윽고 아이 우는 소리가 들렸다. 만식은 정신이 퍼뜩 들었다. 불길한 예감이 등줄기를 타고 흘렀다. 순옥도 아이의 울음을 들었는지 잽싸게 이불을 차내고 일어났다. 만식이 서둘러 나가고 그 뒤를 순옥이 따랐다. 두 사람은 본능적으로 소희의 방으로 향했다.

급히 문을 열자 희정이 연신 소희의 뺨을 때리고 있었다. 비정한 어미가 겁에 질려 울고 있는 아이의 여린 목을 드잡이하고 또다시 손을 올리려는 찰나였다.

"뭐 하는 짓이야!"

만식이 달려들어 희정의 팔을 붙들자 순옥이 소희를 떼어냈다. 순옥이 울먹이며 얼굴이 시뻘게진 아이를 감싸 안았다. 이번에는 희정이 울부짖으며 만식의 손을 뿌리치려 몸을 비틀었다. 비쩍 마른 몸에서 괴력이 나왔다. 만식이 거친 숨을 몰아쉬며 희정을 막는 사이에 순옥은 소희를 끌어안고 얼른 안방으로 피했다.

희정은 올가미에 걸린 고라니처럼 이리저리 날뛰다가 제힘에 털썩 주저앉고 말았다. 잠잠해지는가 싶더니 흰자위를 뒤집고는 몸을 덜덜 떨었다.

"아니, 얘가 왜 이래! 희정아, 희정아!"

그날부터였다. 희정은 수녀님이 보인다고 하다가 시커먼 늑대가 보인다고 했다. 귀를 막고 고래고래 소리를 지르는가 하면 자기 뺨을 후려치거나 머리를 벽에 짓이겼다. 그럴 때마다 희정은 소희를 잡아먹을 듯 거칠게 굴었다. 자해하는 횟수가 많아지고 강도도 심해져 구급차를 부르는 횟수도 늘어만 갔다.

만식은 전남편에 대한 미움을 아이에게 화풀이하는 게 아닌가 싶어 그러지 말라고 희정을 다그쳤다. 그럴 때마다 희정의 입에서는 업보라는 둥 재앙을 막아야 한다는 둥 이상한 소리만 나왔다. 만식은 희정을 정신과에도 데려가 보았다. 의사는 '조현병인 것 같다'는 모호한 진단을 내리고는 마지못해 약을 처방해주었다. 다행히 약을 먹기 시작하면서 조금씩 나아지는 듯 보였지만, 병든 닭처럼 졸거나 몽롱해 있기 일쑤였다.

만식은 희정을 데리고 세탁소에도 나갔다. 소희에게서 희정을 떼어놓기 위함이기도 했고, 바깥바람을 쐬고 정신을 딴 데 쏟으면 나아지리라는 기대 때문이기도 했다. 만식은 아무 말 없이 희정을 데리고 나가 일을 하고, 밥을 먹고, 함께 집으로 돌아오고는 했다.

희정은 구석에 가만히 앉아서 시간을 보냈다. 만식이 세탁물을 봉고에 싣는 모습을 물끄러미 바라보거나 대형 세탁기가 윙윙거리는 소리에 귀를 기울였다.

"김 조사, 이번 주말에 시간 돼?"

부동산 박씨가 뜬금없이 찾아왔다. 박씨는 의기양양하게 들어오다가 희정을 보더니 목소리를 낮추며 소곤거렸다.

"우리끼리 비밀인데, 내가 조황 좋은 데 알아냈어!"

대답 대신 만식의 잰 손놀림에 스팀다리미가 식식거렸다.

"손맛 좀 봐야지? 가자, 응?"

조르는 듯 되묻는 김씨의 물음에 만식은 퉁명스럽게 "안 돼"라고 대답했다. 한참을 조르던 박씨는 희정을 힐끗 보더니, 입맛을 다시고는 돌아갔다. 만식은 다림질이 다 된 세탁물을 차곡차곡 접었다.

"아빠, 비밀은 없어요."

희정의 말에 만식이 고개를 들었다.

"방금 뭐라고 했니?"

"비밀은 없어요."

희정은 만식의 눈을 빤히 바라보았다. 섬뜩한 눈빛이었다. 만식은 놀라지 않은 척 천천히 물었다.

"무슨 비밀?"

"아빠가 그랬잖아요. 시장에서 물고기 사고 나서 엄마한테는 비밀로 하자고. 엄마는 다 알고 있었어요."

만식은 무슨 소린가 싶어 곰곰이 생각하다 껄껄 웃기 시작했다. 갑자기 터진 웃음소리에 희정이 움찔 놀랐다. 만식은 큰 소리로 웃다가 눈물이 찔끔 났다. 얼마 만에 웃어보는지, 숨통이 트이는 기분이었다.

"그래, 그랬지! 아빠랑 희정이랑 둘만의 비밀이었지!"

만식은 어린 희정을 데리고 낚시터에 갔던 일이 생각났다. 손맛이 좋다는 소문에 순옥의 눈치를 보며 벼르고 벼르다 다녀온 낚시터였다. 인적이

드물고 강어귀까지 차가 들어갈 수 있어서 만식은 소위 명당인 줄 기대했었지만, 물고기는 한 마리도 잡히지 않았다.

만식은 집에 가는 길에 시장에 들러 민물고기든 바닷물고기든, 큰 놈으로 몇 마리 사들고 갔다. 시장통 간이테이블에 앉아 국수를 먹으며 만식은 희정에게 둘만의 비밀이라고 말했다.

집에 오자 순옥이 이렇게 큰 물고기를 어떻게 잡았냐며 호들갑을 떨었다. 만식은 어깨에 힘을 주고 희정을 보며 눈을 찡긋했다. 두 사람은 눈을 마주치며 시치미를 떼고 웃음을 참았다. 손맛은커녕 피라미 한 마리도 잡히지 않는 곳이지만, 만식은 마음에 들었는지 어린 희정을 데리고 몇 번을 더 갔었다.

몽글몽글 떠오르는 추억에 만식은 뭉클해졌다. 꽃 같던 딸자식이 어쩌다 저리 시들고 상해버렸는지, 안타깝고 애처로웠다. 섬뜩하게 변해버렸다고 원망했던 날들이 미안했다. 그래도 한 줄기 희망을 보는 듯해 고마운 마음이 들기도 했다.

그날 뒤로, 만식과 희정은 한두 마디씩 말을 주거니 받거니 하면서 일상을 이어갔다. 점심에 짜장면을 시킬까 묻는 것부터 시작해서 손님이 맡긴 세탁물 얘기를 하기도 했다. 만식이 다림질을 하면 희정이 다 된 세탁물을 차에 싣기도 했다.

3

순옥이 시름시름 앓기 시작했다. 병원에 가도 딱히 이유가 없다고 했다. 순옥이 누워서 끙끙댈 때마다 만식은 측은한 마음이 들었다. 늘그막에 손녀와 딸을 챙기고, 세탁소 일도 하느라 몸이 축났다고 생각했다. 누워 있는 순옥 대신 희정이 세탁소 일을 거들었다. 만식은 순옥이 건강만 되찾으면 다 괜찮으리라 생각했다.

만식이 배달을 간 사이에 희정이 세탁소를 지켰다. 희정은 약에 취해 꾸벅꾸벅 졸다가 벽에 기대었다. 입을 벌리고 자던 희정이 가위에 눌린 듯 신음하며 몸을 떨었다.

검은 늑대가 나오는 꿈이었다. 늑대는 멀리서 희정을 노려보았다. 황금빛 눈동자가 이글이글 타오르고 그 뒤로 사람 그림자가 어른거렸다. 희정은 겁에 질린 듯 도망치려는데, 그림자는 점점 거대해지더니 희정을 삼켰다.

희정은 숨이 막혔다. 연신 기침하며 몸을 움직였다. 가늘게 눈을 뜨자 누군가가 얼핏 스쳐 지나갔다. 희정은 눈이 퍼뜩 떠졌다. 늑대도, 사람 그림자도 없었다. 세탁소 안은 연기로 자욱했다. 손님들이 옷을 담아온 쇼핑백 더미에서 굵은 연기가 피어나고 있었다.

"불! 불이야!"

희정은 소스라치게 놀라 쇼핑백을 들어 치웠다. 작은 불길이 확 일어났다. 손바닥으로 불을 탁탁 치며 불을 끄려는데, 불씨가 세탁용 솔벤트에 떨어졌다. 불길은 옷가지들로 번져갔다.

순식간에 벌어진 일이었다. 세탁소 안에는 벌건 불길이 치솟고 문틈으로 시커먼 연기가 새어 나갔다. 당황한 희정은 두툼한 외투를 집어 불길을 내리쳤다. 아무리 불을 끄려고 해도 역부족이었다.

문이 열리고 만식이 뛰어 들어왔다.

"희정아! 그냥 나가!"

"안 돼! 다 타면 어떡해!"

만식은 희정을 끌고 밖으로 나가려 했지만, 희정이 고집을 피우며 불을 끄려 했다. 부녀가 콜록거리며 허우적대는 동안 연기는 점점 거세져만 갔다. 만식이 힘주어 희정을 끌고 나가자 어느새 도착한 소방대원이 불을 끄기 시작했다.

다행히 불길은 주변으로 번지지 않았다. 연신 콜록대는 희정이 응급처치를 받는 동안, 구급대원이 만식에게 다가와 산소마스크를 씌워주었다.

조금씩 호흡을 회복할 무렵, 저 멀리 구경꾼들 사이에서 낯익은 모습의 여자아이 하나가 만식의 눈에 들어왔다.

소희였다. 초등생 책가방을 멘 소희가 시뻘건 불길을 멍한 표정으로 바라보고 있었다.

"소희니?"

여러 번 부르는 소리에도 소희는 가만히 서 있었다. 만식은 지친 몸을 일으켜 소희에게 다가갔다.

"소희야, 여긴 어쩐 일이야? 집에 가 있지 왜…?"

소희는 천천히 고개를 들어 만식을 올려다보았다. 금빛 눈동자가 불길에 이글거리는 듯 보였다. 순간, 만식은 가슴이 철렁 내려앉았다. 처참한 모습에 어린애가 놀랐나 싶어 만식은 키를 낮추며 소희의 어깨를 감싸 쥐었다.

"아이고, 놀랐어? 별일 아니야. 삐뽀삐뽀 아저씨들이 곧 불을 꺼주실 거야."

그때였다.

희정이 짐승처럼 달려들어 소희의 멱살을 움켜쥐더니 바닥에 내동댕이쳤다. 주변 사람들이 다 쳐다보는데도 아랑곳하지 않고 희정은 소희를 찢어 죽일 듯 덤벼들었다. 만식과 구급대원들이 말리자 희정은 악마의 자식이라는 둥 자기가 악마를 낳았다는 둥, 악마 때문에 온 동네가 불에 휩싸일 거라며 고함을 질렀다.

"너, 왜 그래? 뭐 하는 짓이야!"

만식은 희정에게서 소희를 겨우 떼어냈다. 아이가 울며 만식의 품에 안겼다. 희정은 소희를 노려보며 몸을 떨었다. 다시 한번 희정이 우악스럽게 소희를 잡아채려고 달려들자 만식은 몸을 돌려 희정을 막았다. 아이가 자지러지는 듯 비명을 지르고 주위 사람들이 희정을 붙들었지만, 희정의 괴력을 이기기에는 역부족이었다.

짜악, 하는 소리가 울렸다.

희정이 고개가 돌아간 채 한참을 그대로 서 있었다. 놀란 희정이 서서히 고개를 돌리자 허공에서 갈 길을 잃은 만식의 손과 주름진 이마와 촉촉하게 젖은 눈이 차례로 눈에 들어왔다. 희정은 순순히 구급대원의 손에 이끌려갔다.

생전 처음 딸에게 손찌검 했다. 만식은 사람들이 웅성대는 소리도 귀에 들어오지 않았다. 지독한 저주를 받아 무너져 내리는 기분이었다. 만식은 털썩 주저앉았다.

아이가 물끄러미 할아버지의 얼굴을 바라보다 입을 열었다.

"할머니, 죽었어."

4

"왜 오셨어요? 또 때리시려고요?"

민철이 잔뜩 날을 세우며 만식을 노려보았다. 만약을 대비하여 일부러 사람들이 많이 붐비는 회사 근처 카페로 약속을 잡은 민철이었다. 민철은 만식을 위아래로 훑어보았다. 면도도 제대로 하지 않아 초췌한 얼굴에 구겨진 양복이 추레해 보였다. 낌새를 보아하니 지난번처럼 난리를 치러 온 것 같지는 않았다.

"지난번에는 옛정을 생각해서 그냥 넘어갔지만, 이번에 또 그러시면 경찰에 신고할 겁니다."

그래도 경계를 늦춰서는 안 되겠다 싶었는지 민철이 으름장을 놓았다. 노년의 나이임에도 만식은 운동선수 못지않게 주먹이 다부졌다. 거기다 성격도 불같았다. 사위의 외도가 이혼의 원인이라는 사실을 알고 나서는 바로 집으로 들이닥쳐서 주먹부터 날렸으니까.

만식은 대답 대신 물을 들이켰다. 순옥의 발인을 마치고 바로 달려온 터라 검은 상복도 갈아입지 않은 채였다.

"그날은 나도 미안했네, 정 서방."

산군 같던 장인이 고분고분 사과하자 민철은 마음이 누그러졌다. 어색한 침묵이 흘렀다. 민철은 말을 건넸다.

"상갓집 다녀오시는 길이에요?"

"집사람 발인이었네."

민철은 당황했다. 남남보다도 못한 사이가 되었지만, 그래도 한때 가족이었던 사이가 아닌가. 민철은 전 장모의 죽음에 애도를 표했다.

"죄송해요, 아버님. 제가 몰라서 못 가봤어요. 삼가 고인의 명복을 빕니다."

"아니네, 자네 처지가 뭐. 그렇지. 다 이해하네. 나도 경황이 없어서 알리지 못했어. 하긴, 알리기도 뭣하지."

두 사람은 한동안 침묵을 유지했다. 한참 뜸을 들이던 만식이 입을 열었다.

"이런 부탁하기 뭐하지만…. 자네가, 소희를 데려가게."

민철은 아무 대답 없이 만식의 얼굴을 바라보았다. 만식은 차마 민철의 눈을 보지 못하고 물만 벌컥벌컥 마셨다.

"자네가 소희를 데려가 키우게. 희정이는, 아니, 우리는 능력이 안 되네. 마누라도 죽고 나 혼자서 감당할 자신이 없어. 소희는 자네 자식이기도 하지 않은가?"

만식의 얼굴을 빤히 처다보던 민철이 한쪽 입꼬리를 올리며 짧게 코웃음 쳤다.

"아버님, 희정이가 아무 말도 안 했어요?"

만식은 그제야 민철의 얼굴을 마주 보았다.

"대단한 여자네, 김희정. 정말 입이 무거워. 독립운동가 감이야."

이기죽거리던 민철이 만식을 싸늘하게 바라보았다. 단단한 주먹을 날리던 남자는 사라지고, 노르끄레하고 비쩍 마른 노인네가 앉아 있었다. 민철은 한숨을 쉬었다. 설마 하는 눈으로 자기를 바라보는 만식을 보며 민철은 품 안에서 서류 몇 장을 꺼냈다.

친자확인 유전자 검사 결과지였다. 어리둥절한 만식을 향해 민철이 설명을 시작했다.

"제가 혹시나 하고 가져왔는데요. 이건요, 희정이가 저 몰래 했던 거예요. 제가 신청한 게 절대로 아니에요. 판정 불가, 판정 불가, 판정 불가…. 총 열세 건이에요. 뭐가 켕겼는지, 엄청 많이 했더라고요."

"그래서 자네 말은, 소희가 자네 자식이 아니라고?"

"일치가 나온 건 아니니까요. 아니, 아버님, 솔직히 남자는 제 자식인지 아닌지 알 길이 없잖아요. 안 그래요? 근데 희정이가 자꾸 이상하게 구니까 저도…."

"희정이가 뭘?"

서슬이 시퍼런 만식의 눈빛에 민철이 움찔했다. 민철은 순간적으로 가드를 올렸다가 슬그머니 내려놓고는 민망한지 음료수를 들이켰다. 민철은 만식의 눈치를 살폈다. 만식은 둔기를 맞은 사람처럼 어안이 벙벙한 얼굴이었다. 민철은 작심한 듯 말을 꺼냈다.

"아버님, 문제는 희정이예요. 여기 좀 보세요. 본인도 친자확인 신청한 게 열 건이에요. 모두 합쳐서 스물세 건. 죄다 '판정 불가' 나왔어요. 간혹가다 유전자 돌연변이가 나오면 '판정 불가'가 나온다고는 하더라고요. 그럼, 거기서 그러려니 하고 말았어야죠. 어찌 됐든 내 자식이다, 하고 키우면 되잖아요. 그런데도 희정이는 계속 의심했어요. 산부인과에 계속 전화해서 애가 바뀐 거 아니냐고 확인하고, 얼마 지나 또 확인하고, 아주 미친 여자처럼…, 아, 죄송해요. 하여튼! 그 산부인과가 폐업했으니 망정이지, 옆에서 지켜보는 저까지도 노이로제 걸릴 정도로 이상하게 굴었어요. 그렇다고 제가 잘했다는 건 아니고요."

입을 꾹 다물고 있는 만식은 뭔가 생각에 잠긴 듯한 표정이었다. 민철은 후련한 듯 옅은 한숨을 길게 내쉬고 나서는 담담하게 내뱉었다.

"아버님, 너무 애쓰지 마세요. 소희는 제 핏줄이 아니에요. 우린 그냥 남남이에요. 핏줄, 저도 별거 아닐 줄 알았어요. 근데, 아니더라고요."

시간이 흐를수록 희정의 환청과 망상은 더욱 빈번해지고 행동은 과격
해졌다. 병원에서 약의 양을 늘려 처방해주어도 소용없었다. 희정은 약에
취해 무기력하다가도 가끔 눈을 번뜩이며 날을 세웠는데 그때마다 소희
가 희생양이 되었다.

"엄마가 아파서 그런 거야. 소희가 이해하거라."

손녀를 위로한답시고 만식은 같은 말만 반복했다. 하지만 어린 마음이
상처받는 일보다 목숨까지 위협받는 상황이 더 큰 문제였다.

결국 희정은 정신 재활 시설에 입원하고 퇴원하기를 반복하게 되었다.
만식은 속이 답답해서 소화제만 여러 종류로 바꿔 먹었고 얼굴이 누렇게
변해갔다. 어떻게든 자기 핏줄이니 감내하려 했지만, 사는 게 지옥 같았
다. 그래도 만식은 정성을 다해 소희를 키웠다.

5

10년이 흘렀다. 다리미가 하얀 스팀을 내뿜으며 이리저리 움직였다. 양
복바지를 다리는 만식의 미간에 주름이 깊게 파였다. 교복 차림의 소희
가 슬쩍 세탁소 문을 열고 들어왔다. 인기척을 못 느낀 만식은 연신 다리
미만 움직였다. 스팀을 내뿜던 다리미를 내려놓자, 세탁소 안에는 정적이
흘렀다.

만식은 끙 소리를 내며 의자에 앉았다. 예전 같지 않은 체력에 씁쓸한
기분이 들어 고개가 절로 떨구어졌다.

갑자기 "왁!" 하는 소리가 들렸다. 만식이 깜짝 놀라 뒤돌아보니 교복
입은 소희가 배시시 웃고 있었다. 만식은 허허 웃으며 일어났다.

"어쩐 일이니? 학원 갈 시간에."

소희가 우쭐대며 할아버지 손에 모의고사 성적표를 건넸다.

만식은 작업대에 둔 돋보기를 찾아 코에 걸치더니 성적표를 찬찬히 살펴보았다. 대부분이 1등급이었다. 만식이 함박웃음을 띠며 환호성을 지르자 소희가 눈웃음을 지었다. 유난히 짙고 까만 속눈썹 사이로 황금빛 눈동자가 반짝였다.

그 황금빛 눈동자에 오싹한 적도 있었다. 아비가 누군지 궁금하기도 했다. 그래도 만식은 생판 모르는 놈이 아비여도 희정의 자식이라며 소희를 아꼈다. 주위에서 뭐라 수군거려도 아랑곳하지 않고 오히려 보란 듯이 손녀 자랑을 했다. 순옥과 사별하고 희정을 재활 시설에 입원시키고 난 만식에게는 소희가 전부였고, 소희에게도 만식이 전부였다.

"할아버지가 맛있는 거 사줘야겠다! 뭐 먹고 싶어?"

"치킨이랑 콜라."

"그거 갖고 돼?"

소희가 신나게 고개를 끄덕이자 만식은 저절로 미소가 지어졌다.

"알았어. 이따 가게 문 닫고 들어갈 때 사 갈게."

만식은 학원으로 향하는 소희의 뒷모습을 지켜보았다. 구김 없이 잘 자라준 손녀가 못내 고마우면서도 마음이 짠했다.

"핏줄이 별거더냐."

만식은 혼잣말을 되뇌었다. 소희의 모습이 완전히 사라질 때까지 지켜보고 돌아서는데, 어떤 여자가 서 있었다. 살집이 두툼한 여자는 뭔가를 찾는 듯 세탁소 안을 기웃거렸다.

"어서 오…"

만식은 여자를 보고 표정이 굳어버렸다. 희정이었다. 예상보다 일찍 퇴원해서 집에 돌아온 희정을 만식은 불안한 표정으로 쳐다보았다.

"아빠, 악마가 여기를 불바다로 만들 거예요."

"또, 그 소리!"

희정은 얼굴을 만식에게 바싹 들이대며 말했다.

"아빠, 제 말 들으셔야 해요. 악마를 처단해야 해요."

눈빛이 흐리멍덩하고 초점이 맞지 않아 어디를 쳐다보고 말하는지 알수 없었다. 만식은 희정의 손을 뿌리쳤다.

"아빠! 제 말 꼭 명심하세요!"

희정은 소리치며 소희가 간 쪽으로 달려갔다. 만식은 희정의 뒷모습을 보면서 가슴이 철렁 내려앉았다.

만식은 곧장 재활 시설로 전화를 걸었다. 자초지종을 따져 물으니 입원 적합성 심사만 통과하면 환자가 원하는 대로 퇴원이 가능하다는 말이 돌아왔다.

"아니, 정신이 온전치 못한 애가 무슨 결정을 합니까?"

전화기 너머 상담원은 앵무새처럼 같은 말만 반복했다. 본인이 동의하지 않으면 장기입원이 불가능하다는 말이었다. 여기저기 전화해서 희정을 요양원으로 보내려고도 했지만, 자리가 없었다. 딸 때문에 손녀가 죽을지도 모른다고 경찰에 누누이 말해도 사건이 발생해야만 응급 입원이 가능하다고만 했다. 법이 바뀌었다는 둥 정신과 전문의 두 명의 소견이 있어야 한다는 둥 복잡한 이야기만 돌아왔다.

만식은 미간을 잔뜩 찌푸리고는 입을 굳게 다물었다.

6

희정은 짐가방을 꾸렸다. 이번에는 입원 기간이 짧았다. 병실을 같이 쓰는 젊은 여자 말대로 입원 적합성 심사를 신청한 덕분이었다. 알코올 중독으로 들어왔던 30대쯤 되어 보이는 젊은 여자는 어떻게 하면 일찍 퇴원할 수 있는지 조목조목 알려주었다. 희정은 의사에게 혼자 손녀를 돌보는 아버지가 걱정된다며, 집에서 약을 잘 챙겨 먹겠다고 약속하고는 서

둘러 집으로 돌아왔다.

골목길에 들어선 희정은 세탁소를 빤히 바라보았다. 세탁소 문이 열리고 교복 차림의 소희가 나왔다. 만식과 인사를 나누고 어딘가로 향하는 소희의 모습에서 희정은 왠지 모르는 위험을 느꼈다.

소희에게는 남들이 보지 못하는 어두운 기운이 서려 있었다. 그건 희정만이 알 수 있는 징조였다. 희정에게만 모습을 드러내는 검은 늑대의 눈과 똑같은 황금빛 눈동자가 그 증거였다. 그 사악한 기운에 온 세상이 불바다로 휩쓸릴 것이다. 희정은 늘 불안하고 초조했다. 소희가 아직 일을 저지르지 않아 다행이라고 생각하면서 희정은 세탁소 쪽으로 걸어갔다.

"어서 오…."

만식은 희정을 보고 마치 못 볼 것을 본 사람처럼 인상을 썼다.

"아빠, 악마가 여기를 불바다로 만들 거예요."

"또, 그 소리!"

희정은 얼굴을 만식에게 바싹 들이대며 말했다.

"아빠, 제 말 들으셔야 해요. 악마를 처단해야 해요."

희정이 만식을 붙들고 간곡하게 얘기했지만, 만식은 희정의 손을 뿌리쳤다. 희정의 예상대로 만식은 악마에게 충성하고 있었다. 만식이 위험하다고, 순옥처럼 크게 화를 당하기 전에 빨리 손을 써야겠다고 생각한 희정은 마음이 조급해졌다.

희정은 만식이 가장 걱정되었다. 소희와 가장 가까이 있으면서도 소희를 제일 모르는 사람이 만식이었다. 희정이 볼 때, 만식은 우직하고 올곧은 사람이라 커다란 나무처럼 아낌없이 퍼주다가 그루터기만 남을, 그런 사람이었다. 악마에게 속아서 소희를 지키려고만 할 뿐 소희가 무슨 짓을 할지 모른다고, 아니 알려고도 하지 않는다고 희정은 생각했다.

"아빠! 제 말 꼭 명심하세요!"

희정은 소리치며 소희가 간 쪽으로 달려갔다.

'이번에는 반드시 끝장을 보겠어.'

희정은 다짐하고 또 다짐했다.

집에 들어갔다 나온 소희가 어디론가 향했다. 희정은 몰래 소희 뒤를 밟았다. 들키지 않으려고 상가 기둥에 몸을 숨겼다가 재빨리 걸음을 옮기고는 다시 몸을 숨겼다. 혹시나 소희를 놓칠까 봐, 미행하는 것을 들킬까 봐 애가 탔다.

희정이 도착한 곳은 성당 창고였다. 소희가 안 보이자 다급히 주위를 두리번거렸다. 소희는 찾을 수 없었다. 그때, 먼지와 검댕으로 얼룩진 벽에 누군가가 낙서로 휘갈겨 쓴 성경 구절이 눈에 들어왔다.

이같이 하나님이 그 사람을 쫓아내시고
에덴동산 동쪽에 케루빔들과 두루 도는 불 칼을 두어
생명나무로 가는 길을 지키게 하시니라.
- 창세기 3장 24절

희정은 뭔가에 홀린 듯 성경 구절을 읊조렸다. 등골이 서늘해지면서 오싹했다. 서늘한 기운에 돌아서는데, 쿵 하고 묵직한 뭔가가 내려앉는 소리가 들렸다.

"나도 다 알아. 엄마가 왜 그러는지."

어느 틈에 희정의 뒤에 선 소희가 말을 걸었다. 희정은 아차 싶었다.

"머릿속이 시끄럽지? 여기 수녀님이 자꾸 나타나서 이래라저래라 하잖아. 악마의 자식이니 뭐니 하면서."

소희가 하얗고 네모난 솔벤트 통을 발로 밀어 넘어뜨렸다. 세탁소에 있던 드라이 세탁 용제였다. 액체는 콸콸 쏟아져 양쪽으로 갈라지더니 희정의 주위를 빙 돌며 에워쌌다.

희정은 뭐라 대꾸하려 했지만, 목구멍에서 쉰 소리만 뱅뱅 돌았다. 소희의 황금빛 눈동자가 희정의 머릿속을 꿰뚫어보는 듯했다.

"애쓰지 마, 엄마. 일어날 일은 결국 일어나게 되어 있어. 예전에도 그랬고 앞으로도 그럴 거야."

소희는 라이터를 꺼내 둘둘 말아 접은 신문지에 불을 붙였다. 소희가 신문지를 던지려는 순간, 희정은 소희에게 덤벼들었다.

"안 돼!"

희정의 육중한 몸에 부딪힌 소희가 튕겨 나가고, 불이 붙은 신문지가 바닥에 떨어졌다. 기름과 닿은 종이에 불꽃이 확 일어났다.

희정이 불을 향해 황급히 뛰어갔다. 바닥에 일어난 불꽃을 밟으며 불을 끄려는데, 소희가 달려들어 희정을 밀쳐냈다. 쓰러진 두 사람이 서로 뒤엉켜 뒹굴었다. 희정은 소희를 밀쳐내고 다시 일어나더니 불길을 향해 달려갔다. 악을 쓰며 발을 동동 구르고 외투까지 벗어 불길을 향해 휘둘러 내리쳤다. 그 모습은 마치 죽음의 무도를 추는 무희 같았다.

소희는 그 모습을 가만히 바라보았다.

불길이 잦아드는가 싶었다. 땀범벅이 된 희정이 잠시 숨을 고르는데, 사그라진 줄 알았던 불길이 벽면 시트지를 타고 점점 위로 솟구쳤다. 어느새 불길은 창고 안을 휩쓸었다.

희정은 괴성을 지르며 소희에게 달려들었다. 멱살을 잡혀 힘없이 흔들리면서도, 소희의 시선은 불길을 향했다. 불길을 빤히 바라보는 황금색 눈동자가 이글거렸다. 그 모습을 본 희정은 온몸이 얼어붙은 듯 굳어버렸다.

희정이 뭔가에 홀린 듯 소희의 목을 조르기 시작했다. 얼굴이 뜨겁게 달아올랐다. 그제야 소희가 희정의 눈을 빤히 바라보았다. 희정은 더욱 힘을 주었다.

소희가 캑캑거리며 희정의 두 손을 잡아 빼려 했지만, 희정은 무게를 실어 소희를 짓눌렀다. 소희의 손톱이 희정의 손을 파고들었다. 희정의 얼굴이 고통에 일그러졌다. 매캐한 연기에 눈이 따끔거리고 눈에 눈물이 고였다.

소희의 얼굴이 일그러져 보였다. 하얀 소녀의 얼굴이 일그러져 검은 늑대로, 늑대에서 늙은 수녀로 변해갔다. 소희가 발버둥칠수록 희정은 손에 더욱 힘을 주었다. 소희의 뺨 위로 희정의 눈물이 툭 떨어졌다. 연기 때문인지 슬픔 때문인지, 희정은 알 수 없었다. 눈에 보일 듯 말 듯한 미소가 소희의 입가에 번져갔다. 희정은 아찔했다.

픽, 소리와 함께 희정이 몸을 축 늘어뜨리며 앞으로 고꾸라졌다. 소희는 힘을 주어 육중한 희정을 치우고는 몸을 일으켰다. 바닥에는 찌그러진 콜라 캔과 치킨 봉투가 나뒹굴었다.

소희의 시선 끝에 만식이 숨을 헐떡이며 서 있었다.

7

어느덧 밤이 되었다. 아스팔트 위로 떨어지는 비가 잦아들었다. 만식은 핸들을 틀어 국도에서 벗어나 우측 차로로 빠져나갔다. 뿌연 안개가 깔린 강어귀에 다다르자 낡은 낚시터가 나왔다. 어린 희정을 데리고 왔던 낚시터였다. 낚시터는 언제 문을 닫았는지, 천막이 찢어지고 나무 문짝이 떨어져 나가 폐허나 다름없었다. 물가에는 조각난 플라스틱 의자가 뒹굴고 구멍 난 초록색 그물망과 흉물스러운 시멘트 덩어리가 널브러져 있었다.

만식은 물가에 차를 세운 다음 사이드브레이크를 올렸다. 웅덩이에 드문드문 떨어지는 빗물이 동그랗게 파문을 일으키며 번져나갔다. 만식은 시궁창이 된 강물을 바라보다가 질끈 눈을 감았다.

얼마나 지났을까. 다시 비가 퍼붓기 시작했다. 차 지붕에 시끄럽게 달려드는 빗소리에 만식은 눈을 떴다. 만식은 뒷자리로 가서 잠든 희정의 얼굴을 바라보았다. 동그란 콧방울이며 살짝 처진 눈매가 만식을 닮았다. 곤히 잠들었는지 도톰한 입술이 살짝 벌어졌다. 퇴근하는 아빠를 기다리다 잠든 딸의 얼굴이 꼭 그랬다. 하얗고 동그란 얼굴에서 어릴 적 얼굴이 간간이 보일 때마다 마음이 착잡해졌다.

만식은 크게 숨을 한 번 내쉬고 나서 희정의 얼굴에 검은 비닐봉지를 뒤집어씌웠다. 까만 비닐이 바스락거리며 빠른 속도로 부풀었다 사그라지기를 반복하는 동안 만식은 희정의 등 뒤에서 목을 감싸 안았다. 희정이 가쁜 숨을 몰아쉬었다. 만식은 이를 악물고 있는 힘을 다해 팔에 힘을 주었다. 팔뚝 근육이 뻐근해도 더욱 조였다. 희정이 팔을 허우적거리며 버둥거렸다. 다급하게 팔을 뻗어 만식의 팔을 때리고 할퀴었지만, 그럴수록 더욱 힘을 주었다. 차가 들썩이고 요동쳐도 만식은 꿈쩍도 하지 않았다. 꾹 다문 만식의 입술에서 피가 배어 나왔다.

요란하게 들썩이던 봉고가 멈추었다. 낚시터에 다시 정적이 흘렀다.

희정의 팔이 아래로 툭 떨어지자 부풀었던 비닐이 꺼졌다. 만식은 힘이 풀려 뒤로 털썩 주저앉았다. 세상으로부터 단절된 듯 아무 소리도 들리지 않았다. 땀 맺힌 얼굴로 거친 숨을 몰아쉬며 한동안 그대로 있었다. 몸에서 뭐가 빠져나간 듯 멍하니 차창 밖 낚시터를 바라보았다. 검은 강물 위로 동그란 파문이 떼 지어 연거푸 일어났다. 만식의 숨소리가 잦아들자 쏟아지는 빗소리가 유난히 크게 들렸다.

만식은 겨우 몸을 일으켜 축 늘어진 희정에게 다가갔다. 비닐을 벗기자 희정의 동그랗고 얌전해 보이는 얼굴이 드러났다.

만식은 희정을 끌어안고 흐느꼈다. 목이 메어 소리는 나오지 않았다. 겨우 터져 나오는 숨소리도, 실낱같은 흐느낌도 빗소리에 묻혀갔다.

8

공기는 눅눅했다. 밤기운이 서린 골목길 사이로 여명이 밝아왔다.

만식이 물먹은 솜처럼 무거운 몸을 이끌고 절뚝절뚝 걸었다. 하룻밤 새에 하얗게 세어버린 만식의 머리칼이 새벽빛에 어른거렸다. 만식은 허리를 구부정하게 꺾고 비틀거리며 집으로 향했다.

방 두 개짜리 임대 아파트 안에 들어서자 곰팡내가 풍겼다. 만식은 현관문을 닫고 축축한 신발을 벗었다. 땀과 비에 젖은 만식의 몸에서 퀴퀴한 냄새가 났다. 현관문이 닫히는 소리에 잠이 깼는지 소희가 자기 방에서 나와 만식을 반갑게 맞이했다. 뺨 언저리에 붙인 반창고와 목에 감은 붕대가 유난히 하얘 보였다.

"깼어? 들어가서 더 자."

만식은 몸을 던지듯 소파에 털썩 앉았다. 잠이 덜 깬 소희가 만식에게 바싹 다가앉아 고양이처럼 몸을 웅크렸다.

"할아버지, 그거 못 봤죠?"

소희가 졸린 목소리로 말했다.

"응? 뭐?"

"불이요."

만식은 허리를 곧추세우며 자세를 고쳐 앉았다.

"불…?"

만식은 가만히 소희를 바라보았다.

"어젯밤에 건너편 상가에서 불이 크게 났었거든요. 온 동네가 불바다였어요."

만식은 얼굴에 핏기가 가신 듯 오싹하고 섬뜩했다.

"좀 빨리 오시지 그랬어요."

소희의 황금빛 눈동자가 반짝였다.

여실지 2022년 《계간 미스터리》 여름호에 〈호모 젤리두스〉로 신인상을 받으며 등단했다. SF, 미스터리, 스릴러, 호러 장르를 넘나들며 재미와 의미를 담는 작품을 쓰고자 한다. 발표한 작품으로는 〈로드킬〉, 〈40일〉, 〈꽃은 알고 있다〉, 〈plan B〉가 있다.

특별 단편소설

믿음, 희망, 그리고 관용 ✦ 어빈 S. 코브/박광규 옮김

믿음, 희망, 그리고 관용 어빈 S. 코브/박광규 옮김

자비로우신 심판의 주님은 놀랍도록 단호한 심판을 내리셨다.

뉴멕시코주의 꽤 큰 도시 외곽, 태평양 연안에서 온 급행열차가 잠시 멈췄다. 역으로 들어가는 선로에 진입하려던 기관사는 신호가 잘못됐음을 발견했다. 앞쪽 선로가 일시적으로 막혔다.

지연은 잠깐이었다. 거의 동시에 기계 마술사의 손가락처럼 신호기가 움직이면서 빨간 신호가 사라지더니 녹색 신호로 바뀌었다. 기차는 다시 움직이기 시작했고, 정차하기 위해 역으로 진입했다.

기차가 출발하기 전에 네 명의 승객이 하차했다. 그들은 마을에서 가장 멀리 떨어진 방향의 선로 쪽에서 하차했다. 승무원이나 다른 승객 중 누구도 그들이 내린 것을 알아차리지 못했다. 그들이 열차에서 사라진 것을 한참 지나서야 알 수 있었던 것도 이 때문일 것이다.

그들이 하차하는 방법도 확실히 이례적이었다. 먼저 세 번째와 네 번째 침대칸 사이의 출입문이 열렸고, 조급한 한쪽 발이 작동 레버를 누르자 바닥의 발판이 힘차게 올라왔다. 그리고 먼저 한 사람, 또 한 사람이 재빨리 내려왔다. 이 순간까지 특이한 점은 없었다. 하지만 두 사람이 땅에 내려서자마자 몸을 돌려 마주한 것은 팔다리가 힘없이 늘어지고 고개를 뒤로 젖힌 세 번째 사람이었고, 그들은 의식이 없는 무거운 몸을, 팔을 내밀어 받아 들었다. 이어 네 번째이자 마지막 사람이 나타났다. 세 번째 사람의 시신을 들고 기차 아래에 있던 동료의 손에 넘긴 사람이 그였다.

그들은 연결 통로의 좁은 공간 쪽에 모였다. 이 모습은 다음 행동을 취하기 전에 잠시 망설이는 모습처럼 보이기도 했다. 하지만 이 망설임은 금방 정리되었다. 시신을 받아 든 두 사람은 철로 옆 짧은 제방 아래로 옮겨서 길의 측면 흙바닥에 내려놓았다.

네 번째 남자는 누워 있는 시신 위로 몸을 굽혀 이쪽저쪽 주머니에 손을 집어넣었다. 30초도 되지 않아 그는 몸을 세우더니 나머지 두 사람에게 말을 거는 동시에 겉옷 안쪽으로 뭔가를 밀어 넣었다.

"찾았다." 그는 외국 억양으로 말했다. 두 사람은 손을 뻗으며 그에게 다가갔다.

"아직 안 돼, 세뇨레스." 그는 날카롭게 말했다. "먼저 나머지 할 일을 해야만 해. 내가 하는 대로 따라 해."

그는 노면 갓길로 가볍게 뛰어올라 멈춰 선 열차의 뒤쪽으로 향했고, 침대차의 돌출부 아래로 슬그머니 들어갔다. 다른 두 사람도 그가 하는 대로 따라갔다. 그들은 다용도로 쓰이는 마지막 칸을 지나갈 때까지 계속 달렸고, 그후 1열을 유지한 채 선로 안쪽으로 들어갔다. 곧 어둠이 그들의 모습을 삼켜버렸다.

이 세 사람의 걸음걸이에는 뭔가 묘한 점이 있었다. 마치 기도하는 사람처럼 조용히 경건한 자세로 몸을 숙이고 있었다. 고개를 숙이고 얼굴을 좌우로 돌리지 않았으며, 두 눈은 보이지 않는 목표를 응시하는 듯 굳건히 앞을 바라보았고, 양손을 몸 앞쪽에서 깍지 긴 채로 굳게 맞잡고 있었다.

행진하던 세 사람은 기차가 다시 출발해 역 끝의 커브길 너머 시야에서 사라질 때까지 터벅터벅 걸어갔다. 그런 다음 그들은 서로를 확인한 뒤

한자리에 모였는데, 당신이 거기에 있었다면 그 경건한 자세의 이유를 이해했을 것이다. 세 사람은 모두 수갑을 차고 있었기 때문이다.

아까 말을 했던 남자가 가지고 있던 열쇠고리를 꺼냈다. 희미한 어둠 속에서도 그의 손은 재빠르게 움직이며 열쇠고리를 살피다가 제대로 맞는 열쇠를 골라냈다. 남자는 다른 두 사람의 수갑을 풀었고, 그중 한 사람이 열쇠고리를 받아 그의 수갑도 풀었다.

그는 셋 중 가장 생각이 깊은 사람 같았다. 그는 발끝으로 선로 가장자리의 모래 섞인 흙을 얇게 파고 그곳에 수갑을 묻었다.

세 사람은 잠시 무언가 대화를 했다. 그리고 난 뒤 각각 흩어졌다.

한 사람은 마을로 통하는 남동쪽으로 우회해 혼자서 가기 시작했다. 나머지 두 사람은 대략 서쪽을 향해 걸어갔는데, 그쪽에는 횡단하는 데 하루가 걸리는 사막이 있었다. 그들은 생명이 걸린 것처럼 도망치면서도 체력을 아껴야 함을 염두에 두고 발걸음을 재촉했다. 실제로 그들은 목숨을 걸고 도망치는 중이었다.

이 세 사람이 대륙 횡단 여정을 함께하게 된 것은 순전히 우연의 산물이었다. 프랑스 사람인 라피트, 영국식으로 이름을 바꿔 자신을 그린이라고 부르는 이탈리아 사람 베르디는 샌프란시스코 교도소에서 본국 송환을 기다리는 동안 만나게 되었다. 두 사람 모두 한 달 사이에 범죄자 난민으로 체포되었고, 인도 절차 역시 신속하게 완료되었다.

문제 해결과 비용 절약이라는 일석이조의 효과를 거두기 위해 당국은 두 사람을 묶어 동부 해안까지 호송하기로 결정했고, 미리 전보를 통해 합의한 바에 따라 각국에서 온 경찰들에게 인계해 해외로 이송할 계획이었다. 뉴욕까지 가는 긴 여정 동안 두 명의 샌프란시스코 형사들이 호송을 맡았다.

형사들과 그들이 호송하는 사람들을 태운 열차가 본선과 멕시코 국경으로 가는 지선이 연결되는 캘리포니아 남부의 어느 역에 도착했을 때, 법무부 특별 수사관이 호송 중인 죄수와 함께 탑승했다.

이 죄수는 스페인 사람인 마누엘 가자였다. 그도 역시 최근에 체포되어 신원이 확인되었고, 본국으로 송환될 예정이었다. 그가 이 교차 지점에서 이탈리아 사람과 프랑스 사람을 태운 기차에 타게 된 것은 사전에 합의된 것이 아니라 그저 우연이 겹쳤을 뿐이었다. 가자를 데리고 온 특별 수사관은 곧 샌프란시스코 형사들과 친해졌고, 수사관들은 여러 가지 이유로 여기서부터 한 팀으로 이동하는 것이 편리하다고 생각했다. 수사관은 침대칸 차장에게 이야기해 이전에 예약했던 객실을 먼저 타고 있던 네 사람의 특등 칸 옆 칸으로 바꿔달라고 부탁했다.

이 여섯 사람이 한자리에 모인 것은 금요일 오후였다. 그리고 저녁 식사 시간이 되자 세 명의 호송관은 세 명의 죄수를 식당차로 데리고 갔는데, 도중에 각 객차 통로를 지날 때 약간의 소란이 일었고, 그들이 식당차에 모습을 드러내자 상당한 소동이 벌어졌다.

수갑을 찬 죄수들은 나이프와 포크를 사용하기 어려웠기 때문에 숟가락이나 손으로 바로 먹을 수 있는 수프와 오믈렛, 부드러운 채소와 파이, 라이스 푸딩 같은 음식이 주어졌다. 형사들은 생선을 선택했다. 수입한 훈제 청어를 두 접시나 주문해 나누어 먹었다.

아마도 그날 기차에서 훈제 청어를 선택한 사람은 그들뿐이었을 것이다. 얼마 후 특별 수사관은 자신이 속한 개신교 교회에 금요일 금육 규정이 없음에 대해 감사하게 되었다. 식탁에서 일어선 지 한두 시간도 지나지 않아 샌프란시스코 형사들이 극심한 복통에 시달리기 시작했기 때문이다. 프토마인 식중독은 그들을 무력하게 만들었다.

한 명은 위독한 상태였다. 그날 밤 그는, 캘리포니아주와 애리조나주 경계 부근의 기차역에서 내려 병원으로 이송되었다. 그 역에 정차해 있는 동안 현지 의사가 매커보이라는 이름의 두 번째 형사에게 약을 투여했고, 그가 어느 정도 안정을 되찾자 팔에 주사를 놓으면서 스물네 시간 안에 일어날 수 있을 거라고 말했다.

　그날 밤 매커보이는 객차 아래쪽 침대에서 잠을 잤고, 특별 수사관은 통로 문을 열어둔 채 객차에서 잠든 이방인들을 감시하기 위해 자리에 앉아 있었다.

　죄수들의 손에는 수갑이 단단히 채워져 있었고, 고독한 감시자는 조금이라도 실수하지 않으려고 정신을 가다듬었다. 그는 매커보이가 보관하고 있던 프랑스인과 이탈리아인의 수갑 열쇠를 빼내어 자신의 열쇠고리에 끼워 넣었다. 도중에 매커보이의 상태가 악화되어 혼자서 호송해야 할 때를 대비한 예비 조치였다.

　다음 날 아침 매커보이는 많이 회복되었지만, 여전히 기운이 없고 계속 졸음이 쏟아진다고 말했다. 그래도 앞으로 열두 시간 동안 충분히 휴식을 취한다면 밤에 감시를 할 수 있을 것 같다고 생각했다. 매커보이는 침대에 누운 채로, 그리고 법무부 수사관은 특등 칸 소파 한쪽을 차지했다. 세 명의 죄수는 앉아서 담배를 피우면서 호송관이 곁에 없을 때면 이런저런 이야기를 나누었다.

　스페인 사람 가자와 프랑스 사람 라피트는 영어를 꽤 할 줄 알아서 주로 영어로 대화했다. 이탈리아 사람 베르디(또는 그린, 어느 쪽이든 상관없다)는 영어를 거의 못했지만, 나폴리에서 3년을 지낸 적이 있는 가자는 이탈리아어를 할 줄 알았다. 그래서 베르디가 이탈리아어로 말하면, 가자가 프랑스 사람에게 통역해주었다. 세 사람은 식사할 때 외에는 특등 칸에 갇힌 채로 지냈다.

　여행 둘째 날의 저녁 식사 시간이 되었을 때, 매커보이는 여전히 졸고 있었다. 그래서 법무부 특별 수사관은 그를 방해하지 않기로 했다.

　"자, 여러분." 그는 세 이방인에게 말했다. "식사할 시간이다."

　그는 세 사람을 일렬로 세우고 그 뒤를 따라 평소처럼 열차 통로를 지나갔다. 바로 그 순간 기차가 리듬을 잃고 삐걱거렸고, 예정에 없던 뉴멕시코의 마을 외곽의 정거장을 향해 느리게 달리기 시작했다. 앞쪽에서 두 번째 칸에 도착했을 때는 거의 멈추다시피 한 열차가 흔들리고 있었다.

수사관이 두 번째 객차의 복도를 넘어 세 번째 객차와의 연결 통로 철제 바닥 입구를 밟고 지나가던 중, 기차가 심하게 흔들리는 바람에 모자를 떨어뜨렸다. 그는 작게 투덜거리며 모자를 집어들기 위해 허리를 굽혔다. 그 과정에서 그는 세 번째로 서 있던, 즉 바로 앞에 있던 가자와 부딪혔다.

민첩한 스페인 사람은 이 기회를 재빨리 포착했다. 그는 반쯤 몸을 돌린 뒤 수갑을 찬 양손을 높이 치켜들어 온 힘을 다해 무방비 상태인 수사관의 머리를 내리쳤다. 수사관은 아무 소리도 내지 못하고 얼굴에 피를 흘리며 쓰러져 죽어갔다.

폭행 현장을 목격한 외부인은 아무도 없었다. 그리고 앞서 설명한 대로 죄수들이 열차 문을 열고 탈출하는 데 걸린 몇 초 동안 그 자리에는 아무도 나타나지 않았다. 아무도 - 꽤 오랫동안 아무도 몰랐다. 거의 9시가 되어서야 매커보이가 일어나서 짐꾼을 불러 질문을 했고, 수색이 시작되고 경보가 울렸다.

그날 하루 내내 함께 지낸 이방인들은 서로 맞장구치며 이야기를 이어갔다. 공통적인 불운한 상황은 그들을 소통하게 만들었고, 공통된 신변의 위험은 각자 치명적으로 싫어하는 곤경에 대해 반복해서 이야기하도록 만들었다.

프랑스 사람이 스페인 사람에게 말했다. "이 친구는" 프랑스인은 이탈리아 사람을 가리키며 "나를 잘 이해해주었어. 이 친구와 이야기를 좀 했어. 이 친구는 영어를 거의 못하지만 조금은 알아들을 때도 있어. 이번엔 당신이 내 이야기를 듣고 상황이 얼마나 나쁜지 판단해보라고."

프랑스 사람은 자신의 과거를 요약했다. 그는 마르세유 부두에서 일하던 노동자였는데, 어떤 여자를 죽였다고 한다. 죽일 만한 이유가 있어서 죽였다는 것이다. 그는 체포되어 재판을 받았고, 사형선고를 받았다. 하지만 사형 집행일이 몇 주 남지 않은 상황에서 탈옥을 감행했다.

신분을 위장하고 미국에 도착한 그는 3년을 머물렀다. 그런데 질투심에 사로잡힌 어떤 여자가 그를 경찰에 고발했다. 그와 동거하던 여자였는데, 그는 그 여자를 전적으로 신뢰하고 있었다. 여자는 늘 그의 실패 원인이었다.

"난, 나는 이미 죽은 거나 마찬가지야. 그리고 그 죽음이란!" 전율의 경련이 그를 사로잡았다. "단두대가 나를 기다리고 있어. 단두대는 악마가 만든 것이 틀림없어. 그 기계로 당신을 죽이는 거지. 그들은 당신을 널빤지 위에 올리고 묶어놓을 거야. 얼굴은 아래를 향하고 있지만 눈을 들면 볼 수 있다는 것이 가장 끔찍한 부분이야. 그리고 목을 홈이 파인 틀에 끼워 넣지. 고개만 뒤로 젖힐 수 있으니까 눈이 자꾸만 위로 향하게 돼. 넋이라도 나간 것처럼. 당신 눈에는 그 칼날이 보일 거야."

"하지만 그게 보이는 건 아주 잠깐뿐일세, 이 친구야." 스페인 사람이 위로하듯 말했다. "그저 한순간 보이고, 휴, 끝이지!"

"순간이라고? 나한테는 영원함이야. 거기 엎드려 있으면 자넨 백 번 살았다가 백 번쯤 죽는 기분일걸? 그러다가 몸통에서 머리가 잘리면서 몸은 두 동강이 나서 한 번에 죽는 거지. 나는 어떤 죽는 방법도 두렵지 않아. 하지만 단두대에서 죽는다는 건… 아아!"

스페인 사람은 앞으로 몸을 숙였다. 그는 다른 두 사람을 마주 보고 앉아 있었다.

"이봐, 세뇨르." 그가 말했다. "나에 비하면 당신은 운이 좋은 편이지. 사실 나는 아직 재판받지 않았고, 재판이 열리기 전에 그 빌어먹을 스페인에서 도망쳤으니까."

"재판을 받지 않았다고?" 프랑스인이 입을 열었다. "그렇다면 당신에게는 빠져나갈 구멍이 아직 있는 셈이군. 하지만 나는 그런 게 없어. 아까도 말했듯이 내 재판은 이미 끝났으니까."

"당신은 스페인 법정이 어떤 곳인지 잘 모르는 것 같군. 아니, 그런 말을 하는 걸 보면 전혀 모르는 게 틀림없어. 스페인 법정은 피에 굶주려 있지. 나 같은 사람에게 자비란 없고 오직 형벌만 있을 뿐이야. 그리고 그 형벌! 지금부터 말해주겠어. 법정에 끌려가면 그들은 이렇게 말해. '여러 가지 증거로 보아 너의 범행은 명백하다. 너는 유죄다. 너는 사람의 생명을 앗아갔으니 네 목숨도 빼앗겨야 한다. 그것이 법이다'라고.

아마도 나는 이렇게 말하겠지. '그래, 하지만 그 생명은 빼앗을 이유가 있어서 내가 열정을 다해 신속하게 앗아갔소. 그 생명은 고통 없이, 여운 없이 순식간에 사라졌소. 그래요, 경고도 없었으니까. 내가 그 대가를 치러야 한다면, 나도 똑같이 고통스럽지 않게 빨리 죽여줄 수 있겠소?'

그들이 내 말을 들어줄 것 같아? 어림도 없어! 그들은 나를 가로트 garrote(교수형틀)로 보낼 거야. 아주 튼튼한 의자에 손과 발, 몸통까지 묶어놓고, 기둥에 머리를 대고 똑바로 세우지. 그 기둥에는 목깃 같은 철제 밴드가 달려 있는데, 그 안에 목을 완전히 집어넣은 다음 사형집행인이 뒤에서 그 나사를 조이게 돼.

그가 느릿느릿 조일 수도 있어. 목깃이 점점 목을 조이고, 손잡이가 척추를 압박해. 목이 졸리기 시작하는 거야. 아, 나는 직접 본 적이 있어서 잘 알아! 목숨이 인치 단위로 끊어져가는 거야. 나는 용감한 사람이야, 세뇨레스. 죽을 때가 되면 죽는 거야. 하지만, 오, 세뇨레스, 그렇게 죽는 것만은! 차라리 단두대가 낫겠어! 다른 어떤 죽음이라도 그보다는 나을 거야!"

그는 쿠션에 등을 기대고 몸을 젖혔고, 어두운 표정이 스쳐 지나갔다.

이탈리아 사람의 차례가 되었다.

"나는 궐석 재판을 받았어." 그는 스페인 사람에게 설명했다. "나는 변론을 하기 위해 출석하지도 않았어. 가지 않는 게 좋겠다고 생각했거든. 우리 나라 법원의 관행이 그래. 그들은 등 뒤에서 재판한다니까. 그들은 나에게 유죄를 선고했어. 이탈리아에는 사형이 없으니 종신형을 선고했지. 내가 돌아가면 그 형을 받게 돼."

스페인 사람은 어깨를 들어올렸고, 그 모습의 의미는 웅변적으로 드러났다.

"그건 아니야." 이탈리아 사람이 말을 이어갔다. "당신은 한때 이탈리아에 살았다고 했잖아. 이탈리아에서 종신형이 어떤 건지 잊어버렸나? 그건 독방 감금을 뜻하지. 즉 산 채로 매장되는 셈이야. 그들은 좁은 감방에 넣고 사람과의 접촉을 완전히 차단해. 그건 무덤이라니까. 아무도 볼 수 없고, 목소리도 들을 수 없어. 고함쳐봤자 아무도 대답하지 않아. 미치거나 죽을 때까지 침묵과 어둠, 어둠과 침묵이 계속되는 거야.

음악과 햇살, 친구들과의 대화, 그리고 누군가를 볼 수 있어야만 하는 이탈리아 사람에게 그게 어떤 의미인지 상상할 수 있겠어? 이런 것 없이 살 수 없는 이탈리아 사람에게는 지속적이고 영원한 고문이나 마찬가지라고. 그의 뇌가 머리뼈 속에서 터질 때까지 한 시간은 1년, 하루는 한 세기만큼이나 길게 느껴질 거야.

아, 이걸 고안한 악마들은 이탈리아 사람에게 죽음보다 백만 배나 더 끔찍한 것이 무엇인지를 잘 알고 있었어. 나는 우리 셋 중에서 가장 불행한 사람이야. 내가 받는 형벌이 가장 끔찍하다니까."

다른 두 사람은 동의하지 않았다. 그들은 하루 종일 그 점에 대해 논쟁을 벌였고, 땅거미 질 무렵이 되어도 각자의 믿음은 흔들리지 않았다.

그리고 스페인 사람의 주도 아래 그들은 포로 신세에서 벗어났다. 동전을 던져 의식을 잃은 수사관에게 빼앗은 권총을 차지한 것도 스페인 사람이었고, 이탈리아 사람에게 함께 행동하자고 제안한 사람도 바로 그였다. 이에 이탈리아 사람은 동의했고, 마르세유 출신의 라피트는 혼자 가기로 결정했다.

프랑스 사람이 동남쪽으로 떠나자, 스페인 사람은 생각에 잠기며 말했다.

"저 친구는 낙천주의자야. 단두대 이야기를 할 때는 그렇게 우울하고 낙담한 것처럼 보였는데 이제는 자기 운명을 피할 수 있을 거라는 믿음이 생겼다고 말하잖아. 기차에서 내린 지 5분 만에 믿음에 대해서 말한 거야!"

"나는 그렇지 않아." 이탈리아 사람이 대답했다. "우리는 자유롭게 되었지만, 여전히 수천 가지 위험이 있을 거야. 믿음 같은 건 없지만 희망은 있어. 당신은 어때, 친구?"

스페인 사람은 어깨를 으쓱했다. 긍정으로도 부정으로도 해석할 수 있는 몸짓이었다. 아니면 그냥 숨을 크게 들이마신 것일 수도 있다. 그는 이탈리아 사람과 함께 선로를 따라 계속 걸어갔다.

자, 이제 믿음이 있다고 말한 남자의 이야기로 돌아가자. 이 도망자 중 하나는 전혀 낯선 땅에 도착했지만, 꾸준히 전진해서 뉴멕시코주의 마을 근처까지 무사히 도달했다. 그는 동이 틀 때까지 목장 근처에 숨어 있다가 철도와 평행하게 뻗어 있는 고속도로를 걷기 시작했다.

이 지역 사람들이 '양철 깡통'이라고 부르는 자가용을 탄 관광객이 라피트를 태우고 40여 마일 떨어진 작은 간이역까지 데려다주었다. 그곳에서 그는 기차에 올라탔고 - 많은 돈은 아니지만, 표를 구입하기에는 충분했다 - 발각되지 않은 채 100마일 정도 떨어진 종착역까지 무사히 도착했다. 다시 일반 열차로 갈아타고 콜로라도주 끝자락을 지나 캔자스까지 들어왔다. 약 48시간 후, 그는 미주리주 캔자스시티의 뒷골목에 있는 삼류 호텔에 투숙했다.

그는 이틀 밤낮을 호텔에 머무는 동안 대부분의 시간을 6층 꼭대기 층에 있는 자신의 방에서 보냈고, 식사를 하고 신문을 사러 갈 때만 아래층으로 내려왔다. 밥은 먹어야만 했고, 신문은 그가 원하는 정보, 즉 세 탈주자에 관한 기사가 실려 있기 때문이었다. 신문은 세 사람이 함께 도주 중인 것으로 추정된다는 보도를 거듭 실었다. 이를 읽은 라피트는 안도했으며, 그의 믿음은 더욱 굳건해졌다.

그러나 이 싸구려 호텔에 머무른 지 사흘째 되는 날 아침, 방에서 나와 엘리베이터를 향해 복도를 지나가던 도중 - 이 호텔에는 손님용 엘리베이터가 하나뿐이었다 - 그의 눈에 들어온 것이 있었다. 객실 문과 철문이 달린 엘리베이터의 중간쯤 계단을 지나면서, 그는 양복을 입은 두 남자가 계단 아래에 서 있는 모습을 보았다.

그들은 그곳에 멈춰 서 있었다. 그들이 올라오려는 중인지, 내려가려는 것인지 알 길이 없었다. 그가 보기에 두 사람은 그를 보자마자 몸을 살짝 숙이고 벽에 몸을 붙이려는 듯 뒤로 젖힌 것 같았다.

그는 두 사람을 알아본 것 같은 표정을 짓지 않았다. 그리고 달아나고 싶은 충동을 겨우 참았다. 계단이 막힌 상태에서 어디로 달아나야 할까? 그는 그에게 열려 있는 유일한 길을 따라갔다. 어쨌든 그는 자기가 틀렸을지도 모른다고 스스로에게 말했다. 신경이 곤두서서 착각한 것인지도 모른다. 저 계단 뒤에 몸을 숨긴 두 사람은 그에게 전혀 관심이 없을지도 모른다. 버튼을 누르고 엘리베이터가 올라오기를 기다리는 동안, 라피트는 그런 생각을 마음속으로 되풀이하고 있었다.

놀랍게도 낡은 엘리베이터 - 삐걱거리고 퀴퀴한 냄새가 났다 - 가 금방 올라왔다. 와이셔츠 차림의 엘리베이터 직원을 제외하면 텅 비어 있었다. 라피트는 엘리베이터에 올라타면서 어깨 너머로 힐끗 옆을 쳐다봤지만, 두 남자의 모습은 보이지 않았다.

엘리베이터에 라피트 말고는 손님이 없었기 때문에 중간에 한 번도 멈추지 않고 사무실 층이 있는 1층에 도착했다. 엘리베이터는 바닥보다 1피트 정도 위에 멈췄다가 다시 6인치 정도 아래로 내려갔다. 직원은 전문가가 아니었는지, 로비 바닥에 맞춰서 엘리베이터를 세우는 데 애를 먹었다.

이 지연된 시간은 라피트가 자신의 판단이 틀리지 않았음을 순간적으로 깨닫기에 충분했다. 엘리베이터 출입문 사이로 두 남자가 가까이 다가와 그를 응시하고 있었다. 그들의 표정과 자세는 경계심과 함께 확실한 준비가 되어 있었다. 라피트는 사복을 입은 형사를 금방 알아볼 수 있었다.

위층과 아래층에서 차단당한 상태였지만, 라피트에게는 아직 기회가 남아 있었다. 별로 좋은 방법은 아니지만 유일한 기회였다. 지금 당장 엘리베이터를 타고 올라가서 3층이나 4층에서 내릴 수 있다면 호텔 뒤쪽의 비상계단 – 비상계단 쪽에 형사가 없다는 가정 아래 – 을 통해 도망치면 탈출할 수 있을지도 모른다. 엘리베이터 직원이 우왕좌왕하는 동안 라피트는 그렇게 생각했다. 그리고 바로 실행에 옮겼다.

뒤에 서 있던 그는 온 힘을 다해 불운한 엘리베이터 직원의 턱을 때렸고, 기절해서 일시적으로 무력해진 그를 엘리베이터 구석 쪽에 앉혔다. 라피트는 조작 레버를 잡고 강하게 밀어 올렸다. 엘리베이터가 위로 올라가기 시작했지만, 그런 기계에 익숙하지 않은 데다가 당황한 나머지 꼭대기 층까지 올라갔다. 하지만 겨우 방법을 알아낸 그는 레버를 당겨 아래층으로 내려가기 시작했다.

이전보다 말을 잘 듣게 된 엘리베이터는 속도를 줄이며 3층 바닥과 천천히 수평을 맞추는 중이었다. 엘리베이터는 조금씩 내려갔지만 멈출 때까지 기다릴 수 없었던 라피트는 안쪽의 안전문 걸쇠를 푼 다음 바깥쪽 철문을 열고 머리를 내밀었다가 문이 다시 닫히려 하자 몸을 움츠리고 밖으로 뛰쳐나가려 했다.

엘리베이터 직원은 재치 있고 혈기왕성한 아일랜드 소년이었다. 그는 반쯤 멍한 상태였지만 싸움꾼의 본능은 잠들어 있지 않았다. 그는 나중에 말한 바로는 반사적으로, 그리고 분노에 차서 도망치려는 가해자의 한쪽 다리를 붙잡았는데, 다른 쪽 다리로 자기를 찰 때까지 붙잡고 있었다고 한다.

하지만 하늘에 맹세컨대 레버는 절대 건드리지 않았다고 한다. 천천히 내려가는 엘리베이터의 뒤쪽에 네 발로 엎드려 있는데, 어떻게 레버를 건드릴 수 있겠는가? 그래서 바로 그 순간 왜 엘리베이터가 전속력으로 움직였는지, 그에게는 물론 모든 다른 사람에게도 수수께끼였다.

어쨌든 엘리베이터는 최고 속도로 움직였다. 아일랜드 소년은 바닥에 주저앉아 비명을 질렀지만, 동시에 터져 나온 라피트의 비명이 훨씬 더 컸다. 라피트의 머리는 바깥에, 몸은 엘리베이터 안에 있었다. 마치 거대하고 무거운 칼로 벤 것처럼 완전히, 그리고 거의 깔끔하게 목이 잘린 라피트의 모습에 아일랜드 소년은 손으로 눈을 가리고 있었다.

스페인 사람과 이탈리아 사람의 이야기로 돌아가자. 기차에서 탈출한 날 밤, 두 사람은 거의 밤새도록 서쪽으로 꾸준히 걸어갔다. 그 덕분에 법무부 특별 수사관 시신을 버린 곳에서 꽤 먼 거리를 확보할 수 있었다. 또한 체온도 유지되었다. 당시는 여름이었지만, 사막의 밤은 쌀쌀하고 매우 추워질 수도 있다. 동이 트기 전, 그들은 철길에서 대기 중인 화물열차에 올라탔다. 그 기차는 서쪽을 향하고 있었다. 두 사람에겐 절호의 기회였다.

그들은 재빨리 무개화차에 올라타 쌓인 농기구 뒤에 몸을 숨겼다. 아침을 먹지 못했지만, 그 외에는 별다른 불편함 없이 정오까지 계속 달렸다. 그러다가 열차 제동수가 그들을 발견했다. 그는 그들에게 당장 내리라고 거칠게 명령했다.

하지만 반쯤 몸을 숨긴 채 쪼그리고 앉아 있는 그들을 보자마자 제동수의 말투가 부드러워졌다. 마음이 바뀌었으니 원하는 만큼 더 타고 있어도 좋다고 말했다. 그러고는 기관사나 다른 누군가에게 뭔가 중요한 용건이 있는 것처럼 서둘러 열차 앞쪽으로 떠났다.

두 사람은 하차를 선택했다. 그들은 제동수가 급하게 자리를 뜬 순간을 주목했다. 아마 지금쯤이면 이미 탈주자들을 쫓는 추격이 시작되었을 것이고, 그들에 대한 정보도 기찻길을 따라 앞뒤로 알려졌을 거로 생각했다. 열차는 시속 20마일 이상의 속도로 달리고 있었는데, 제동수가 시야에서 사라지자마자 두 사람은 바로 뛰어내렸고, 총에 맞은 토끼처럼 비탈길 아래로 굴러 떨어져 마른 도랑 바닥에 부딪혀서야 겨우 멈췄다. 그린은 가벼운 타박상과 긁힌 상처 말고는 특별히 다친 곳이 없었지만, 가자는 발목을 심하게 삐었다. 그는 그린의 팔에 기대어 발목을 끌며 선로에서 멀어졌다.

이제 선로에서 최대한 멀리 벗어나는 것이 가장 중요한 목표였다. 그들은 적당한 방향을 골라 기복이 심한 황무지를 지나 뜨거운 열기를 뚫고 북쪽으로 이동해 멀리 보이는 얼룩덜룩한 단층이 있는 높은 산을 목표로 삼았다.

오후 내내 걸었지만 겨우 5마일을 걷는 데 그쳤다. 가자의 왼쪽 발목은 마치 코끼리 발처럼 부어올라 한 걸음 한 걸음 내디딜 때마다 고통에 시달렸다. 그는 더 이상 갈 수 없다는 것을 알고 있었다. 그린도 그 사실을 잘 알고 있었고, 이미 머릿속으로 잠정적인 계획을 세우기 시작했다. 자기방어 법칙은 그가 좋아하는 몇 안 되는 법칙 중 하나였다. 두 사람은 더위와 갈증, 그리고 피로에 시달렸다.

5마일쯤 힘겹게 걸어 고개를 넘었을 때, 그들은 거의 바로 아래에 있는 점토 오두막을 보았고, 그리 멀지 않은 곳에 있는 많은 양 떼가 눈에 들어왔다. 오두막집 앞에서는 작업복을 입은 한 남자가 죽은 큰 소의 가죽을 벗기고 있었다. 양 떼가 하늘과 땅의 경계선으로 들어올 때, 그는 그들을 보고 일어섰다. 두 사람은 그 남자를 향해 걸어갈 수밖에 없었다. 그들이 천천히 다가오자, 그의 갈색 얼굴에 호기심 가득한 표정이 스쳐 지나갔고, 가만히 서서 바라보고 있었다. 그 남자는 멕시코 사람이거나 혼혈 원주민인 것 같았다.

비틀거리며 가까이 다가간 가자가 영어로 말을 걸었지만, 남자는 모르겠다는 듯 고개를 갸웃거렸다. 그러자 가자는 스페인어로 말을 걸었고, 그도 어눌하게 대답했다. 두 사람은 잠시 이야기를 주고받다가, 남자가 문간에 걸어둔 물주머니를 꺼내 그들에게 대접했다. 물은 미지근하고 쓴

맛이 났지만 고맙게도 메마른 목을 적셔주었다. 그런 다음 남자는 오두막으로 들어갔고, 가자는 그린을 위해 그들이 나눈 대화 내용을 이탈리아어로 통역해주었다.

"저 친구는 이 오두막에서 혼자 살고 있다는군. 우리한테는 좋은 일이야." 스페인 사람이 빠르게 설명했다. "일주일 전에 멕시코에서 일자리를 찾으러 왔다가 어떤 그링고 – 백인이라는 뜻이야 – 가 일자리를 주었대. 그 백인은 양을 키우는 사람인데, 자기 목장은 몇 마일 떨어진 곳에 있다더군. 그는 양 떼를 이리로 몰고 와서 한 달 동안 먹을 식량을 준 다음 양들을 돌보게 했어. 그러니까 그 백인, 즉 고용주가 오기까지 3주 정도 남았다는 거야. 그 백인을 제외하면 이 지역에 아는 사람은 아무도 없다고 해. 우리가 오기 전까지는 그동안 아무도 본 적이 없다는군. 그래서 우리를 만나서 반가워하는 거지."

"우리에 대해서 뭐라고 말했어?" 그린이 물었다.

"우리는 자동차로 전국을 여행하는 중인데, 어젯밤 가파른 길을 내려가다가 차가 뒤집혔고 나는 다리를 삐끗했다고 했어. 다친 다리 때문에 근처 마을이나 사람 사는 곳을 찾아 나섰고, 지름길로 가려다가 길을 잃어서 아침부터 여기까지 걸어왔다고 했어. 저 친구는 내 말을 정말로 믿어주더군. 단순하고 무식해서 잘 믿어주는 사람이야."

"하지만 친절하고, 또 평범하기도 해. 이게 그 증거야." 그는 반쯤 가죽이 벗겨진 소를 가리켰다. "사흘 전쯤 이 소를 발견했다더군. 어느 목장에서 길을 잃은 것 같은데, 어디서 왔는지는 모르겠대. 이 친구가 아는 한, 이 근처에 소는 없고 양만 있다고 해.

이 소는 어지러운 것처럼 비틀거렸고 앞이 보이지 않는 것처럼 빙글빙글 돌면서 입에서 거품을 뿜었다고 하더군. 동물이 먹으면 그렇게 되는 잡초가 있다고 그가 말했어. 하지만 혹시나 괜찮아질지도 모른다는 생각에 소의 뿔에 밧줄을 걸어서 이곳으로 데려왔는데, 어젯밤에 죽었대. 그래서 오늘 아침부터 가죽을 벗겼다더군. 방금 우리한테 줄 음식을 만들러

갔지. 친절한 사람이야."

"음식을 먹은 다음엔 어떻게 할 거야? 여기 계속 있을 수는 없잖아."

"잠깐만, 세뇨르. 나한테 좋은 생각이 있어." 그의 말투는 권위가 있고 자신감이 넘쳤다. "먼저 배를 채워 기운을 차리고, 담배를 한 대 피우면서 생각해보자고. 그리고… 두고 봐야지."

양치기가 양철 접시와 양철 컵에 담아 가져온 콩죽과 맛이 변한 베이컨, 얇은 옥수수 케이크와 맛없는 커피로 두 사람은 배를 채웠다. 그리고 그들은 옥수수 껍질에 담배를 말아 함께 담배를 피웠다.

멕시코 사람이 쪼그리고 앉아 고요하고 뜨거운 공중에 담배 연기를 뿜어내는 동안, 가자는 힘겹게 일어나 절뚝거리며 물병에 담긴 물을 한 모금 더 마시고 싶다는 손짓을 하며 문 쪽으로 다가갔다. 그리고 두 사람 뒤에 이르렀을 때, 그는 특별 수사관의 권총을 꺼내 한 발 쏘았다. 오두막집 주인은 뒤통수에 총알구멍이 뚫리고 앞으로 쓰러져 팔다리를 벌린 채 약간 경련을 일으키더니 곧 움직임을 멈추었다.

이 살인은 사람을 죽이는 데 익숙한 이탈리아 사람에게도 큰 충격을 주었다. 이럴 필요가 있었을까? 그는 공포에 질려 떨면서 몸을 일으켰고, 다음 총알이 자신을 향할까 두려워하며 뒤로 물러섰다.

"진정해, 세뇨르." 스페인 사람은 유쾌하게 웃으며 말했다. "동지, 이제 위험이 제거되었어. 어젯밤 희망이 있다고 말한 자네에게는 구원받을 희망이 있어. 내게는 관용의 마음이 있어. 자네에 대한 관용, 나 자신에 대한 관용, 그리고 여기 누워 있는 이 사람을 위한 관용이지. 잘 보게나, 이 사람은 이제 그의 문제에서 벗어났어. 그는 멍청하고 마치 흙덩어리 같은 세련됨이 없는 피조물이었지. 그는 외롭고 비참하게 은둔자처럼 살아왔어. 이제 그는 더 나은 세상, 더 밝은 세상으로 옮겨갔어. 이건 그저 친절함을 베푼 것뿐이야." 그는 발끝으로 바닥에 쓰러져 있는 시체를 건드렸다.

"하지만 이 사람을 떠나보내는 동시에 자네와 우리 모두에 대해서도 생각했어. 지금부터 설명해주지. 먼저 시체를 이 집의 흙바닥에 묻어서 우리가 저지른 일의 흔적이 남지 않도록 해야만 해. 그리고 자네는 여기 있는 음식을 챙겨서 등에 짊어지고 떠나게나. 물통도 가득 채워서 가져가고. 이 권총도 가져가게.

발자국을 남기지 않도록 바위나 딱딱한 땅을 가볍게 밟아 자취를 남기지 말고 얼른 산속으로 숨어 들어가라고. 언젠가 이곳에 올 사람들이 자네를 찾는 걸 포기할 때까지 숨어 있으면 되겠지. 언제가 될지는 모르겠지만. 내가 다리를 못 쓰는 채로 같이 간다면 우리 둘 모두에게 기회가 없을 거야. 하지만 자네 혼자라면 – 무기도 있고, 식량도 있고, 발도 빠르니까 – 탈출할 수 있는 희망이 있어."

"하지만⋯ 당신은? 당신은 어떻게 되는 거지? 희생양이 되려고 하는 거야?" 이탈리아인은 당황한 나머지 말을 더듬었다.

"나는 여기 남아서 수색대를 기다릴 거야. 아주 간단하지. 평화로운 고독 속에서 그들이 오기를 기다리는 거지. 그들이 오기까지 오래 걸리지는 않을 거야. 화물열차에서 만난 남자가 길잡이가 되어 우리의 발자취를 따라오겠지. 늦어도 오늘 밤까지는 그들이 올 것 같은걸."

이탈리아 사람의 혼란스러운 표정을 보고 그는 웃음을 터뜨렸다.

"아직도 어리둥절한가 보군. 그렇지? 내가 관대하고 너그럽다고 생각하나? 글쎄, 그렇긴 하지. 하지만 자네는 내가 어리석다고 생각하는 실수를 하고 있어. 나는 아마 당신을 구할 수도 있겠지만 그와 마찬가지로 나 자신을 구할 생각이야. 잘 보게나, 세뇨르."

그는 허리를 굽혀 희생자의 얼굴을 들어올렸다.

"이 남자와 처음 마주친 순간 나는 깜짝 놀랐어. 이 남자는 나와 몸집, 키, 피부색이 매우 비슷해. 게다가 점잖지 못한 스페인어를 하는데, 나도 그렇게 말할 수 있지. 그 사람의 옷을 입고, 내 입술 위의 콧수염을 깎으면 그를 고용한 백인 눈앞에서도 통과할 수 있을 거야.

나는 곧 그의 옷으로 갈아입고, 내 옷은 시체와 함께 묻어버릴 걸세. 10분쯤 후에는 이 콧수염도 없애버릴 거야. 자네도 봤다시피 그는 얼마

전에 면도한 것 같으니 이 오두막 안에서 면도 도구를 찾을 수 있겠지. 나는 이 사람 대역이 될 거야."

이탈리아 사람에게 빛이 비쳤다. 그는 달려가서 스페인 사람의 양쪽 뺨과 입에 키스했다.

"오, 나의 형제여!" 그는 기뻐하며 외쳤다. "우리에게 먹을 것을 준 사람을 무자비하게 죽이길래 잠시 자네가 지독한 놈이라고 생각했던 것을 용서해주게. 자네는 위대한 사상가이자 위대한 천재야. 하지만 나의 친구." 여기서 다시 의심이 그를 찾아왔다. "수색대가 오면 뭐라고 설명할 건가?"

"그게 가장 중요한 부분이야." 가자가 대답했다. "자네가 여길 떠나기 전에 끈을 가져다가 나를 단단히 묶어주게. 내 손을 뒤로 돌려 묶고, 다리도 함께 묶어줘. 그런 상태로 그리 오래 있지는 않을 테니 견딜 수 있을 거야. 수색대는 나를 찾아낼 테고, 내가 묶여 있으면 내가 하는 말에 더 설득력이 생길 테니까.

그리고 나는 이렇게 말할 생각이야. 오두막 그늘에 앉아 죽은 소의 가죽을 벗기고 있는데, 갑자기 두 남자가 나타나 예고 없이 내게 덤벼들었다고. 그래서 몸싸움을 하다가 다리를 심하게 다쳤고, 그들은 내 목을 조르고 사지를 묶은 다음 음식을 빼앗아 달아났다고. 그 잔인한 두 사람을 아주 세세하게 묘사할 거야. 내 묘사는 아주 정확하겠지. 자네에 대해서는 지금 그대로 묘사할 것이고, 나에 대해서도 지금의 모습을 말해주면 되니까.

화물차에 있던 남자는 이렇게 말하겠지. '그래, 그래. 그게 맞아. 내가 본 두 사람이 틀림없어.' 그는 금방 내 말을 믿을 거야. 그 두 사람이 어느 방향으로 도망쳤는지 물어볼 것이고, 나는 그들이 사막을 건너 남쪽으로 갔다고 말해줄 거야. 그들은 그쪽으로 출발해서 도망친 두 사람을 찾으려 할 것이고, 그 사이에 자네는 북쪽으로 가서 자네를 보호해줄 저 산으로 가면 돼. 세뇨르, 그게 이 이야기의 가장 재미있는 부분이지.

어쩌면 그들은 나에게 더 캐물을지도 몰라. 그러면 나는 이렇게 말하겠지. '일주일 전, 저를 고용해 양을 돌보게 한 백인 남자에게 데려가서 만나게 해주세요. 그는 제 신원을 확인하고 제 이야기를 확인해줄 겁니다.' 그리고 그들이 정말 그렇게 해서 백인 남자에게 확인해본다면 – 틀림없이 확인해줄 거야 – 그들은 나를 풀어주어야 하는데, 그건 이 농담 같은 이야기의 정점이자 절정이 될 거야."

감탄과 감사의 마음이 넘친 이탈리아 사람은 자연스럽게 가자에게 다시 키스했다.

두 사람은 신속하고 신중하게 일을 처리했으며 모든 우발적 상황에 대비해 사소한 것도 간과하지 않았다. 그러나 마지막 순간, 이탈리아 사람이 나갈 준비를 마쳤고, 스페인 사람은 면도를 마치고 죽은 사람의 지저분한 셔츠와 더러운 작업복을 입고 죽은 남자의 모습으로 변장한 다음 돌아서서 양손을 묶으려던 순간, 다리를 묶을 밧줄이 없다는 것을 알게 되었다. 근처에 있던 짧은 밧줄 조각 하나는 그의 손을 묶는 데 사용했다.

그래도 상관없다고 스페인 사람은 말했다. 그의 다리를 움직일 수 없도록 단단히 묶으면 염증이 생기고 심하게 부어오른 발목 관절의 통증이 더 심해질 것이 분명했다. 하지만 추적자들이 도착했을 때 의심을 받지 않으려면 단단히 고정해야만 했다. 여기서 이탈리아 사람이 아이디어를 제공했다. 그는 자신의 영감을 자랑스럽게 여겼다.

그는 죽은 멕시코 사람의 고기 자르는 칼로 소의 생가죽을 가늘고 길게 여러 개 잘라냈다. 그리고 오두막을 받치고 있는 기둥에 스페인 사람을 등지게 해서 앉힌 다음, 소의 생가죽으로 허리와 팔, 상반신을 여러 번 둘러 감은 다음 기둥 뒤에 가죽 끝부분을 단단히 매듭지어 묶었다. 이제 누군가의 도움 없이는 절대 빠져나올 수 없었다. 가죽 끈은 촉촉하고 탄력이 있어서 몸을 움직이면 조금 늘어날 수도 있지만, 느슨해지거나 끊어지지는 않을 것이 확실했다.

스페인 남자는 묶인 채 자리를 잡았고, 짐을 짊어진 이탈리아 사람은 다시 한번 감사의 표시로 은인에게 열렬히 키스한 다음 그의 성공을 기원하면서 작별 인사를 하고 떠났다.

이 광활한 땅에 관한 한 이탈리아 사람은 아무것도 아는 게 없는 완전한 풋내기였다. 하지만 그는 제법 씩씩하게 나아갔다. 해가 질 무렵까지 북쪽으로 전진했고, 그날 밤 여러 가지 색으로 물든 산 아래에서 살해된 사람의 냄새 나는 담요를 덮고 잠을 잔 다음, 아침이 되자 황폐한 땅으로 더 깊숙하게 들어갔다. 그는 가파른 절벽 중간쯤에 있는, 아마도 자연적으로 생긴 산길을 조심스럽게 밟으며 산을 가로지르는 틈이 있으리라고 생각한 곳으로 들어갔다.

그의 발이 미끄러지면서 발밑의 약한 바위가 부서져 떨어져 나갔고, 다른 바위와 부딪쳐 경사면을 따라 굴러 내려오기 시작했다. 동시에 위쪽에서 더 큰 바위가 떨어지면서 자연적인 산길을 막기 시작했고, 그 후 5분 동안 양쪽에서 거대한 돌들이 굴러 떨어지고, 밀려난 흙이 개울처럼 흐르고, 뿌리째 뽑힌 잣나무와 숨 막히는 먼지구름이 굉음을 내뿜으며 거침없이 움직였다.

이탈리아 사람은 목숨을 걸고 달려서 산사태의 경로에서 벗어날 수 있었다. 마침내 안전한 곳에 도착해 뒤를 돌아보니 산사태로 인해 협곡이 거의 꽉 막힌 상태가 되어 있었다. 이 정도라면 사람은커녕 심지어 염소조차도 울퉁불퉁하고 뾰족하게 솟은 절벽을 넘어올 수 없을 것 같았다. 그와 추격자 사이에 완벽한 장벽이 만들어진 것이다.

그는 만족한 마음으로 발걸음을 재촉했다. 하지만 곧 한 가지 사실을 발견했는데, 그 발견은 그에게서 기쁨을 앗아가버렸다. 그가 들어간 이 골짜기에는 출구가 없었다. 서부 사람들이 박스 캐니언(양쪽이 절벽인 깊은 협곡)이라고 부르는 막다른 골목이었다. 그의 좌우와 앞쪽 삼면에는 깎아지른 듯 높고 올라갈 수 없을 만큼 높은 벽이 솟아 있었다. 절벽은 그를 위협했고, 그의 몸을 납작하게 만들어버릴 것 같았다. 당연히 지금 왔던 길로 되돌아갈 수도 없었다. 그는 마치 코르크 마개를 닫은 병 속의 파리처럼, 또는 우물 바닥에 갇힌 개구리와 같은 신세가 되었다.

그는 미친 듯이 자신이 갇힌 이 거대한 감옥의 내부를 구석구석 탐색했다. 샘을 발견했고, 그 물은 약간 알칼리성이지만 마실 수는 있었다. 그에게는 물도 있고, 식량도 어느 정도 있었다. 거의 굶어 죽지 않을 정도로 먹는 양을 줄이면 몇 달은 버틸 수 있을 것 같았다. 하지만 그때가 되면? 그러는 동안 어떻게 될까? 굶주림이 그를 무너뜨릴 때까지, 그가 그토록 두려워했던 독방 감금이라는 운명에 직면하게 된 것이다.

그는 모든 것을 생각한 다음 무릎을 꿇고 권총을 꺼내 스스로 목숨을 끊었다.

영리한 악당인 스페인 사람의 계산에도 착오가 있었다. 그의 계산에 따르면 수색대는 네 시간, 길어도 다섯 시간 이내에 그가 묶여 있던 점토 오두막에 도착할 것으로 예상했다. 그러나 그들이 나타나기까지는 거의 서른 시간이 지난 후였다.

이렇게 늦어진 이유는, 제동수가 무개화차 위의 농작물 수확기 아래 숨어 있던 두 사람을 발견한 지점을 정확하게 지목하지 못했기 때문이다. 게다가 소식을 전달해 지역 수사관들을 동원해 무장 수색대를 조직하는 데도 상당한 시간이 걸렸다. 마침내 수색대가 철로에서 양치기의 오두막까지 이어지는 5마일 정도의 길에 남은 흔적을 발견했을 때는 이미 하루가 훌쩍 지난 뒤였다.

그 길은 북쪽을 향한 두 쌍의 무거운 발자국이 남아 있고, 사막에 바위가 드러난 곳을 제외하고는 평탄한 편이었다. 그들은 발자국을 발견해 서둘러 추적했고, 오두막 근처에 접근했을 때 어떤 사람이 오두막 기둥 하나에 단단히 묶인 채 앉아 있는 모습을 보았다.

서둘러 다가간 그들은 그가 죽었다는 것을 알았다. 얼굴은 새까맣게 그을려 끔찍하게 일그러져 있었고, 그의 눈은 그들을 노려보고 있었다. 혀는 튀어나와 있었고 고통에 시달리던 그의 다리는 뻣뻣해진 채 위로 당겨져 있었다.

그들은 그가 죽은 모습을 가까이에서 보고 매우 연민을 느꼈다. 그는 소의 생가죽 가닥으로 온몸이 묶인 채 하루 내내 뜨거운 햇볕에 노출된 채 앉아 있었다. 생가죽에 열을 가하면 즉각적인 효과가 나타난다. 열은 어떤 물질을 팽창시키지만, 생가죽은 매우 빠르게 수축시켜 강철처럼 뻣뻣하고 단단하게 만든다.

눈부신 태양은 이 가엾은 악마의 몸을 점점 더 단단히 조여서 배와 가슴, 어깨를 압박하고 팔과 옆구리를 단단히 눌렀을 것이다. 하지만 그에게는 매우 불쾌한 과정이긴 했어도 죽지는 않았을 것이다.

결정적으로 생가죽 가닥 하나가 그의 목에 감겨 기둥 뒤쪽에서 단단하게 묶여 있었다. 처음에는 느슨히 걸린 고리에 불과했겠지만, 시간이 지날수록 그것은 철제 고리처럼 목을 조이고 점점 줄어들면서 치명적인 명에가 되어버렸다. 그는 사실상 가로트에 묶인 것처럼 인치 단위로 천천히 목숨이 끊어졌던 것이다.

어빈 S. 코브 Irvin Shrewsbury Cobb(1876~1944) 미국 켄터키주 파두카 출신의 언론인, 소설가이자 유머 작가. 법률가를 희망했으나 열여섯 살 무렵 가정형편 때문에 학교를 그만두고 일자리를 찾아야 했던 그는 글쓰기를 선택했다. 지역 신문 기자로 입사해 열아홉 살에 미국의 최연소 뉴스 편집장이 될 정도로 재능을 발휘했다. 1904년 뉴욕으로 이주해 기자 생활을 이어간 그는 조지프 퓰리처가 운영하는 《뉴욕 월드》로 스카우트되면서 미국에서 가장 높은 급여를 받는 기자가 되었다.

코브는 켄터키를 배경으로 한 유머러스한 소설로 유명하지만, 한편으로는 H. P. 러브크래프트에게 영감을 준 것으로 알려진 〈Fishhead〉(1911), 〈The Unbroken Chain〉(1912) 등 공포 장르의 단편소설도 발표했다.

《코스모폴리탄》 1930년 4월호에 발표한 이 작품은 1934년에 출간된 그의 단편집 표제작이 되었으며, 대실 해밋이 엮은 《Creeps by Night: Chills and Thrills》(1931), 엘러리 퀸이 엮은 《101 Years of Entertainment》(1941)를 비롯한 여러 단편집에 수록되는 등 그의 단편 중 대표작이라고 할 수 있다.

"추리소설은 살인 사건을 다룬다.
살인이란 인간의 극단적인 행위에 속한다.
철학이나 사유 또한 극단적 사색으로 점철돼 있다.
추리소설과 사유에서 '극단'을 보았기에
나는 평생 철학하는 추리소설가가 되었는지 모른다."

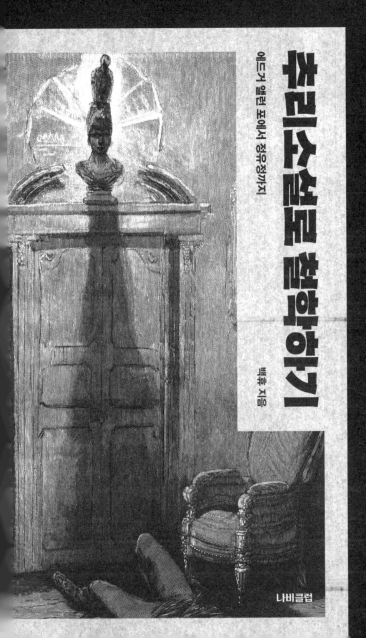

에드거 앨런 포에서 정유정까지

추리소설로 철학하기

백휴 지음

나비클럽

한국 미스터리를 읽는
네 가지 키워드 : ④
사적 제재의 환상과 그 역치

✦ 박인성

이번 연재 마지막 글에서는 미스터리에 국한하지 않고 한국적이면서도 동시대적인 문제에 관해 이야기하려 한다. 이것은 각종 문화 콘텐츠와 장르 서사를 점령하고 있으며, 묘사와 수위 역시 강해지고 있다. 바로 사적 제재와 폭력에 대한 묘사다.

사적 제재는 하나의 시대정신처럼 모든 이야기에 침투하고 있으며, 미스터리 장르 역시 여기서 벗어나지 않는다. 미스터리가 범죄를 다루고 그에 대한 사회적 해결 방법을 제안하는 장르라는 사실을 환기한다면 문제는 더욱 심각해진다. 사적 제재는 미스터리가 오랫동안 고수해왔던 공적인 해결 방법을 단호히 포기하기를, 법과의 협력 관계를 끊어낼 것을 요구하기 때문이다.

근본적으로 국가를 포함하는 공적 체제에 대한 불신이 만연하고, 사적인 방식으로만 문제를 해결할 수 있다는 인식이 널리 퍼진다는 것은 공동체에 있어서 달콤한 독이다. 사적 제재는 마법 같은 효능감과 역치가 동시에 존재한다. 그 통쾌함에 공감하기 쉬운 만큼, 효과는 지속되지 않으며 다시 현실로 눈을 돌리는 순간 답답함이 되돌아오기 때문이다. 따라서 우리는 중독된 것처럼 비슷한 이야기의 효능감을 반복적으로 즐기거나 더 큰 통쾌함을 찾아 나선다. 웹소설 분야에서 고구마 전개를 참지 못하고 더 빠른 이야기 전개상의 효능감을 찾아다니는 사이다패스[1]가 늘어나는 것과도 공명하는 현상이다.

단순히 사적 제재가 나쁘다고 말하는 것만으로는 부족하다. 의식적으로든 무의식적으로든 모두가 이러한 환상을 즐기고 있는 사회적 분위기의 저변에는 분명 우리가 이해한 것보다도 절실한 현실의 요구가 존재한다. 답답하고 해법이 없는 현실에 대한 이야기적 해법을 선

---

1   "사이다 서사는 독자로 하여금 통쾌함을 느끼게 만든다. 다만 사이다 서사에 길들여짐으로써 이야기 흐름에 반드시 필요한 배경이나 인물 설명, 작은 갈등조차도 견뎌내지 못하는 '사이다패스(사이다+사이코패스)'가 생겨나기도 한다." 강신규, 〈서브컬처의 산업화, 미디어산업의 서브컬처화〉, 미디어스, 2022. 12. 6.

호하는 것은 한국적 문화의 대표적인 경향이다. 그리고 이는 주로 눈물과 회한, 후회와 애도로 점철된 한국적 멜로드라마의 변형이라는 사실을 이해할 필요가 있다. 바야흐로 가족 공동체와 미국적인 히어로-자경단 사이의 어떤 복합적인 형태를 제시하고 있는 한국적 사적 제재 서사의 뿌리를 되짚어볼 필요가 있다.

멜로드라마적 사적 제재의 전통

최근 나의 관심사 중 하나는 전 세계적으로 성공적인 영화나 드라마, 시각화된 서사 장르에서 수위 높은 폭력이 시각적으로 강조되는 현상이다. 잔인성이란 대중적이며 오락적이라는 사실을 다시 한번 확인하는 것이기도 하지만, 동시에 거기에는 비가역적이고 회복 불가능한 형태의 죽음과 파괴력이 강조된다는 점 역시 중요하다. 포괄적인 의미에서 폭력을 활용하는 대중문화 장르는 가역적이고 회복 가능한 폭력과 비가역적이고 회복 불가능한 폭력을 활용하는 이야기로 나뉜다. 우선 전자는 코미디/무성영화/애니메이션의 전통에 있으며, 후자는 비극/리얼리즘의 전통에 있지만, 사실 비가역적이고 회복 불가능한 폭력이란 이 둘 사이에서 더욱 선명하게 드러난다. 그것은 코미디나 애니메이션처럼 과장되어 있지만 리얼리즘적으로 잔인하고 파괴적이다. 이러한 과장된 폭력의 비가역성은 자연스럽게 멜로드라마라는 장르를 환기한다. 멜로드라마는 선과 악의 대립과 갈등 속에서 폭력과 파괴된 신체성에 집중하며, '얼마간 피가 있는 무대'를 연출한다.

현실에서 우리는 폭력의 부정성을 쉽게 환기할 수 있지만, 사실 폭력은 서사시로부터 비롯된 장르적 이야기에서 문제 해결을 수행하는 고전적인 수단 중의 하나다. 오히려 이성과 논리를 통해 문제 해결을 수행하는 것을 강조한 미스터리 장르를 제외한다면 상당수의 장르 이야기는 폭력을 통해서 악을 심판하고 인과응보의 결말을 보여주는 것을 선호한다. 비극과 서사시, 중세 기사도 문학과 피카레스크 소설까지 근대 이전의 고전적인 이야기들은 폭력에 대한 이해가 사회 구조적으로 인정되는 경우가 많다. 하지만 근대문학에 이르러 중세적인 '결투'가 인정되는 것은 예외적이며, 근대적 법의식이 문학에 스며들면서 폭력은 장르문학의 일부 영역에서 적절하게 통제될 때만 인정을 받을 수 있다.

상대적으로 중세 이후 구체화된 멜로드라마의 이야기 법칙은 폭력의 사용을 정당화하기 위해 세계를 선과 악으로 나누고 그 둘 사이의 운명을 건 대결을 그리는 장르이므로 폭력 자체가 상징적으로 정당화된 이야기 양식이라고 할 수 있다. 파스칼은 이러한 멜로드라마의 결말에는 언제나 '피가 있는' 운명을 강조하며, 강렬한 결말에 대한 선호 속에서 폭력을 강화한다. 멜로드라마의 폭력성과 선정성은 장르적 관습처럼 여겨지며 극적 효과로서 존중받는다. 관객이 환호하는 콜로세움과 격투장, 우주의 명운을 건 건곤일척의 결투 장면은 모두 멜로드라마의 전형적인 연출이다.

현대적인 각종 서사물에서 물리적 폭력은 불가피한 구조적 폭력에 노출된 자들에게 주어진 적극적인 대응의 수단으로 그려지기도 한다. 특히 오늘날 다양한 이야기 장르에서 계급이나 구조적으로 소외된 사람들, 차별받고 폭력에 노출된 사람들의 대응이 폭력에 대한 맞불 놓기로 이어지는 것은 멜로드라마적 전개의 필수 요소처럼 보인다. 타인의 복수를 대행하거나, 스스로 복수를 수행하는 과정에서 폭력은 은연중에 미화되며, 불가피한 수단으로 정당화된다. 이러한 사적 제재의 폭력적 전통이 최근 트렌드라고 말할 수 있는지는 불확실하다. 우리는 좀더 명확하게 다양한 장르 전통에서 폭력이 사적 제재로 이어지는 경향을 살펴볼 필요가 있다.

한국적인 범죄 서사에서 누아르와 소위 '조폭물'의 계보는 혼합

적이며, 이러한 장르에서 폭력은 그 자체로 정당화되어 있다. 물론 전통적인 누아르에서 폭력은 주인공의 내면 갈등의 결과물이면서 동시에 돌이킬 수 없는 선택이 되기도 한다. 누아르 장르에서 최종적으로 주인공이 선택하는 모든 폭력의 결과물은 주인공 역시 받아들여야만 하는 자신의 운명적 파멸이기도 하다. 반면에 2000년대 초반 한국의 조폭물이 보여주는 특유의 정서는 폭력에 대한 손쉬운 정당화에 있다. 폭력은 어차피 악당의 수단이며, '눈에는 눈 이에는 이'라는 격언처럼 적절한 대상에게 적절하게 사용하는 것은 정당하다. 〈조폭마누라 1〉(2001)과 〈두사부일체〉(2001)에서 주인공들은 불합리한 폭력, 더 나쁘고 더 부도덕한 폭력에 대항하기 위해 기꺼이 폭력을 정당하게 활용하는 존재들로, 그들은 고전적인 협객이거나 의적으로 동일시된다.

심지어 2000년대 한국 조폭물에서 폭력은 적극적으로 유머와 결합한다. 주성치의 영화들에서 으레 그러하듯, 폭력은 유머를 통해서 사소한 것이 되며 폭력이 가해지는 신체의 특수성이 여기서 중요해진다. 무성영화나 〈톰과 제리〉 같은 애니메이션은 '파괴되지 않는 신체'에 대한 폭력을 통해서 유머를 극대화하는데, 2000년대 조폭물 역시 한편으로는 그러한 측면을 공유한다. 신체는 훼손되고 피가 낭자하지만 동시에 그러한 몸은 손쉽게 회복이 가능한 것으로 묘사되거나, 애초에 그다지 중요하지 않은 대상으로서 영화의 프레임에서 금방 사라진다. 폭력은 슬랩스틱 코미디의 영역으로 흡수되어 심각성이 희석되고, 관객들은 노골적인 폭력의 대상이 되는 신체를 보면서 찜찜함을 느끼지만 이내 잊어버리고 웃음에 합류하게 된다.

〈공공의 적〉(2002), 〈공공의 적 2〉(2005), 〈강철중: 공공의 적 1-1〉(2008) 시리즈는 이러한 조폭물의 논리를 주인공인 형사를 통해서 비틀어 보여준다. 이 시리즈는 법 집행자로서의 경찰-형사에게 허용된 법적 한계를 스스로 걷어차고 사적 처벌을 보여주는 방식으로 대중에게 만족감을 제공한다. 경찰이 법의 한계를 느끼고 자경단의 역할을 수행하는 것은 현대적인 슈퍼히어로 장르와 닮아 있는 것이기도 하다. 민중의 지팡이가 민의를 대변해 공공의 적을 응징하는 것, 공동체를 대변할 수 있는 폭력은 아무리 사적이고 감정적인 것이라도 이야기를 통해 정당화된다.

〈공공의 적〉에서 강철중은 이러한 성격을 강력하게 재현하는 캐릭터다. "너 나 모르지? 나 성질 X같은 놈이야. 난 나한테 시비 거는 새끼, 경찰서 안 데려가"라는 대사에서 드러나듯이 그는 공적인 정체성 이상으로 사적인 정체성, 자신의 개인적 감정에 충실한 사람이다. 사실상 〈공공의 적〉은 대한민국의 도덕적 해이와 사법 체계의 한계에 무력감을 느끼면서 사적인 감정에 충실해왔던 강철중이 악질적인 살인범 조규환을 만나면서 공적인 책임감을 환기하는 과정의 이야기이기도 하다. 실제로 강철중은 사적인 복수심을 끝까지 밀어붙이는 인물이며, 조규환에 대한 의심이 점차 확신으로 바뀌면서 사적인 복수심이 공적인 공분으로 전환되는 순간 그의 사적 제재와 폭력은 정당화된다.

물론 텍스트에서 묘사되는 폭력이 아무리 민의를 대변하는 정당성 있는 것이라고 할지라도 그 자체가 가진 과도한 힘을 걱정하는 것 역시 자경단을 다루는 작품들의 반성적 영역이다. 이는 할리우드의 슈퍼히어로 영화에서도 반복적으로 드러나는 주제다. 동명의 그래픽노블 원작의 영화 〈와치맨〉(2009)의 "누가 감시자를 감시할 것인가Who watches the Watchmen?"라는 주제에는 자경단의 사적 제재에 대한 포괄적인 반성적 사유가 포함되어 있다. 하지만 요즘의 경향은 더 이상 이러한 반성적 시선을 반가워하지 않으며, 급진적인 형태의 장르적 접근이라 여긴다. 오히려 반성적 시선과 찜찜함으로부터 벗어날 수 있는 더 확실한 폭력의 효용감을 확인하려 한다.

따라서 여전히 사적 제재를 다루는 서사적 접근방식에서, 이러한 반성적 사적 제재를 효과적으로 활용하기 위해서는 멜로드라마적 성격이 중요하다. 선과 악이 선명하게 구분되고, 그중에서도 교화 가능성이 전혀 없는 진정한 악인이야말로 폭력이 사이다가 되기 위한 핵심적 조건이며, 사회 공동체의 공공선에 대한 결과론적인 해석을 정당화할 수 있기 때문이다. 악의 절대성이야말로 폭력의 사용을 정당화한다. 따라서 멜로드라마는 대중적 장르 서사에 의도적인 도덕주의나 인간 이해에 대한 단순성을 제공해준다. 그것은 우리가 사회를 바라보는 의도적인 보수성의 산물이다. 범죄자는 악인이며, 악인은 결코 우리 편이 될 수 없다. 폭력은 교화나 교정을 위한 것이 아니라, 순수한 악에 대한 처벌의 효용감에 집중되어 있다. 그러한 절대적인 구별 짓기와 처벌의 효용감을 통해서 우리는 자신이 선한 자들의 편에, 피해 입고 박해받은 자들의 편에 있다는 안정감을 환기한다.

필요악을 자처하는 사적 제재

멜로드라마의 도덕주의 계보에서 사적 제재 이야기를 살펴보는 것은 계보적으로 중요하지만, 고전적인 이야기의 반복이라는 측면에서는 오늘날의 트렌드를 충분히 이해하기 어렵다. 여기에는 사적 제재와 폭력을 더욱 즐겁고 상쾌한 것, 사이다로 느낄 수 있게 해주는 좀 더 편의적이며 몰입이 가능한 이야기 논리 및 묘사 방식이 필요하다. 폭력에 대한 방어적인 활용이 아니라, 선제적인 활용과 파급력을 고려하지 않아도 되는 심리적 알리바이가 요구된다. 멜로드라마는 포괄적으로 선악의 대격돌을 통한 사회적 재구성과 장기적인 개선 가능성을 다루는 장르였지만 오늘날 사적 제재의 환상이 그렇게 포괄적인 사회적 재구성을 꿈꾸는 것처럼 보이지는 않기 때문이다.

앞서 멜로드라마의 전통이 악의 절대성과 악인의 교화 불가능성을 강조했다면, 오늘날의 사적 제재 서사는 우리가 살고 있는 사회의 구조적인 악과, 개선 불가능성 쪽으로 방점을 옮긴다. 폭력은 실로 정당하다. 우리는 언제나 사회적 문제를 해결할 수 없다는 사실을 알고 있다. 사회구성원인 우리가 법에 의한 문제 해결 가능성을 믿지 않을 때, 비로소 폭력의 진가가 발휘된다. 우리는 눈앞에 있는 악당을 때려눕히는 것만으로는 진정한 의미에서 문제가 해결되지 않는다는 사실을 안다. 좋다. 그것으로 충분하다. 오히려 세상이 바뀌지 않을 거라면 눈앞의 악당을 일단 철저하게 때려 부수는 것 이상의 만족감을 기대할 수 없기 때문이다.

따라서 오늘날 폭력과 사적 제재를 한 쌍의 이야기 수단으로 정당화하는 일련의 이야기들은 법의 맹점과 한계를 지속적으로 환기하며, 그 사각지대를 활용하는 구조적 기득권층, 혹은 악의를 가진 영리한 주체들의 법망을 피해가는 꼼수에 대한 환기를 복선으로 활용하는 경우가 많다. 장기적인 피드백과 현실의 개선 가능성보다는 사회적 문제의 반복이야말로 멜로드라마의 이야기적 효용이 무력화되는 지점이다. 반대로 현대적인 멜로드라마에서 폭력을 선호하는 이유는 이야기 전개상의 빠른 피드백이 결과적으로 다 높은 효용감을 제공하기 때문이다. 현실의 논리와 이야기의 핍진성보다도 당장의 답답한 전개에 대해 빠른 결론을 제시한다는 점에서도 폭력은 숏텀 피드백의 차원에서 선호되는 이야기적 선택의 결과물처럼 보인다.

드라마 〈빈센조〉(2021)와 〈원 더 우먼〉(2021)은 비슷한 시기에 구조적인 힘을 가진 기득권 세력의 악행을 심판하는 일련의 사이다 전개를 보여줌으로써 대중의 인기를 얻었다. 〈원 더 우먼〉이 주인공인 검사를 통해서 상대적으로 온건한 결말과 사법적 처벌에 이를 수 있었던 이유는, 상대적으로 악당들이 실행한 악행의 정도 및 심각성과 맞물린다. 〈원 더 우먼〉의 악당인 한주그룹은 전형적인 한국형 악덕 재벌 가족이며, 최종 보스 한성혜 역시 특별히 카리스마적인 악당이라고 할 수 없다. 한성혜는 살인교사를 포함한 다양한 범죄를 저지르지만 적어도 삼촌 한강식에 대한 최초의 우발적 살인에 대해서는 후회와 죄책감을 느끼는 범용한 인간이다. 사실상 한번 선을 넘어버린 이후 돌이킬 수 없게 된 사례이며, 능력 면에서도 가족 중에서 특출나다고 할 수 없어 결과적으로 주인공인 조연주에게 완전히 농락당하며 사법적 처벌을 받게 되는 인물이다. 이 작품은 지극히 온건한 형태의 멜로드라마이며, 특유의 코미디적인 정서로 고구마 전개를 완화하고 손쉬운 사이다 해결을 제공한다.

반대로 〈빈센조〉에 등장하는 바벨그룹은 각종 불법적인 임상 실험과 불법 약물까지 개발해 총체적인 사회적 패악을 저지르는 거대 악이다. 심지어 바벨그룹의 수장 장한석의 경우 선량한 보통 사람들을 가차 없이 죽이고 착취하는 인물로, '사회화된 사이코패스'다. '바벨'은 인간의 탐욕을 상징하는 거대한 악의 대명사이며, 장한석은 오늘날 비인간화된 거대 기업을 대변하는 사이코패스적인 CEO를 상징한다. 그는 단순한 개인으로서의 쾌락 살인마인 사이코패스와 구별된다. 더 많은 사람에게 사회 구조적인 해악을 끼치고, 노동자를 착취하는 것에 대해 아무런 죄책감이 없다는 점에서 그렇다. 장한석과 같은 구조화된 악을 정당하게 처벌하기 위해서는 사법적 방식보다 더 강력하고 비가역적인 형태의 처벌이 필요하다. 따라서 뜬금없는 설정이지만 이탈리아 마피아인 빈센조 까사노라는 인물이 등장하게 된다.

이탈리아에서 마피아의 콘실리에리이자 자문 변호사로 활동하는 인물인 빈센조는 한국에서는 사법적인 역할을 할 수 없지만, 변호사 홍차영과의 팀업을 통해서 가급적 한국의 사정에 맞는 사법적 역할과 마피아의 수단을 절충하려는 인물이다. 하지만 장한석에 의해 친모 오경자가 살해되자, 완전히 마피아의 수단으로 장한석을 처벌하겠다고 마음먹는다. "악은 악으로 처단한다Un diavolo scaccia l'altro"라는 빈센조의 모토는 장한석과 악덕 변호사 차명희를 직접 고문하고 살해하는 것으로 실현된다. 마지막 회에서 주인공이 직접 악당을 고문하고 살해하는 과정은 기존의 한국 멜로드라마가 가급적 넘지 않으려고 했던 선을 넘어버린 사적 제재 서사의 본격적인 2막을 알렸다. 빈센조의 마지막 독백은 상징적이다.

> 난 여전히 악당이며 정의 따위엔 관심조차 없다. 정의는 나약하고 공허하다. 이걸로는 그 어떤 악당도 이길 수 없다. 만약에 무자비한 정의가 세상에 존재한다면 기꺼이 져줄 용의가 있다. 악당 역시 평화로운 세상에 살고 싶으니까. 하지만 이런 세상은 불가능하기에 새로운 취미를 가지게 됐다. 쓰레기를 치우는 것. 쓰레기를 안 치우면 쓰레기에 깔려 죽기 때문이다. 마지막으로 악당의 관점에서 하고 싶은 말이 하나 있다. "Il male è grande e vasto(악은 견고하며 광활하다)."

이러한 독백은 명백한 주제 의식을 드러내지만, 그럼에도 의문은 남는다. 빈센조 까사노는 진정한 의미에서의 악한惡漢, 피카로picaro가 아니다. 아무리 빈센조가 악랄한 방식으로 악당들을 살해했다고 할지라도 〈빈센조〉는 피카레스크 장르가 아닌 멜로드라마의 범주 안에 있다.¹ 빈센조는 타고난 악인이 아니라 인간적으로 고뇌하며, 고통과 시련에 몸부림치다가 스스로 악이 되기로 결단하는 인물에 가깝다. 이것이 이 드라마가 우리에게 최소한의 공감대를 주는 영역이다. 타고난 악이 아니라 필요악이며, 해결되지 않는 사회 문제에 대한 궁극적 해결이 아니라 파편화된 해결만이 우리에게는 실체적인 응답이 된다. 무엇보다도 빈센조는 가족의 복수라는 사적인 분노와 공적인 분노를 합치

---

1   피카레스크 장르에 대한 일반적인 오해는 피카레스크가 단순히 악당이나 부도덕한 인물을 주인공으로 내세우는 캐릭터 소설이라고 생각하는 것이다. 하지만 피카레스크 장르의 핵심은 사실 '뒤를 돌아보지 않고 질주하는' 전근대적인 인간상을 반영하는 것이다. 그것은 인간이 교양을 통해 변화하거나 성장한다는 개념이 나타나기 이전의 세계, 즉 캐릭터란 곧 성격이자 운명이라는 사실을 반복하는 세계이기 때문이다. 반대로 근대소설의 주인공은 이제 공동체와 도덕선에 복무하며 다소간 일탈을 저지르지만, 그로 인한 갈등을 통해 사회로 입사initiation하는 인물들이다. 교양bildung과 성장의 개념이란 바로 그러한 보편적 근대 사회로의 진입 속에서 의미화되는 표준화된 삶을 대변한다.

시키는 방식으로 악당에 대한 사적 제재를, '악'이라는 이름으로 정당화한다. 빈센조는 사적 제재가 악이라는 사실을 안다. 하지만 악은 해결할 수 없는 사회적 문제 앞에서 당연해진다. 결과적으로 〈빈센조〉가 우리에게 제공해주는 사적 제재의 '더 나은 악'이다.

〈빈센조〉가 하나의 선을 기꺼이 넘어감으로써, 이제는 더 노골적이고 자연화naturalization된 사적 제재가 각종 문화현상으로 자리 잡기 시작했다. 예전부터 폭력에는 폭력으로만 대응할 수 있다는 환상이 만화 속에서 재현될 때 흔히 '이건 정당방위'라서 정당한 폭력이라는 논리로 표현되는 경우가 많았다. 폭력을 우선으로 활용하는 경우, 사후적인 폭력은 상대적으로 '더 나은 폭력'이라는 사적 복수에 대한 감정적인 대응의 보상적 판타지는 여전히 많은 사람에게 자극적인 만족을 준다. 법은 너무 느리고 불확실하다. 반면에 폭력은 즉각적이며 시각적인 만족감과 환상성을 제공한다.

법은 멀고 주먹은 가깝다

서브컬처의 계보에서 일본의 만화들 역시 폭력에 대한 다양한 정당화와 미학화를 수행해왔다. 특히 후지사와 토오루의 학원만화 〈GTO〉(1997~2002)에서 주인공 오니즈카 에이키치의 역할은 대상을 가리지 않고 방황하며 도덕적 해이에 빠진 사람 전반을 갱생하는 것에 있다. 이는 학생에 그치는 것이 아니라, 직업윤리를 상실하고 교권을 남용하는 교사, 학생들을 범죄로 유혹하는 학교 밖 사회구성원들에 대한 처벌과 반성을 담보한다. 이는 동시에 주인공 오니즈카의 삶의 방식이 더 많은 사람에게 받아들여지며 사회적 동료로서 인정받는 과정과 병행한다. 아이러니하게도 주인공의 폭력은 포괄적인 공공선에 대한 기여와 사회적 성장 속에서 설득력을 얻는다.

〈GTO〉야말로 〈빈센조〉와 달리 시대착오적인 피카로 캐릭터를 묘사한다고 할 만한데, 오니즈카에게는 다른 삶의 선택지나 절충적인 삶의 태도가 애초에 존재하지 않으며 자신에게 주어진 성격을 끝까지 관철함으로써, 세태에 대한 비판적 풍경을 목격하고 일본 사회의 도덕적 타락을 환기한다. 참교육을 수행하는 폭력의 수행자에게는 결정적으로 캐릭터로서의 특수성, 즉 이미 시대착오적인 인물이 되어버린 피카로의 좌충우돌 속에서 설득력을 얻는 셈이다. 실제로 오니즈카는 과거 특공복을 입은 후료우不良로서의 유치하고 구시대적인 정체성을 성인이자 교사가 된 현재 시점에서도 타협 없이 관철함으로써, 학생들에게 성숙하기를 강요하는 어른들의 위선과 기만을 폭로하고 더 나아가 아이들의 미성숙을 적극적으로 격려함으로써 그들을 갱생시킨다.

이는 마치 하드보일드의 주인공이 자기 시대와 총체적으로 불화하면서 시대착오적인 태도를 보이는 것과 유사한 전략이다. 다만 오니즈카는 하드보일드 탐정처럼 염세적인 도덕주의와 자발적인 고립을 통해 스스로를 지키는 것이 아니라, 친사회적이며 자신과 유사한 청소년들에게 친구 같은 멘토가 되어준다는 점에서 개인으로서의 고립이 아니라 공동체적인 도피처를 제공하는 인물이다. 하드보일드와 달리 일본 서브컬처 학원물의 전통은 냉소주의가 아니라, 낙관적인 낭만주의로 무장하고 있다. 사회와 공동체, 폭력적인 수단을 억압하는 사회구조에 대해 일반적인 방식, 공동체 전반을 설득하는 논리적이고 이성적인 방식이 아니라 캐릭터 자체의 특수성으로 비약해 뛰어넘는다. 이러한 캐릭터들은 반사회적이고 반규율적이지만, 동시에 사회적 정의에 의해 중화될 수 있어야 한다.

이러한 서브컬처 계보에서 학원 폭력물이 우리 사회에서 재구성되는 방식은 다소 반낭만적이며, 염세적이기까지 하다. 갱생은 존재하지 않으며, 따라서 악을 억제하는 것만이 중요하다. 억제력으로서의 폭력, 이를 부르는 말이 바로 '참교육'이다. 오늘날 참교육이라는 말은 하이퍼리얼리티적인 사이다 문제 해결 논리를 대변하는 용어가 되었다. 한국프로야구 역사에서 대표적인 사건이 되어버린 호세-배영수 사이에 있었던 폭력 사건(2001)에서 프로야구의 밈으로 출발한 참교육이라는 용어의 활용에는 '무개념의 사람'에게 '깨달음을 주는 것'으로 일종의 수직적 계몽 효과를 지칭한다. 참교육은 언제부터인가 '정의 구현', '팩트 폭격' 등과 함께 제대로 교육받지 못한 사람, 반사회적인 사람들에 대한 강제적인 사회화 과정을 함축하며, 사회적 정의를 구현하는 사적 제재에 대한 환상을 대변하는 말이 되었다. 네이버 웹툰 〈참교육〉(2020~)에서 그려지는 참교육 역시 학원 폭력으로 물든 학교의 악당들에게, 주인공이 공권력의 대변자로서 가차 없이 폭력을 행사하는 장면들이 제공된다.

하지만 누구나 알고 있듯이, '참교육'은 교육이 아니다. 거기에는 교육적 효과가 없으며, 다만 악에 대한 억제력과 보복의 통쾌함이 있을 뿐이다. 과거 조폭물을 흡수한 학원물이 다루는 학생과 학교 폭력의 문제는 사회화 이전의 학생들에게 기대되는 긍정성과 미래에 대한 전망 자체가 무력화되어 있는 현실의 압축이자 가해자와 피해자로 나뉘는 이분법적 이해의 보편화다. 참교육의 세계는 그 크기와 무관하게 피해자와 가해자로 이뤄진 세계에 대한 감수성을 가장 적극적으로 드러내며 피해자가 받아야 할 정서적인 보상의 문제를 가해자들에 대한 물질적·신체적 피해로 대체한다. 가해자의 갱생과 교화는 불확실하지만, 피해자의 정신적 피해는 영구적이라는 사실에 근거해 그러한 피해를 되돌려주는 것만이 우리에게 가능한 시각적 효능감이다.

심지어 사적 제재에는 폭력에 의한 숏텀 피드백의 효능감이 있다. 사적 제재는 공공의 해법에 대한 불신감과 대조적으로 더 즉각적이고 빠른 만족감을 주기 때문에 선호된다. 무엇보다도 가시적인 폭력을 통한 숏텀 피드백은 시각적인 만족감만큼이나 우리 사회의 구조적인 폭력, 비가시적인 폭력의 문제를 물질적이고 가시화된 폭력으로만 강조해 보여준다. 다만 폭력에 대한 묘사는 더 큰 폭력과 더 큰 악당, 더욱 만연한 사회적 혼란에 대한 이해로 확장될 뿐이다. 폭력의 생성과 작동 원리는 구조화되어 있지만, 이를 개개인의 차원으로 강조해야만 이야기 논리와 주제 의식은 더욱 선명하게 완결될 수 있다.

이러한 폭력의 억제력에 대한 과도한 시각적 전시와 숏텀 피드백의 효능감을 극대화하는 작품이 〈범죄도시〉(2017~) 시리즈다. 이는 마동석이라는 배우-캐릭터에 대한 하나의 장르화, 과장된 남성성에 대한 일종의 미학화와 시각적 만족감에 대한 이해에 기반하고 있다. 하나의 대중문화 코드로서 마동석은 폭력을 통한 숏텀 피드백, 참교육이라는 개념을 거의 육화했다고 말할 수 있는 육체성을 보여준다. 그는 어떠한 폭력에도 절대 파괴되지 않는 물신화된 존재를 상징한다. 이처럼 과장된 육체성에 대한 재현과 선호는 우리 사회 내부에 편재하는 폭력성에 대한 방어, 나를 겨냥하는 물리적 폭력에 대한 자기방어의 환상을 내포한다.

고전적인 마초 캐릭터를 재소환해 대중문화의 코드로 활용하기 위한 조건은 그러한 마초성을 내적으로 순치하기 위한 유머 코드, 그리고 귀여움에 대한 적극적인 재발견이다. 마동석은 마초인 동시에 '마요미'이기도 하며, 과장된 육체 내면에는 순수하고 정의감 있는 유연한 내면을 갖추고 있다. 이는 타인에 대한 폭력과 나에 대한 친절함을 뒤섞어 실질적인 무해함을 연출함으로써 남성성 자체의 폭력을 중화하고 차별화한다. 폭력이라는 수단과 과장된 육체성이라는 자기방어의 환상은 오늘날을 지배하고 있는 공격적인 정서만큼이나 세상의 복잡성, 문제 해결의 난망함을 다양하게 내포하고 있다. 사람들은 그저 폭력을 선호하는 것이 아니라, 어쩌면 온갖 형태의 복잡한 논리에 사로잡혀서 문제를 알고 있음에도 불구하고 문제 해결에 있어서는 소극적이고 인색한 우리의 현실과 삶 자체에 대한 회의주의를 표현하는 것인지도 모른다. 사람들은 만성적인 무기력함과 피로감에서 벗어나기 위해 단순성의 미학에 사로잡히는 것이다.

　　알렉산드로스 대왕과 고르디우스의 매듭에 대한 우화는 단순성의 환상을 시각적으로 보여주는 고전적인 이야기다. 알렉산드로스 대왕이 소아시아의 프리기아 왕국을 지날 때, 신전에 우마차를 묶어놓은 복잡한 매듭을 아무도 풀지 못하고 있다는 말을 들었다. 그러자 알렉산드로스는 칼로 매듭을 잘라버린다. 폭력의 미학은 바로 여기에 있다. 학원물을 중심으로 하는 웹툰은 현실의 복잡성을 학교라는 세계의 압축으로 단순화한다. 온갖 세상의 복잡한 논리와 내면은 휘발되고, 청년들의 단순성, 그리고 그러한 단순성을 보호하기 위한 청춘의 아우라, 의도적인 유머의 과장성이 함께 존재하고 있기 때문이다. 마찬가지로 마동석의 육체는 우리 시대의 복잡성을 과장된 육체성과 파괴적인 폭력성으로 압축한다. 이러한 이야기들은 인풋과 아웃풋으로 구성된 숏텀 피드백의 효과를 강력하게 전시한다. 다만 누구도 더 이상 세상을 더 낫게 만드는 것에는 관심도, 기대도 없다. 그것은 우리에게 너무 어렵고 지루하고 복잡한 세계만을 환기한다.

나의 즐거운 복수 지옥
: 〈더 글로리〉, 〈지옥에서 온 판사〉

　　빠르고 효능감 높은 사적 제재와 복수의 시대, 누구나 인정하듯 이제 이러한 장르의 주인공은 불합리하고 부조리한 방식으로 가해진 피해에 대해 참고 살지 않는다. 멜로드라마의 주인공이 갖추어야 하는 도덕적 선함과 시련을 감당하는 미덕도 필요하지 않다. 받은 것은 반드시 되갚아야만 하며, 동등하거나 그 이상의 고통을 상대방에게 가할 수 있어야 한다. 문제는 그러한 응징과 복수의 자연스러운 당위성이다. 이러한 당위의 구성이야말로 오늘날 사적 제재 서사가 빠르게 갖추어야 하는 것이며, 동시에 단순히 피해자로서가 아니라 좀 더 전문적인 사적 제재의 수행자로서의 역할을 감당하는 방식이기도 하다. 〈더 글로리〉 (2022~2023)와 〈지옥에서 온 판사〉(2024)는 〈빈센조〉가 어렵게 넘어간 사적 제재의 당위라는 문턱을 저마다의 방식으로 따라간다.

물론 〈더 글로리〉에서 주인공 문동은에게 가해지는 폭력의 수위는 말 그대로 물리적이고 육체적인 형태의 폭력을 뛰어넘는다. 그것은 몸과 마음을 함께 타격하는 것이며, 인간이 인간으로서의 존재 조건을 구성하는 내면을 파괴하는 것으로 그려진다. 문동은은 자신의 표현대로 이미 '폐허'가 되어버린 삶을 살아가는 일종의 난민이다. 그는 자기 삶에 정주할 수 없기 때문에, 오직 '복수자'로서의 정체성으로서만 삶을 의미화할 수 있다. 심지어 문동은은 어떠한 방식으로도 자신이 놓인 삶의 풍경을 다시는 복구할 수 없음을 자각한 채로 체념적인 복수를 감행한다. 이 과정에서 문동은이 활용하는 수단들은 물리적 폭력이라기보다는 복합적인 형태의 폭력이다.

〈더 글로리〉가 근래의 복수담 혹은 사적 제재 서사에서 갖는 차별성은 철저하게 오랜 시간을 들여서 '롱텀 피드백' 스타일의 복수를 보여주었다는 것이다. 이는 문동은의 복수가 자기만족이나 대상에 대한 물질적 폭력, 손쉬운 해결로 완성될 수 없다는 사실을 반복적으로 강조하는 것이기도 하다. 문동은의 복수는 박연진이 가장 관성적으로 소유하고 있는 계급적 물질성에 기반한 심리적 와해, 자신과 같은 몸과 마음의 폐허를 공유하는 것에 있다. 이는 피해자가 가해자에게 제공할 수 있는 가장 적극적인 형태의 공감의 형식이다. 폭력은 여기에서 스스로를 승화하고 극복해야 한다. 문동은의 개인적 복수는 이루어지지만, 이제 삶의 목표를 상실한 그녀에게 주여정의 모친이 나타나 아들을 구해줄 것을 요구한다.

〈더 글로리〉는 사적 제재 맥락을 철저한 개인의 복수에서 피해자 연대의 연결성으로 확장한다. 문동은의 복수에 협력하는 이들은 공통적으로 폭력의 피해자들이며, 사회 제도 안에서는 이를 극복하거나 벗어나기 어려운 인물들이다. 그러나 그들의 강한 연대감은 가해자 집단의 반성 없는 관성적 삶에 기대어 더욱 강렬해진다. 반대로 말하자면 그들은 서로를 독립적으로 행복하게 만들 수 없음을 확인한다. '연진아'라는 호명으로 시작해 연진에게 보내는 편지로 종결되는 복수의 서사만으로는 문동은이 행복해질 수 없음을 강조하며, 주여정의 남아 있는 복수의 협력자가 되기를 자임한다. 최종적으로 그들은 감옥으로 들어가는 자발적 구속을 보여준다. 그들은 복수를 위해 기꺼이 감옥에 들어가는 것이지만, 동시에 복수자로서 살아가는 마음의 감옥에서 쉽게 나올 수 없을 것임을 선언하는 결말이기도 하다.

이처럼 〈더 글로리〉의 결말에서 문동은과 주여정은 서로의 복수를 도우며 감옥 안에서도 삶을 견딜 수 있게 하는 총체적인 세계 인식을 압축한다. 언제나 그렇지만 복수는 종결되지 않음으로써만 삶을 의미화한다. 사적 제재는 그러한 의미에서 종결되지 않은 복수의 대체물이다. 사적 제재 서사는 우리 사회 전체를 끊임없는 복수의 연쇄로 파악하는 이야기적 재구성으로, 복수의 완성과 달성으로부터 발생할 수 있는 허무감이나 메타적인 성찰로부터 우리를 보호한다. 〈모범택시〉 시리즈처럼 사적 제재 전문가들은 끊임없는 복수의 외주화를 통해서 사적 제재의 시스템화를 수행한다. 이러한 사적 제재의 시스템은 사적인 감정에 짓눌리지 않으면서 이를 감당할 수 있는 의지적인 삶의 태도를 의도적으로 과대평가한다. 사회를 좀먹는 쓰레기들이 존속하는 한(당연히 존속할 것이므로) 이러한 사적 제재의 외주화 역시 하나의 무한 자본처럼 시스템으로 기능할 것이다.

그러므로 이러한 이야기들에는 이제 좀 더 전문가적인 태도가 요구된다. 사적인 감정보다는 직업적이고 전문성이 필요하다. 이는 공권력과는 구별되는, 자신을 개성화하는 방식으로 발전할 수 있다. 〈지옥에서 온 판사〉는 지옥의 악마들이라는 비인간 존재가 이러한 사적 제재를 수행하는 전문적 조직처럼 현실 사회 안에 침투해 있다. 주인공인 악마 유스티티아가 강빛나라는 인간 판사의 몸으로 들어가 살인자 20명을 지옥으로 보내는 과업을 달성해야 한다. 그 과정에서 다양한 범죄자들을 인간의 법정에서는 우선 용서하고, 악마의 방식으로 제거하는 것이 반복적인 이야기 전개다.

〈지옥에서 온 판사〉를 개성적인 사적 제재 이야기로 만들어주는 장치는 악인을 처벌하는 별도의 무대화다. 악마 유스티티아의 능력은 정확하게 '눈에는 눈 이에는 이'를 구현한다. 인간의 법으로 심판하기 어려운 자들을 지옥으로 보내기 전에, 유스티티아는 범죄자가 피해자에게 제공한 모든 가해 행위를 가해자에게 되돌려줌으로써 역지사지의 고통을 안겨준다. 이 과정은 지나칠 정도로 선혈이 낭자하고 고통으로 일그러진 표정과 육체성을 강조한다. 문제는 유스티티아는 그만큼 인간의 감정을 잘 이해하고 있으며, 어떻게 그것을 자극하고 전시해야 하는지도 잘 알고 있다는 것이다.

그만큼 이 드라마의 논리는 기본적으로 전도되어 있다. 지옥에서 온 악마들은 지극히 인간적이며, 반대로 현세의 인간들은 악마보다도 악랄한 존재로 그려진다. 일반적으로 피해자의 고통에 대해 공감하게 하는 방식이라기보다는 가해자에게 주어지는 고통의 전시에 집중한다. 하지만 전도된 구도의 핵심은 유스티티아가 점점 더 악마로서의 과업과 직업적 전문성에서 벗어나, 한다온이라는 인간을 사랑하게 되는 사적 감정의 영역으로 진입한다는 점이다. 〈지옥에서 온 판사〉는 매우 아이러니한 사적 제재 서사를 구축한다. 우선 이 드라마는 사적 제재와 폭력을 무척 즐겁게 전시하고 이를 시청자들이 즐길 수 있게 한다. 시청자들은 우리 현실을 빗대어 이러한 '진짜 판사'가 필요하다고 주장한다. 하지만 반대로 이야기는 주인공들이 그러한 사적 제재보다도 다시금 공권력의 필요성을 요구하는 방식으로 나아간다. 한다온은 연쇄살인마 J를 스스로 죽이기를 포기하며, 유스티티아는 인간 강빛나로서의 삶을 꿈꾸며 판사로서의 책임감을 환기한다.

이처럼 사적 제재에 대한 환상은 그 역치에 도달하면서 다시금 공적인 것들에 대한 필요성을 환기하기에 이른다. 〈지옥에서 온 판사〉는 가장 편의적이고 전시적인 방식으로 사적 제재의 환상을 선보이며, 그 어떤 사적 제재 서사보다도 강렬한 효능감을 시청자들에게 환기했다. 하지만 동시에 이 이야기는 그러한 효능감의 역치에 도달함으로써, 주인공들이 처한 일상으로의 복귀를 강렬하게 염원한다. 빈센조의 독백으로 돌아가자면, 악은 견고하고 광활하다. 정말 그렇다. 우리의 주인공들이 영원히 악과 싸우는 자경단이기를 선택한다면, 그것은 한국적 슈퍼히어로물로 귀결되어야 할 것이다. 하지만 여전히 한국적인 사적 제재의 서사는 전문적 자경단보다는 평범한 일상과 인간적인 감정을 희구하는 고전적인 멜로드라마의 범주에서 완전히 탈피하지 못했다. 이 절충적인 이야기 구조는 우리가 처한 한국적인 이야기 양식에 있어서 변화의 갈림길을 보여준다.

사적 제재가 결국 사적인 감정에서 출발해 개인의 삶에 위안을 주고 만족을 추구하기 위한 것이라면, 근본적으로 공적인 사회 구조를 바꾸지 못하는 한 효용감은 끊임없이 역치에 부딪힐 수밖에 없는 내적 한계를 가진다. 그렇다면 우리는 기꺼이 직업적인 복수자, 한국의 어벤저스를 꿈꿀 것인가, 아니면 악마조차도 결국 인간화되기를 꿈꾸듯, 끝없는 반복적인 이야기의 굴레 속에서 고통스러운 현실을 환기하며 공적인 것을 포기하지 않는 멜로드라마적인 세계로 복귀할 것인가. 앞으로의 사적 제재 서사를 계속해서 주목해야 하는 이유다. 그리고 미스터리라는 장르는 포괄적으로 그러한 이야기 장르의 생태계 속에서 사적 제재에 대한 환상과 역치를 함께 고민하는 장르다. 이 연재에서 계속해서 강조해온 사회적 장르로서의 미스터리가 그 의미를 끊임없이 재구성하며 씨름해야 하는 장르적 생태계 역시 바로 이러한 사적 제재라는 시대정신에 대한 변종 서사를 구성하기 위한 것이기도 하다.

이번 연재는 이러한 미스터리의 새로운 과제들과, 한국적 이야기의 광범위한 생태계 속에서 당면한 과제들을 환기하는 것으로 마무리하게 되었다. 다음 연재에서는 포괄적인 의미에서의 한국적 '마스터 플롯'을 중심으로 미스터리의 여러 이야기적 선택지와 대중적인 요구에의 응답을 살펴볼 수 있으리라 기대한다. 부디 다음 연재에서는 더 실제적인 오늘날의 장르 생태계를 다룰 수 있기를….

박인성 문학평론가. 2011년 《경향신문》 신춘문예로 등단하여 활동 중. 현재 부산가톨릭대학교 인성교양학부 조교수 및 교보문고 문학팀 기획위원으로 재직 중이다. 최근 본격 국내 미스터리 비평서인 《이것은 유해한 장르다 - 미스터리는 어떻게 힙한 장르가 되었나》를 출간했다.

"30년 차 미스터리 소설가가 말하는 좋은 스릴러 소설"

서미애 소설가

인터뷰 진행 ✦ 김소망

서미애

경상북도 풍기 출생. 대학에서 한국문학을 전공했으며, 1994년 〈남편을 죽이는 서른 가지 방법〉으로 신춘문예에 당선되면서 데 뷔했다. 스릴러 작가이자 TV 드라마, 영화 시나리오 작가로도 활동했다. 영화는 안시 국제 애니메이션 페스티벌에서 그랑프리를 수상한 〈마리 이야기My Beautiful Girl, Mari〉를 시작으로 〈키스〉, 〈그녀만의 테크닉〉 등의 영화 시나리오를 집필했고, 소설 원작 〈반가운 살인자〉가 영화화되었다.

"작가는 독자에게 질문을 던지는 사람입니다. 세상에 대한, 인간에 대한, 그리고 우리 사회의 다양한 모습을 보여주며 질문을 던지죠. 우리, 과연 잘살고 있는 것입니까? 이렇게 사는 게 괜찮은 겁니까?"(서미애, 《남편을 죽이는 서른 가지 방법》 서문 "'서미애 컬렉션' 출간에 부쳐" 중)

서미애 작가는 지난 2021년 프랑스 출판사의 초청으로 해외 프로모션을 다닐 때, 독자로부터 왜 추리소설을 쓰느냐는 질문을 받고 처음으로 '나는 왜 추리소설을 쓰는가?' 하는 고민 끝에 2년 만에 위와 같은 답을 찾았다고 한다. 파격적인 데뷔작 〈남편을 죽이는 서른 가지 방법〉(《스포츠서울》 신춘문예 당선작, 1994)>부터 시작해, 서미애 작가의 소설에는 뒤틀린 일상의 연속과 그것을 당연하게 여기는 사회의 산물들로 가득하다. 범죄자라도 이해하고 싶지 않은 기이한 면모보다는 누구나 마음속에서 한 번은 되어봤던 인물에 가깝게 그려진다.

다이내믹 코리아를 배경으로 한 인간의 범죄 심리에 집중해온 서미애 작가가 지금 쓰고 싶은 스릴러는 무엇일까? 작가가 사회를 바라보는 인식은 소설 집필에 어떤 영향을 미칠까? 지난 9월 말에 데뷔 30주년 기념 스릴러 중·단편 작품집(총 3권)을 출간한 미스터리 스릴러 작가 서미애에게 궁금한 점을 물었다.

한국에서 30년 동안 현업 스릴러 장르 작가로 활동하는 분이 많지 않을 것 같습니다. 30주년을 맞이한 감회가 어떠신가요.

신춘문예를 통해 1994년에 데뷔했지만 10년 넘게 드라마, 영화 쪽 작업을 더 많이 했고 소설 쪽으로 확실하게 넘어온 건 2005년 이후라서, 소설가로 30년이라는 시간을 채운 느낌은 아닙니다. 드라마를 쓸 때는 간간이 단편을 발표하는 정도였고 방송 일에 지쳐 번아웃이 온 후에는 한동안 글을 못 쓰고 책을 보거나 미드, 일드를 보며 시간을 보냈어요. 그 후에야 본격적으로 소설에 집중하기 시작했습니다. 그래서 첫 장편소설도 2009년에 나오게 되었죠(《인형의 정원》, 노블마인). 장르 소설을 쓰면 쓸수록 왜 진작 이쪽에 집중하지 않았나 싶을 정도로 저와 잘 맞아서 30년의 감회보다는 앞으로의 계획에 더 마음이 가 있습니다.

최근에 '작가가 되고 싶다면 최소한 10년은 포기하지 않고 열심히 글을 쓰겠다는 각오를 해야 한다'라는 글을 읽었습니다. 자신의 글이 출간될 기회를 얻는다고 해도 작가의 삶을 오랫동안 지속하는 것이 현실적으로 어려운데, 30년 동안 글을 쓸 수 있었던 원동력은 무엇이었을까요?

제가 가장 좋아하는 미스터리, 스릴러를 다양한 매체로 풀 수 있었기 때문에 지루하지 않았던 것 같습니다. 드라마, 영화 작업과 소설은 매우 다르지만 모두 미스터리, 스릴러 장르라서 흥미롭게 작업할 수 있었죠. 처음부터 소설만 썼다면 지치거나 경제적으로 어려웠을 거예요. 한편으로는 1990년대 장르 소설은 초판을 3만 부씩 찍던 호시절이어서 미친 듯이 일하다 번아웃이 왔을 것 같기도 하네요.

30년 동안 글을 쓸 수 있었던 원동력은 글쓰기가 제가 가장 좋아하는 일이라는 것, 그리고 나를 돌아보기 위해 적절히 멈췄던 시간이 아닐까 싶습니다. 아무리 좋아하는 일이라고 해도 창작에는 비운 만큼 채우는 과정이 있어야 합니다. 공산품처럼 찍어내는 것이 아니라, 작품을 만드는 시간과 노력을 들여야 하는 게 글쓰기가 아닐까 싶습니다.

주변 동료 작가들, 특히 신인 미스터리 작가들에게 많은 조언과 도움을 아끼지 않는다고 들었습니다. 그 이야기를 들려주세요.

저는 국문과 출신이라 합평에 대한 훈련이 되어 있어요. 단어 선택이나 정확한 문장 같은 기초부터, 어떻게 하면 작품의 완성도를 높일 수 있는지 늘 이야기를 나누고 작품을 발표하기 전까지 최대한 많이 다듬었죠. 2000년대에는 뜻이 맞는 작가들끼리 워크숍을 하면서 서로의 작품을 읽고 토론했는데, 저는 가장 신랄하게 평하는 쪽이었어요. 그때 가장 막내였던 작가가 최혁곤, 한이 작가였는데 내게 들었던 이야기를 지금까지 하는 걸 보면 제 말이 꽤 가슴 깊이 박혔나 봅니다. 덕분에 진지하게 작품에 임하게 되었고 성장했다고 얘기해주니 고맙죠. 요즘엔 그렇게 신랄하게 못해요.

우선 후배 작가들과 합평할 기회가 없기도 하고 간혹 작품을 봐달라고 해서 읽어보면 어떻게 얘기해야 할지 조심스러워진 것도 있어요. 혹독한 문학 수업을 기꺼이 받아들였던 시절과 달리 지금은 유약하다고 할까, 그래서 상대방이 어디까지 받아들일 준비가 되었는지 가늠하며 이야기해주는 편입니다. 그러다 보니 세밀한 이야기보다는 보편적인 것들에 관한 이야기를 건네주는 경우가 더 많아요. 정보가 넘쳐나는 것처럼 보여도 어떻게 등단해야 할지, 출판사를 어떻게 만나고 작품 활동을 해야 할지 잘 모르는 분들이 있어서, 그분들이 도와달라고 매달리면 그때는 열심히 알려주죠.

작품에 대한 평은 아무래도 감정적으로 받아들이는 경우가 많고 또 자기가 원하는 방향과 다른 경우도 있기 때문에 결국 작가 스스로 찾고 깨우쳐야 하는 영역이라는 생각이 들었어요. 예를 들어 홍선주 작가님은 페이스북의 한 동호회에서 만났는데 만나자마자 독립출판으로 출간한 자신의 책을 내밀며 앞으로 어떻게 해야 할지 알려달라고 하더군요. 《계간 미스터리》 신인상에 응모하는 것부터 시작해서 습작 중인 소설들에 대해서도 메일을 주고받으며 많은 이야기를 나눴죠. 얼마 지나지 않아 《계간 미스터리》를 통해 등단했고 지금까지 열심히 작품 활동을 하고 있습니다. 지금은 그때처럼 자세히 작품을 봐주진 않고 '미스 마플 클럽' 일원으로 같이 활동하고 있습니다.

제가 미스 마플 클럽을 만들어야겠다고 생각하게 된 것도 의외로 후배 작가들이 계약서를 꼼꼼히 챙겨보지 않고, 출판사와의 관계 혹은 작가 경력에 대한 장기적인 계획이 없는 것을 많이 봤기 때문입니다. 제가 경험자로서 해줄 이야기가 있을 것 같았고, 서로 정보를 교환하면 도움이 되지 않을까 생각했습니다. 작가들은 늘 혼자 결정하고 움직이다 보니 나중에 보면 정보의 유무에 따라 안타까운 상황이 생기기도 하더라고요. 예를 들면 2차 저작권 배분도 어느 정도가 적당한 조건인지 잘 모르고 사인하는 경우가 많죠. 대부분의 작가가 출판사에서 내미는 계약서에 별다른 이견 없이 사인을 한다는 사실에 놀랐습니다. 저는 첫 장편 계약부터 잘 모르는 조항이 있으면 설명을 부탁하고 제 의견을 제시해왔거든요. 계약서는 책이 나온 뒤에도 5년, 10년 동안 영향을 미치는 아주 중요한 사항이니 꼭 자세히 읽어보라고 이야기합니다.

공모전 심사를 하면서 미스터리 소설을 쓰는 신인들의 작품을 자주 접하실 텐데요. 최근 경향은 어떻게 바뀌고 있나요? 심사를 하면서 느끼는 점은 무엇인지 궁금합니다.

2010년 초반에 콘텐츠진흥원의 대한민국 스토리 대전을 몇 년 했고 2017년부터는 교보문고 스토리 공모전, 올해부터 엘릭시르 미스터리 대상 공모 심사도 하고 있습니다.

가장 먼저 느끼는 것은 글에서 보이는 조급함입니다. 심사 총평에서 심사위원들끼리 가장 많이 주고받는 이야기가 '조금만 더 고민하고 이야기를 숙성시켰으면 좋았겠다'는 것입니다. 아이디어는 좋은데 충분히 고민하지 않고 쓰다 보니 캐릭터도 명확하지 않고 아이디어가 발현되는 에피소드도 어설픈 경우를 많이 봅니다. 이야기에 적합한 인물(캐릭터)을 만드는 데도 상당한 노력이 필요한데 그런 섬세한 세공의 과정이 없다 보니 인물이 두루뭉술하고 날이 서 있지 않다는 느낌을 받거든요. 의외로 문장이 허술한 경우도 많아서 웹소설의 영향이 아닌가 하는 이야기도 하고요.

최근에 작가 데뷔 30주년 기념 중·단편을 묶은 특별 기념판을 출간하셨습니다. 시대의 변화에 따른 범죄의 다양성도 눈에 띄었지만, 그보다는 범죄를 둘러싼 사람들의 내면 심리가 인상적이었습니다. 미스터리 스릴러 장르소설은

SEOMIAE
COLLECTION 1

남편을 죽이는
서른 가지 방법

서미애 지음

한국 사회의 욕망을 정면에서 비추는 장르,
K-미스터리의 거장 서미애가 밟아온 30년간의 궤적

"서미애라는 이름만으로도 충분하다."
-표창원(프로파일러)

SEOMIAE
COLLECTION 3

까마귀 장례식

서미애 지음

엘릭시르

'지금 이 시대, 이 사회에서 벌어지는 범죄'를 다루며 공간과 시간을 중요하게 여기는 경향이 있는데, 범죄를 둘러싼 인간의 심리에 집중하며 수십 편의 소설을 창작해온 작가님의 '새로운 이야기'에 관한 고민이 궁금합니다. 작가님에게 '지금' 써야만 한다고 생각하는 이야기란 어떤 것인가요?

몇 년 전부터 미스터리 스릴러 장르에 자주 등장하는 것이 '사적 복수'입니다. 사회적, 법적으로 모두가 수긍할 만한 처벌이 이루어지지 않았을 때 우리는 피해자의 입장에 서서 분노합니다. 법 앞에 모두가 평등하다고 생각하지만, 실제 사건의 판결을 보면 이해하기 어려운 경우가 많죠. 돈과 권력 앞에 법이 불공정한 것을 보며 그동안 억눌렀던 감정이 터지고 영화나 드라마, 소설 속에서도 우리 사회의 공정성과 정의에 관한 질문을 많이 하고 있다고 느껴집니다. 저 역시 다음 작품은 그런 주제로 쓰고 있고, 앞으로도 상처 입은 피해자들의 목소리에 귀를 기울일 것 같습니다.

소설을 쓰시며 오랫동안 사회 문제와 범죄 양상에 촉각을 기울였을 텐데요. 왜 이런 일이 벌어지는지 탐구하는 작가님의 소설은 결국 우리가 어떻게 살아야 하는지 고민할 것을 촉구하고 있지 않나 생각합니다. 사회 문제가 점점 더 복잡해지고 해결책이 요원해지는 것을 보며 냉소적이 되거나 무기력해지는 순간이 있진 않았는지, 작가님이 사회를 바라보는 시선이 집필에 어떤 영향을 미쳐왔는지 궁금합니다.

어느 북토크에서 한 독자분이 그런 말씀을 하시더군요. 제 작품의 결말은 범인이 잡히지 않고 끝나는 경우가 많다고요. 그 얘기를 듣고 내가 왜 그런 결말을 쓰는지 생각해보니 법적인 해결은 진정한 해결이 아니라는 생각 때문이 아닌가 싶습니다. 감옥에 갔지만 진심 어린 사과가 없었다면 과연 그게 진정한 해결인지 의문이 듭니다. 무엇보다 이미 벌어진 범죄의 결과는 되돌릴 수 없고요.

인간의 어두운 면에 관해 글을 쓰다 보면 인류의 역사는 범죄와 전쟁과 살육을 거듭하고 백 년이나 천 년 전보다 조금도 나아지지 않았다는 생각이 듭니다. 여전히 야만이 활개를 치고 사람들은 폭력 앞에 무기력하고 두려움에 떨죠. 이스라엘이 역사의 피해자였지만 지금 벌이고 있는 일들을 보면 그렇게 무자비하고 끔찍한 가해자일 수 없어요. 힘을 가진 인간이 얼마나 잔인해질 수 있는지 느낄 때마다 절망합니다. 저는 사회적인 문제도 개인의 범죄로 가져와서 이야기를 푸는데, 요즘 내 소설 속의 주인공을 보면 먼저 누군가에게 위해를 가하는 존재는 아니지만 피해자가 되지 않기 위해 자신을 단련하고 힘을 기르는 경우가 많아요. 각자도생을 위한 훈련과 각오가 되어 있지 않으면 살기 힘든 세상이라는 생각을 하고 있어서가 아닌가 싶습니다.

기념집을 출간하면서 예전의 소설들을 새로운 눈으로 다시 보게 되었을 것 같아요. 수록된 작품 중 특별히 애정하시거나 기억에 남는 소설이 있다면 소개해주세요.

데뷔작이 아무래도 가장 기억에 남는 것 같습니다. 〈남편을 죽이는 서른 가지 방법〉은 저의 출발이며 지금도 꺼지지 않는 동력인 것 같아요. 장편소설 중에서는 《잘 자요, 엄마》(엘릭시르, 2018)가 특별하죠. 10년이 넘는 시간을 바쳤으며 나를 작가로서 세계에 진출하게 해주었고, 결국 3부작까지 나오게 된 작품이라 각별합니다.

작가님께 영감을 주는 작가는 누구인가요?

팬심으로 좋아하는 작가는 스티븐 킹입니다. 그러나 내게 가장 큰 충격을 준 작품은 로렌스 샌더스의 《제1의 대죄》(황금가지, 2006)입니다. 책을 덮는 순간 인간에 대한 철학책을 읽은 느낌이었어요. '아, 추리소설로 이렇게 인간을 파헤칠 수 있구나' 하고 생각했던 기억이 납니다.

마지막으로, 작가님이 생각하는 좋은 스릴러 소설이란 무엇인가요? 30년 전 처음으로 스릴러를 쓸 때와 지금 생각하는 기준이 달라졌는지도 궁금합니다.

좋은 스릴러 소설은 바로 지금 나의 두려움을 바라보게 해줍니다. 예전에는 범인이 있고 범인을 잡으려고 뛰는 형사가 있었다면, 지금은 나(주인공)를 두렵게 하는 존재가 있고 그 존재를 극복하기 위해 내가 무엇인가를 해야만 합니다. 그들의 일이 아니라, 나의 일. '이 일을 해내지 못하면 나는 살아남지 못해'라는 생각으로. 작품 속의 세계가 이런 식으로 독자들의 마음에 더 깊숙이 들어가게 하려고 노력하고 있습니다.

김소망 평생 영화와 책 사이를 오가고 있다. 대학에서 영화 연출을 전공했고 현재 직업은 출판 마케터. 마케터란 한 우물을 깊게 파는 것보다 100개의 물웅덩이를 돌아다니며 노는 사람과 비슷하다는 생각을 한다. 운 좋게 코로나 전에 다녀온 세계 여행 그 후의 삶을 기록한 여행 에세이 외전, 《세계 여행은 끝났다》를 썼다.

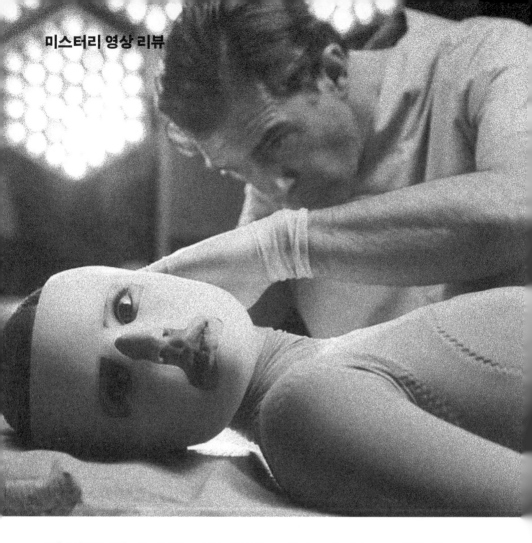

관계를 알 수 없는 두 사람, 미스터리는 그렇게 시작한다 – 원작 소설 《독거미》와 영화 〈내가 사는 피부〉

✛ 쥬한량(https://in.naver.com/netflix)

네이버 영화 인플루언서. 장르를 가리지 않고 영화/드라마를 리뷰하지만 범죄, 미스터리, 스릴러를 특히 좋아합니다. 2022년 버프툰 '선을 넘는 공모전'에 〈9번째 환생〉으로 당선되었으며, 카카오페이지에 회빙환 미스터리 웹소설 《얼굴 천재 조상님으로 살아남기》를 완결했습니다.

이번에 소개할 영화는 〈내 어머니의 모든 것〉(1999), 〈나쁜 교육〉(2004), 〈페인 앤 글로리〉(2019) 등으로 명실상부 스페인을 대표하는 거장이 된 페드로 알모도바르 감독의 영화 〈내가 사는 피부〉(2011)입니다. 기존에는 창작으로만 작업하던 감독이 처음으로 소설을 각색한 영화를 만들어 화제가 된 작품입니다. 원작은 프랑스 하드보일드 누아르 소설가 티에리 종케의 《독거미》입니다.

영화의 원작이 있다는 걸 확인하곤 소설을 먼저 읽고 나서 영화를 보고 싶었습니다. 그런데 영화 제목 때문에 공교롭게도 원작을 '스킨'이라는 단어가 들어간 다른 소설과 착각했고, 그 소설이 내 취향과는 너무 괴리가 있어서 영화도 볼 일이 없겠다 결론을 내리고 잊어버렸죠.

그리고 시간이 한참 지난 후, 유튜브에서 우연히 영화 소개 영상을 보게 되었는데 내가 들춰본 소설의 내용과 너무 다르더군요. 그제야 정보를 다시 확인해보고 실수를 깨달았습니다(그리고 유튜브 섬네일 자막에서 가장 큰 반전을 봐버렸다는 안타까운 사연…). 어쨌든 그렇게 영화를 먼저 보고 나중에 진짜 원작을 제대로 찾아서 읽었습니다.

결론적으로 소설과 영화, 모두 재밌었습니다. 다만, 어지간한 분이라면 절대 상상하지 못할 반전이 있기 때문에, 이를 제대로 만끽하려면 부디 소설을 먼저 읽길 추천합니다. 훨씬 흥미로운 시간을 보낼 수 있을 테니까요. 일단 이 지면은 영상을 추천하는 자리이니, 영화를 중심으로 소개와 추천 이유를 풀어보겠습니다.

관계를 알 수 없는 두 사람은 부부일까? 아니면 남자가 집에 숨겨둔 정부?

저명한 외과 의사인 로버트(안토니오 반데라스)는 저택의 비밀스러운 공간에 베라(엘레나 아나야)를 가둬두고 CCTV로 그녀의 일거수일투족을 의미를 알 수 없는 시선으로 관찰합니다. 전신 타이즈를 입은 베라는 로버트가 보고 있다는 사실을 인지하고 있는 듯하지만, 그런 상황에서도 아무렇지 않게, 어쩌면 일부러 약을 올리는 듯한 행동을 합니다. 두 사람은 그렇게 지내는 생활에 이미 오랜 시간 익숙해 보이기까지 합니다. 그들 사이에는 벽이 있지만, 카메라와 모니터를 매개로 진득한 감정이 이어져 있다는 게 느껴집니다.

로버트가 항상 베라와 거리를 두는 건 아닙니다. 가끔 베라의 방에 들어가서 아편을 함께 피우거나, 건강을 걱정하는 다정한 말을 건네기도 합니다. 하지만 그 끝엔 언제나 냉정한 모습을 보이죠. 그래서 얼핏 두 사람이 부부인가 싶다가도, 아버지와 딸에 가까운 나이 차이도 그렇고, 주고받는 대화도 그렇게 결론 내리기엔 어딘지 마땅치 않습니다. 이야기가 좀 더 진행되면서, 우리는 회상 장면을 통해 베라가 과거엔 로버트에게서 벗어나기 위해 도주를 시도한 적도 있지만, 지금은 무슨 이유에선지 그마저 포기한 채 자살할 기회만을 노린다는 사실을 알게 됩니다. 거기에 추가로 던져지는 실마리. 로버트가 의사이자 최신 의료기술 연구자로서 현재 몰두하는 작업은 인공 피부를 개발하는 일이었습니다. 그렇다면 베라는 로버트와

남녀 관계로 얽혀 있다기보다는, 그에게 납치당해 감금된 채 인간 실험체로 쓰이고 있는 건 아닐까 의심스럽습니다. 로버트의 진짜 목적은 과연 무엇일까요?

그들 사이에 끼어든 낯선 사람, 그런데 여자와 아는 사이?

로버트의 저택을 관리하는 하녀 마릴리아의 아들이 어느 날 갑자기 찾아옵니다. 그는 강도 전과자로, 또다시 범죄를 저지르고 수배되자 은둔할 곳을 찾아온 거였죠. 예전에도 그런 식으로 어머니를 찾아왔다가 로버트의 아내와 바람이 나서 도망친 전력이 있었는데, 당시 교통사고가 나면서 로버트의 아내는 전신화상을 입게 됩니다. 로버트는 그래서 인공 피부 개발 연구를 시작하게 된 거였죠. 하지만 아내는 회복 기간 중 우연히 거울을

보게 되고, 자신의 끔찍한 모습에 충격을 받은 나머지 창문으로 뛰어내렸습니다.

하필 로버트가 집을 비운 사이에 그의 집을 찾아온 마릴리아의 아들이 CCTV 모니터에서 베라를 발견하고 반가워하며 그녀의 방에 들어갑니다. 베라를 로버트의 아내로 여기는 듯 대화를 주고받지만, 베라는 그를 전혀 몰라보는 눈치입니다. 그러다 그가 자신을 데리고 나가려는 낌새를 알아채곤 장단을 맞춰주며 저택을 탈출할 기회를 엿봅니다. 그런데 집에 돌아온 로버트가 두 사람을 발견하곤 마릴리아의 아들을 총으로 쏴 죽여버리죠.

그렇다면 베라는 자살에 실패한 후 신기술로 몸은 회복했지만, 기억을 잃어버린 로버트의 아내인 걸까요? 로버트는 아내인 베라를 살려내긴 했지만, 배신감 때문에 그녀를 감금한 채 그렇게 대해온 걸까요?

A PIEL
QUE HABITO

ONIO BANDERAS   ELENA ANAYA   MARISA PARED

JAN CORNET   ROBERTO ÁLAMO

r: AGUSTÍN ALMODÓVAR   producida por: ESTHER GARCÍA   música: ALBERTO IGLESIAS   montaje: JOSÉ SAL
de fotografía: JOSÉ LUIS ALCAINE   guión de PEDRO ALMODÓVAR con la colaboración de AGUSTÍN ALMOD
basado en "Mygale" novela de Thierry Jonquet. Editions Gallimard

PEDRO ALMODÓVAR

스포일러를 절대적으로 피해야 합니다!

여러분이 직접 충격과 공포(?)의 반전을
마주했으면 하는 마음에 최소한의 내용을
소개하려다 보니, 영화가 보여준 서사의
10분의 1정도만 기술하는 데 그쳤습니다.
그렇지만 여러분의 호기심을 자극하고
궁금증을 유발하기엔 충분했으리라
판단합니다.

더불어, 서두에서 말씀드렸다시피, 소설과
영화를 모두 볼 생각이라면 반드시 원작
소설을 먼저 읽었으면 합니다.

소설은 주요 캐릭터의 시점으로 나뉘어 3개의
장으로 구성되어 있습니다. 처음엔 '도대체
이 사람들은 뭐지? 이게 이어지는 이야기가
맞는 건가?' 싶을 정도로 각기 다른 캐릭터들의
움직임으로 보이지만, 마지막 장에서 전체
스토리와 캐릭터의 정체가 밝혀지면서 엄청난
반전이 드러나는 치밀한 구성이 돋보입니다.
영화에서는 어쩔 수 없이 영화적 구성을
갖춰야 하기에 그렇게 나뉜 시점이 자연스럽게
이어지게끔 몇 가지 요소에 변화를
주었고(소설에서는 베라가 하녀 마릴리아의 아들과
불륜을 저지르는 내용이 나오지 않습니다), 주제도
조금 바뀌었습니다.

소설 제목의 '독거미'는 로버트를 상징합니다.
따라서 그가 주인공으로 사건을 마주하고
기술해가는 이야기라고 할 수 있죠. 반면
영화에서는 그러한 상황에 놓인 베라('내'가
사는 '피부')가 주인공이 됩니다. 전하고자 하는
메시지도 달라질 수밖에 없죠.

이 또한 스포일러가 될 수 있으므로 더 자세히
설명할 수는 없지만, 결국 누구의 입장에서

이야기를 전개해나가느냐에 따라 가해자와
피해자의 입장이 달라질 수 있습니다. 소설이
로버트의 입장에서 맹렬하게 상황을 몰고 가서
반전에 이르는 작품이라면, 영화는 베라의
입장에서 반전을 넘어선 서사를 완성한 것으로
보입니다.

분명 어려운 작업이었을 텐데, 거장 감독이다
보니 상당히 성공적으로 해내지 않았나
생각합니다. 알모도바르 감독은 이 영화로
미스터리 서스펜스와 호러, 멜로, SF로까지
장르를 확장하고 접목하는 데 성공했다는
평가를 받았습니다. 굉장히 불편한
상황(우리에겐 '이야미스'로 익숙하지만)에서의
숨은 성적 본능을 발굴해 보여주는 데에
탁월한 능력자라는 것 또한 증명했습니다.
여러분, 상당히 혹하시죠?

자, 그러면 이제 두 개의 만찬(소설 & 영화)을
취향대로 즐기시길 바랍니다.

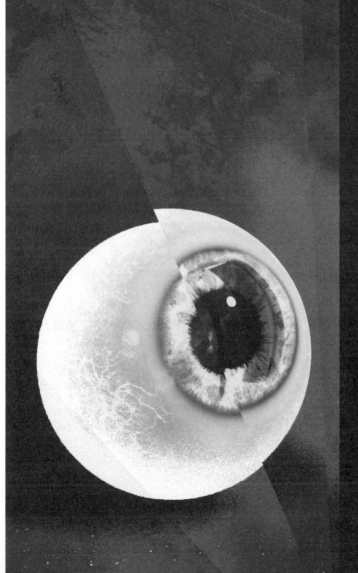

"남자는 영원히 이해하지 못할 것이다.
절대 열지 말아야 할 문을 연 것은
자기 집에 왔던 그 모든 여자들이 아니라 자기 자신이었음을."
가해자의 심리를 장악하고 무너뜨려 복수하는 심리 미스터리

푸른 수염의 방

나비클럽 소설선

nabiclub

곳곳에서 험한 것들이 깨어난다
- 김태영의《안개무덤》과
강태진의《사변괴담》을 중심으로
한국 오컬트 웹툰을 살펴보다

✦ 박소해

이미지 제공 네이버웹툰

2024년 상반기, 관객 천만을 넘기며 흥행 돌풍을 일으킨 오컬트 영화 〈파묘〉가 몰고 온 공포 영화 바람이 가라앉지 않으면서, 상대적으로 마이너한 위치를 점하고 있던 호러 장르가 주목받고 있다.

"드디어 호러의 시대가 왔는가?"

섣불리 결론을 말하긴 어렵지만 아니다. 솔직히 예전보다 호러에 대한 관심이 많아지긴 했지만, 메인 장르로 우뚝 섰는지 묻는다면 한참 멀었다고 말할 수밖에 없다. 아직 한국에서 공포는 단독으로 서기 어렵고 미스터리나 스릴러 같은 좀 더 대중적인 장르에 업혀가는 형편이다. 〈파묘〉조차도 네이버 검색에 '미스터리'로 분류되어 있을 정도다. 아버지를 아버지라 부르지 못하는 홍길동처럼 호러인데 호러라 부르지 못하는 실정이다.

본명을 내세우지 못해 슬픈 호러는 상대적으로 안전한 이복형제의 이름을 업고서야 비로소 승승장구하는데, 그 형제의 이름이 바로 '오컬트'다. 한국 대중은 오컬트에 관한 한 너그럽다. 할리우드나 서구권 외에도 일본, 중국, 대만, 동남아시아의 다종다양한 오컬트의 세계를 이미 맛본 한국인들은 오컬트에 후한 점수를 주는 편이다. 호러나 오컬트나 한 끗 차이 같은데 왜 결과는 이렇게 다른 것일까? 오컬트가 미스터리의 양상을 강하게 띠고 있고 사연의 세계를 전달하는 데 더 적합한 장르여서 그런 게 아닐까?

한국 대중은 미스터리를 좋아한다. 오컬트에서는 주인공인 신부나 수녀, 퇴마사 등이 악령의 비밀을 밝혀내는 탐정 역할을 한다. 왜 악령이 됐는지부터 시작해 어떻게 약점을 찾아내어 퇴치할 것인지를 밝혀내는 과정이 미스터리물과 다를 바 없다.

게다가 한국인은 사연이라면 사족을 못 쓴다. 매일 TV와 OTT에 쏟아지는 수많은 드라마가 단적인 예다. 대부분의 오컬트는 멜로드라마 성격이 강해서 사연 없는 영혼이 없다. 특히 한국 귀신이나 악령은 별다른 이유 없이 무차별적인 공포를 선사하는 일본 귀신과는 다르게 비교적 합리적인 공포를 선사하는 존재들이며, 그들이 그렇게 된 데에는 반드시 이유가 있다. 그들의 사연을 알아가는 재미가 쏠쏠하다.

이 글에서는 뛰어난 작품성을 인정받은 오컬트 웹툰 두 편을 소개하려 한다. 김태영의 《안개무덤》과 강태진의 《사변괴담》이다.

두 작품은 세 가지 공통점이 있다. 첫째, 호러를 단독으로 내세우기 어려운 시장의 특성상 스릴러의 외피를 쓰고 있다. 둘째, 사이비 종교가 중요한 소재로 등장한다. 특히 《사변괴담》은 일제강점기에 큰 사회적 물의를 일으켰던 사이비 종교 백백교白白敎를 등장시킨다. 셋째, 선이 살아 있는 그림체로 웹툰이지만 출판만화를 읽는 기분이 들게 한다.

스릴러와 오컬트의 결합, 《안개무덤》

영화 〈헤어질 결심〉의 주제곡 '안개'는 제목 그대로 안개처럼 스며드는 노래다. 가수 정훈희의 호소력 있고 우울한 목소리에 마음이 촉촉해진다. 《안개무덤》 역시 독자에게 안개처럼 스며드는 작품이다. 정훈희의 노래가 우울을 퍼트린다면,《안개무덤》은 공포를 퍼트린다.

보통 스릴러와 호러 장르가 섞일 때는 각 장르 중 한쪽이 더 강한 형태로 배합되는데《안개무덤》의 경우는 경찰 스릴러와 오컬트 호러가 칡넝쿨처럼 서로 단단히 얽혀 있어 우열을 가릴 수 없다. 경찰 스릴러 구조 위에 공포라는 수증기가 살살이 스며든 형국이다.

《안개무덤》은 서두부터 바로 사건의 핵심으로 뛰어든다. 갑자기 트럭 앞에 나타난 정체불명의 남자. 벌레 떼가 남자를 공격하고, 벌레로 뒤덮인 남자는 쓰

러지고, 트럭 기사는 혼비백산한다. 다음 장면으로 넘어가면 책상 앞에 홀로 앉아 있는 남자. 주인공 문대영 경감이다. 그가 한 여자아이의 스냅 사진을 유심히 들여다본다. '제4문'이라는 붉은 글씨가 크게 쓰인 창고 건물 앞에 서 있는 어린 여자아이. 갑자기 여자아이 위에 벌레가 한 마리 앉더니 금세 걷잡을 수 없이 벌레의 숫자가 늘어난다. 문 경감의 얼굴이 두려움으로 굳어지고, 타이틀이 뜬다. 안개무덤.

《안개무덤》은 경찰이 주인공이고, 주요 플롯은 경찰 수사팀이 사건을 수사하는 내용이다. 전체 서사가 수수께끼, 복선, 논리적 해결의 세 가지 형식을 갖춘 만큼 언뜻 보면 잘 짜인 경찰 스릴러 같다. 하지만 웹툰의 모든 곳에 골고루 스며든 공포가 일반적인 스릴러와 매우 다른 느낌을 준다. 외형은 스릴러이지만 맛은 오컬트라고 해야 할까.

공식적인 줄거리를 요약하면 이렇다.
'실종된 가족을 수사하려고 하면 할수록, 알 수 없는 초자연 현상에 시달린다. 사건 현장을 뒤덮는 벌레들. 그리고 부적. 이곳은 무덤이다.'
문대영 경감은 후배 최 형사, 강 형사와 함께 귀인장 모텔에서 일어난 자살

사건을 수사한다. 자살자의 신원은 윤몽주. 문 경감과 강 형사는 자살자가 아버
지 윤동문과 함께 머물던 집으로 찾아가는데, 이불에서 사람 모양의 기괴한 흔
적을 발견한다. 여관방과 윤 부자의 집은 모두 창문이 검게 칠해져 있고 바퀴벌
레 같은 벌레들이 수없이 나온다. 문 경감은 어두운 실내, 벌레 떼, 수증기 같은
이상한 안개, 정체를 알 수 없는 부적이 나온 여관방과 집이 일종의'무덤' 같다
고 생각한다. 아버지 윤동문은 치매 환자인데 종적을 알 길이 없고 종종 집에 나
타났다는 형 윤철 또한 어디로 사라졌는지 찾을 수가 없다.

　　수사팀은 모든 사건의 시발점인 활촌 마을로 찾아가는데, 1970년대부터 현
재까지 활촌을 지배했던 사이비 종교의 역사를 파헤칠수록 사건은 미궁에 빠진
다. 중심인물인 김이레 목사와 정내천에 얽힌 과거 또한 많은 수수께끼를 품고
있다.

　　사이비 종교나 광신적인 종교 지도자를 다룬 장르물은 많지만, 《안개무덤》
의 차별점은 가장 한국적인 오컬트를 창조해냈다는 데에 있다. 웹툰을 보는 내
내 작가가 한국 전통 무속과 종교에 대한 자료 조사를 충실히 했다는 것을 여러
번 느낄 수 있었다.

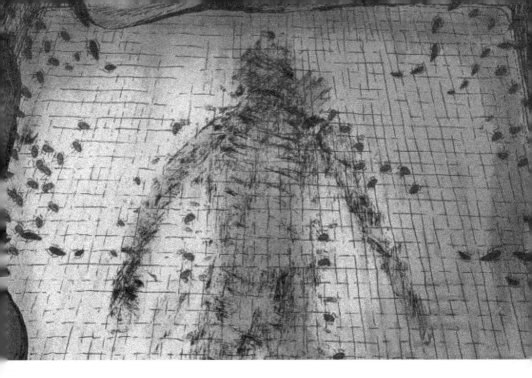

　《안개무덤》의 미덕은 한국형 장르물이 쉽사리 빠져드는 신파에 매몰되지 않았다는 것이다. 문대영 경감은 딸과 아내, 그리고 마지막으로 아들까지 죽는 비극을 겪지만, 담담히 수사에 임한다. 감정을 억누르고 오로지 진실을 밝히려는 집념이 작품의 서사를 거침없이 나아가게 한다. 또한 로맨스가 끼어들지 않아 사건 진행에 군더더기가 없다. 문 경감과 이 경위, 강 형사와 최 형사 모두 남녀 파트너들이지만 연애 요소는 전혀 없다. 여성 형사들도 남성에게 기대거나 민폐를 끼치는 나약하고 수동적인 캐릭터가 아니라 독립된 주체로 사건을 해결하는 데 제 몫을 다한다.

　그림체 역시 《안개무덤》의 매력을 견인하는 요소다. 등장인물과 배경은 대개 무채색이다. 전체적으로 극도로 색을 절제하면서 때로로 붉은색만 강조해 강렬한 시각적 분위기를 연출한다. 게다가 손맛이 살아 있는 거친 선이 압권으로, 출판 만화를 읽는 듯한 착시 효과를 준다.

　《안개무덤》은 곧 영화로 제작될 예정이다. 임필성 감독이 연출하고 신하균 배우가 문대영 경감을 맡는다. 스크린에서 만나는 《안개무덤》은 과연 어떤 모습일지 자못 기대된다.

6·25 전쟁과 오컬트의 결합,《사변괴담》

강태진 작가의 웹툰을 여러 편 봤다.《애욕의 개구리 장갑》부터 'B급 러브 픽처쇼' 시리즈인《지구를 구하는 물질》,《아자아자 순정씨》,《가르시아의 머리》,《조국과 민족》,《아버지의 복수는 끝이 없어라》까지. 강태진은 대한민국에서 B급 정서를 가장 강렬하게 보여주는 작가다. 특히《가르시아의 머리》를 본 독자라면 내 의견에 공감할 것이다. 기이하고 망측한 설정, 블랙코미디, 욕망으로 똘똘 뭉친 등장인물들….

이처럼 B급 만화의 대가로 인정받던 강태진 작가가 새로운 색깔을 찾아가고 있다. 특히 2023년부터 네이버 웹툰에 연재하고 있는《사변괴담》은 여러 면에서 그동안 보여주었던 작품들과 궤를 달리한다.

첫째, 시대극에 오컬트를 섞었다. 작가의 전작 중에서 이토록 오컬트 색이 강한 작품은 없었다. 둘째, 철저한 고증과 자료 조사 덕분에 타임머신을 타고 6·25 전쟁 당시로 돌아간 것처럼 아무런 위화감 없이 70년 전 이야기에 빨려 들어가게 된다. 셋째, 옴니버스 형식이라 에피소드마다 배경과 소재, 주인공이 달라져 지루할 틈이 없다. 넷째, 장면 분할과 연출이 압권이다. 일부 장면에서는

노골적으로 영화적 연출이 돋보이는데 작가가 상당한 영화 애호가로 보인다. 이런 세련된 연출력은 독자들이 비현실적인 이야기를 현실로 받아들이게 하는 효과를 낸다. 다섯째, 《사변괴담》에서는 작가의 장기라고 할 만한 블랙코미디 요소를 극히 절제하고 있다. 전작을 읽어본 독자라면 큰 차이를 느낄 것이다.

 아무래도 첫 번째 에피소드는 독자의 첫인상을 좌우하기 때문에 작가가 더 심혈을 기울이게 마련이다. 《사변괴담》의 첫 번째 옴니버스 에피소드는 〈숙모〉로 한 장면 한 장면 고조시킨 공포감이 마침내 절정에 이를 때까지 손에 땀을 쥐게 한다.

 웹툰에서 스릴을 느끼는 건 쉽지 않다. 수동적으로 감상할 수 있는 영화나 드라마와 달리 위에서 아래로 직접 스크롤을 해서 읽어야 하는 웹툰의 형식은, 독자가 등장인물에 강하게 이입해 있거나 작가의 노련한 연출이 없이는 서스펜스를 느끼기 어렵게 한다. 한 컷마다 작가의 연출력이 그만큼 중요해지는 것이다. 〈숙모〉는 첫 장면부터 마지막 장면까지 한 편의 영화처럼 부드럽게 흐른다. 독자는 작가의 눈이라는 카메라에 의존해 등장인물들의 사연 속으로 빨려 들어간다.

에피소드가 시작되면 매미 소리가 들리며 한 가족이 피난을 가고 있다. 1950년 7월. 아버지는 얼른 동생 이갑석의 집에 가서 여장을 풀고 싶다. 동생이 사는 마을에 들어서니 집들이 거의 불타버렸다. 빨갱이 집이라고 다 태워버렸다고 한다. 좌익 활동을 했던 동생의 집은 무사할지 걱정이 되어 발걸음을 서두른다. 다행히도 동생의 집은 다른 집들과 달리 무사하다. 가족은 안도의 숨을 쉰다. 낯선 여자가 나타나 자신이 이갑석의 처라고 주장하기 전까지는.

아버지가 기억하는 동생의 처와는 전혀 다른 여자였다. 어찌 된 일이냐고 묻자, 이갑석의 첫 아내는 빨갱이가 싫다며 애를 데리고 도망갔고 자신이 이갑석과 재혼을 했다고 한다. 동생의 방에 가보니 화상을 입고 전신에 붕대를 감은 동생이 의식을 잃고 누워 있다. 소년은 처음 보는 숙모가 마련해준 방으로 가서 잠이 드는데, 꿈속에서 누군가가 목에 빨대를 들이대는 악몽을 꾸고 비명과 함께 일어난다.

〈숙모〉는 장면 전환과 컷의 연출이 돋보이는 에피소드다. 소년이 뒷간에 가다가 지붕에서 피를 흘리는 진짜 이갑석의 가족을 목격하는 장면이나 단지 안에 든 할머니 귀신이 정체를 드러내는 장면은 섬뜩하게 다가온다. 작가의 카메라는 때로는 멀리, 때로는 가까이 거리를 조절하면서 독자의 가슴을 철렁하게 한다.

전반적으로 《사변괴담》은 《안개무덤》에 비해 미스터리 장르의 성격이 강하다. 스릴러라는 외피를 두르고 있지만 내용을 찬찬히 뜯어보면 미스터리 요소가 더 많이 튀어나온다. 특히 〈최대감 살인사건〉은 한 형사가 살인사건에 얽힌 수수께끼를 풀어간다는 면에서 미스터리라 할 수 있다.

뼈대 있는 양반 집이었다가 이제는 뼈대밖에 남지 않은 몰락한 가문의 최대감이 어느 날 독이 든 양갱으로 살해당한다. 양촌지서 부지서장 홍문수 경사는 탐문 수사를 벌이면서 주변인들 사이의 뒤틀린 이해관계를 눈으로 보게 된다.

〈최대감 살인사건〉은 미스터리 자체에만 초점을 맞춘다면 본격 미스터리이겠지만 오컬트 요소가 결합되어 일종의 특수설정 미스터리라고 할 수 있다. 씨내리 악습에 백백교가 만들어낸 한국형 좀비인 생시까지 등장해 논리를 초월한 이야기가 현란하게 펼쳐진다. 수사물로 무난하게 풀어가는가 싶으면 생시가 갑자기 등장해 도끼를 휘두른다. 부지서장의 수사는 흔한 경찰 수사물처럼 보이지만 사건의 흐름은 오컬트 색채가 강하다. 미스터리 전개에 오컬트 요소를 자연스럽게 섞어 재미를 더한다. 버릴 컷이 없다. 독자는 무심히 넘겼던 장면이 강

력한 복선이었음을 뒤늦게 알게 된다. 덕분에 좀처럼 잊기 힘든 독특한 특수설
정 미스터리가 탄생했다.

거제도 포로수용소를 다룬 〈몽금포〉 또한 인상적인 에피소드다. 수용소 안
의 반공反共과 친공親共의 진영 대결만을 그렸다면 평범한 시대극에 그쳤을 테지
만 백백교 신도들과 생시가 투입되니 매운맛이 확 올라갔다.

《사변괴담》은 현재 네이버 웹툰에서 연재 중이다. 전작보다 거칠고 투박한
그림체가 마치 출판 만화를 읽는 것 같은 아날로그 감성으로 다가온다. 앞으로
연재될 에피소드도 기대된다.

지금까지 두 편의 한국 오컬트 웹툰을 살펴보았다. 《안개무덤》과 《사변괴
담》은 가장 한국적인 방식으로 스릴러와 오컬트를 교배했다는 점만으로도 높
이 평가할 만한 작품이다.

박인성 문학 평론가는 《이것은 유해한 장르다 - 미스터리는 어떻게 힙한 장
르가 되었나》에서 오컬트와 보편적인 호러의 차이점을 이렇게 설명했다.

"문제의 발생과 그것을 해결하는 방식에서 오컬트는 공포물의 하위 장르에

속하면서도 미스터리의 인접 장르가 된다. 장르의 관습과 도상은 완전히 다르지만 이야기의 공식이나 문법이 미스터리와 닮아 있기 때문이다. 단순하게 표현하자면 오컬트는 공포스러운 미스터리라고 말할 수 있다."

이 관점에서 살펴본다면 《안개무덤》과 《사변괴담》은 스릴러와 공포스러운 미스터리의 결합이라고 말할 수 있다. 앞으로 다양한 오컬트 작품이 쏟아지길 기대하고, 나아가 호러 장르가 더 많은 대중의 사랑을 받길 기원한다.

"시대의 최전선에서 인류의 미래를 고뇌하는 SF와
인간성의 심연을 탐구하는 미스터리가 만났다!"
SF 작가 X 미스터리 작가
9인의 장르 컬래버 프로젝트

천선란
한이
김이환
황세연
도진기
전혜진
윤자영
한새마
듀나

천선란 작가부터 도진기, 김이환, 듀나 작가까지
SF × 미스터리 대표 작가 9인의 장르 컬래버 프로젝트

천선란 〈옥수수 밭과 형〉   황세연 〈고난도 살인〉
드라마 확정   드라마 확정

탐방기

한국에 추리소설 전문 책방 하나쯤 괜찮잖아요

- 미스터리 유니온

인터뷰 진행 + 김소망

 문을 열고 들어가 몇 걸음 채 걷지 않았는데 이 공간은 부감 숏이 어울린다는 생각이 든다. 길고 좁은 복도의 좌우 벽에 맞춤 책장들이 높게 자리 잡고 있다. 움직이지 않는 것들 사이에서 유일하게 느릿느릿 움직이며 좌우를 두리번거리는 나를 누군가 천장에서 느긋하게 바라보는 느낌이다. 예술가들의 작업실 방문기를 건축 투시도처럼 세밀한 그림으로 표현한 세노 갓파의 에세이《작업실 탐닉》의 한 장면처럼. '미스터리 유니온'은 서점과 개인 작업실의 중간처럼 아담하고 아늑하다. 책방에 들어갔을 때 책방지기는 세노 갓파의 투시도 속 장인들처럼 서점 가장 깊숙한 곳에서도 가장 구석진 공간에 조용히 앉아 있었다.
 추리소설 전문 책방인 미스터리 유니온은 서울의 신촌 기차역 근처에 있다. 기차역과 추리소설이라니, 다시 생각해도 맞춘 것처럼 잘 어울린다. 왠지《셜록홈스》전집 열 권을 너끈히 들어올릴 단단한 체격의 주인이 있을 것 같지만 가녀린 체구의 조용한 여성이 운영한다는 게 이 공간을 더욱 매력적으로 만든다. 책방 곳곳에는 "추천 도서를 물어보시면 말씀해드려요"라는 문구가 적힌 테이프가 붙어 있다. 손님이 먼저 말을 걸기 전까진 말을 걸지 않는, 내가 좋아하는 분위기의 책방이다. 책들은 '비밀, 살인, 괴기, 미스터리' 같은 말들로 가득하지

만, 책방을 채운 불빛은 따뜻하고 여느 서점처럼 정답다. 나는 괜히 책방 주인을 애거사 크리스티 소설 속의 미스 마플로 생각한다. 어떻게 안 그럴 수 있을까.

보통의 동네 책방처럼 이곳 역시 사방에 둘러볼 것이 많다. 책도 봐야 하고 책방에서 만든 노트 굿즈도 봐야 하고 추리소설가의 얼굴 그림들도 봐야 한다. 그중에 내가 아는 작가는 누구인지, 나는 몰라도 이 책방은 누구를 알아야 한다고 말하는 것 같은지도 살펴야 한다. 책방에서 모르는 작가의 이름을 알아가는 건 큰 기쁨이다. 소설들은 크게 나라별, 작가별로 정리되어 있다. 이 분류법 덕분에 나는 이제껏 어느 나라 사람인지도 몰랐던 작가들의 국적을 조금 알게 되어 신이 났다.

미스터리 유니온에서 가장 먼저 볼 수 있는 책은 프랑스와 영국의 책들이었다. 프랑스 사람들은 추리소설을 몹시 좋아한다. 자국의 추리소설이 심심치 않게 베스트셀러 목록에 오를 만큼 추리소설에 대한 애정이 남다르고 최근에는 한국 장르 소설에 대한 관심도 크게 높아졌다고 한다. 몇 년 전에 서미애 작가의 책들을 따로 모은 매대가 프랑스 서점의 한 공간을 차지하고 작가 초청 북토크도 진행된 적이 있다. 한국에서는 아직 하위문화처럼 느껴지는 추리소설이 유럽이나 미국, 일본에서는 이보다 더 대중적일 수 없다.

이 서점에서 가장 큰 비중을 차지하는 책은 일본 작품들이다. 한국 추리소설 독자들의 일본 추리소설 사랑은 이루 말할 수가 없다. 일본 소설은 본격 미스터리, 사회파 미스터리, 일상 미스터리 등 세부 장르도 다양하고 작가군도 넓다. 일본 추리소설을 대상으로 하는 '이 미스터리가 대단하다!', '본격 미스터리 베스트 10' 같은 유명 순위들도 작품을 알리는 데 큰 몫을 하고 있다. 반면 한국 추리소설은 미스터리 유니온의 가장 깊숙한 곳까지 들어온 독자들이 마지막으로 만날 수 있는 책장 중 하나다. 책방지기는 한국 추리소설이나 《계간 미스터리》 같은 한국 추리소설 전문 잡지는 아무래도 외국 추리소설들에 비해 인기가 덜하다고 했다. 나는 만화책《20세기 소년》에서 할아버지가 "볼링의 시대는 돌아온다"고 소리쳤듯 마음속으로 '한국 추리소설의 시대는 온다'라고 소리친다. 그러면서 동시에 사람들이 좋아하는 다른 나라 소설들로 책을 더 많이 팔아 미스터리 유니온이 오래오래 가길 바란다.

유명한 추리소설가이고 한국에서도 출간됐다 하면 늘 추리소설 분야 베스트셀러에 오르는 작가이지만, 나는 한 번도 작품을 읽어보지 않은 작가 중에 요네자와 호노부가 있다. 애니메이션 〈빙과〉를 계기로 한국에 널리 알려진 '고전부 시리즈'와 역사 미스터리《흑뢰성》은 나 빼고 모든 추리소설 한국 독자들이 읽은 느낌이랄까. 미스터리 유니온에서 하고 싶은 경험 한 가지를 고르라면 한 번도 읽어보지 않은 작가의 작품을 추천받아 구매하는 것이었다. 체감상 10분 넘게 혼자 서점을 둘러보고 책을 고르다가 책방지기에게 요네자와 호노부의 책 중에 어떤 책을 가장 먼저 읽어야 할지 모르겠다고 여쭸더니 용수철처럼 다가오셨다. 요네자와 호노부의 작품을 다 읽고 싶은데, 이것들을 다 읽을 수 있게 만드는 첫 번째 책이 필요하다고 말씀드렸다. 책방지기는 진지하고 묵직한 책과, 가볍게 읽을 수 있는 책으로 나눠 설명해주었다. 가장 최근에 나온《가연물》까지 설명을 다 듣고 나서《왕과 서커스》를 최종 선택했다. 진지한 추리소설이면서 네팔 왕실에서 벌어진 살인사건을 추적하는 기자의 이야기라는 점이 매혹적이었다. 네팔 배경이라니, 그런 추리소설은 읽어본 적이 없다. 안 읽을 수 없다.

미스터리 유니온이 셜록 홈스, 명탐정 코난 시리즈처럼 오래 사랑받고 회자하는 공간이 된다면 좋겠지만 실제로 한국에서 이런 공간이 100년 동안 유지

된다면, 그것이야말로 미스터리다. 그러나 꿈꿔볼 수는 있는 일. 우선 요네자와 호노부의 다른 책들도 모두 이곳에서 구매해보기로 한다. 용수철처럼 내게 와 추천해준 대표님의 안녕을 바라며.

* 이 글은 〈동네책방동네도서관〉 10월호의 '출판인이 사랑하는 책방' 코너에 수록되었던 글입니다.

책방 위치: 서울시 서대문구 이화여대길 88-11
운영 시간: 화~토요일 13~20시
인스타그램: @mysteryunionbook

한국사회의 계급 문제를 정면으로 응시하는 힘
"과거와 현재를 고찰하고 미래를 조망하는 상상력과
인간에 대한 차분한 시선이다."
– 정보라(《저주토끼》 작가)

모든 개의 이야기

나비클럽 소설선

《미로장의 참극》

요코미조 세이시 지음 · 정명원 옮김 · 시공사

조동신　　전형적인 요코미조 세이시 스타일의 미스터리, 돌아온 긴다이치가 반갑다.

《엄마, 시체를 부탁해》

한새마 지음 · 바른북스

김소망　　감히 생각건대 '(박복한 인생의) 엄마, 아내 미스터리'는 한국에서 한새마 작가가 원
　　　　탑이다.

《숨겨진 건 죽음》

앤서니 호로위츠 지음 · 이은선 옮김 · 열린책들

한이　　　전직 형사 대니얼 호손과 미스터리 작가 앤서니 호로위츠 콤비가 고전의 반열에 올
　　　　라가기 시작했다.

《꽃다발은 독》

오리가미 교야 지음 · 이현주 옮김 · 리드비

윤자영　　너 조심해! 라는 말의 의미는?

《글쓰기의 감각》

스티븐 핑커 지음 · 김명남 옮김 · 사이언스북스

한이   서문 두 문단을 읽고 도서관에서 빌려온 책을 반납하고 구매를 결정했다.

《타오》

김세화 지음 · 나비클럽

조동신   사회적 약자란 무엇인가를 다시 생각하게 만드는 진중한 작품.

《너는 미스터리가 읽고 싶다》

김희선 지음 · 민음사

김소망   미스터리 소설을 찾는 비슷한 이유로 과학 서적을 읽을 수도 있구나 하는 깨달음.
책을 읽으면서 서점 장바구니에 책을 담느라 정신이 없다.

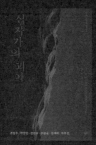

《십자가의 괴이》

조영주, 박상민, 전건우, 주원규, 김세화, 차무진 지음 · 비채

한이   실제 사건을 모티프로 이렇게까지 다양한 변주가 가능하다니 놀랍다.

《카스트라토: 거세당한 자》

표창원 지음 · &(앤드)

김소망 　프로파일러의 24시간을 다룬 〈체험 삶의 현장〉을 보는 것 같다.
조동신 　저자의 경력만으로도 읽을 가치는 충분하다.

《별에서의 살인》

모모노 자파 지음 · 김영주 옮김 · 모모

윤자영 　무중력에서 목을 매는 방법은? 과학 지식을 총동원하라.

《고딕 X 호러 X 제주》

빗물, WATERS, 이작, 박소해, 홍정기, 사마란 , 전건우 지음 · 빛은책들

한이 　　조선 시대 출륙금지령出陸禁止令으로 묶였던 제주가, 재주 많은 작가들의 손으로 날
　　　　아올랐다.

《엘리펀트 헤드》

시라이 도모유키 지음 · 구수영 옮김 · 내친구의서재

조동신 　어떻게 하면 이러한 세계와 주인공을 창조할 수 있을까. 같은 작가로서 질투를 느낀
　　　　다.

《가연물》

요네자와 호노부 지음 · 김선영 옮김 · 리드비

조동신   요네자와 호노부 최초의 경찰물이라는 사실만으로도 일독할 가치는 차고 넘친다.
한이   고전부나 소시민 시리즈에서 보기 힘든 요네자와 호노부의 드라이함이 좋다.

《귀축의 집》

미키 아키코 지음 · 문지원 옮김 · 블루홀식스(블루홀6)

조동신   가족을 이용한 보험사기, 도대체 누가 범인인 거야?

《궁극의 아이 2: 넥스트 차일드》

장용민 지음 · 재담미디어

조동신   세계를 움직이는 자들이 원하는 것은 무엇인가.

《살인 재능》

피터 스완슨 지음 · 신솔잎 옮김 · 푸른숲

김소망   이미 성공한 시리즈의 완벽한 변주. 피터 스완슨은 예상을 배신당했을 때의 재미가
                 되는 기준선이다.

《나와 타인을 쓰다》

베스 케파트 지음 · 이지예 옮김 · 글항아리

한이   누군가를 불편하게 하는 것이 두려워 자전적인 소설로 도피한 나에게 회고록을 쓰
               라고, 진실을 토해내라고 권한다.

《기암관의 살인》

다카노 유시 지음 · 송현정 옮김 · 허밍북스

조동신   미스터리 만들기의 어려움을 간접 체험할 수 있는 작품.

《유골에 대한 기이한 취향》

엘리스 피터스 지음 · 최인석 옮김 · 북하우스

한이   새롭게 단장하고 등장한 캐트펠 수사 시리즈. 20년 만에 재독再讀하고 나서야 진
               정한 가치를 깨닫다. 역사 미스터리의 마스터피스.

《마피아 찾기》

김하림 지음 · 고즈넉이엔티

조동신   마피아를 못 찾으면 죽는 데스 게임.

《홀리》

스티븐 킹 지음 · 이은선 옮김 · 황금가지

한이   빌 호지스는 죽었지만, 홀리 기브니는 살아 있다.

《걷는 망자》

미쓰다 신조 지음 · 김은모 옮김 · 리드비

조동신   미쓰다 신조의 대표 캐릭터 도조 겐야는 없어도 공포와 미스터리는 명불허전.

《호모 이레알리스》

안드레 애치먼 지음 · 정미나 옮김 · 잔

한이   《콜 미 바이 유어 네임》의 원작자가 전하는 예술과 장소에 대한 찬연한 통찰.

세 번째 변종

황세연

지겹다!

하지만 이 지겨움도 오래가지는 않을 것이다. 우리가 전멸하든지, 적이 전멸하든지….

저스티스 연합군의 대령이자 KKK-302 벙커의 벙커장인 나는 한국계 아프리카인이다. 이름은 옐로우 세연Yellow Say On.

내 삶은 작년에도 지겨웠고 어제도 지겨웠고 오늘도 지겨웠다. 그러므로, 내일도 지겨울 게 분명하다. 땅속 300미터, 축구장 크기의 지하 벙커 안에서 26년을 갇혀 지냈으니 그럴 수밖에. 20대 후반에 이곳에 들어왔는데 한 해 두 해 세월이 가다 보니 이제 쉰 중반이다.

208명의 삶의 터전이었던 우리 KKK-302 벙커에는 이제 53명만 남았다. 몇 명은 운 좋게 노환으로 죽었지만, 나머지는 전사했거나 사고로 죽었다. 150여 명이 죽는 동안 태어난 아이는 단 두 명뿐이다.

이 전쟁이 어떻게 시작되었는지 정확히 아는 사람은 없다. 과거에는 있었을지 몰라도 이제는 없다. 무슨 일로 러시아가 우크라이나를 침공했고, 전쟁이 길어지면서 북한이 동맹국 러시아에 군대를 파견했다는 것 같다. 그러자 남한 정부가 우크라이나에 은밀히 인명 살상용 무기를 제공했고, 그러자 그 무기로 우크라이나가 북한군을 공격해 상당한 인명 피해가 났고, 그러자 북한의 잠수정이 어뢰를 발사해 남한의 무기 수출선을 침몰시

켰고, 그러자…. 그러자…. 그러자…. 그러자…. 그러자 미국, 중국, 유럽
이 차례로 전쟁에 가세해 세계 대전으로 비화했다던가?

어떻게 세계 대전이 시작되었는지는 모르지만 우리는 적을 '악의 축 군
대'라고 불렀고, 우리 편은 정의로운 군대라는 뜻으로 스스로 '저스티스
연합군'으로 명명했다.

세계 대전 초기에는 힘의 균형이 팽팽했었다. 하지만 세상에서 유일한
휴전 국가이자 분단국가인 한국에서 오랫동안 개발해온 비밀 병기, '스크
리머'라고 불리는 AI 살인 기계를 전장에 투입하며 힘의 균형이 급격히
깨지기 시작했다.

스크리머는 필립 K. 딕의 단편 과학소설 〈두 번째 변종〉에 나오는 살인
기계에서 따온 이름이다.

스크리머는 수중용, 공중용, 지상용이 있다는데 지상용을 제외한 다른
종류는 거의 생산되지 않았다. 지상용 스크리머는 크기와 생김새가 농구
공과 비슷하다. 색깔은 땅 위에서는 흙색, 숲에서는 푸른색, 눈이 오면 흰
색으로 변한다. 스크리머는 공처럼 굴러서 땅 위를 조용히 이동해 적지에
침투한 뒤 땅속으로 파고 들어가 짧게는 몇 분, 길게는 몇 달 동안 숨어 있
다가 적이 가까이 다가오면 공중으로 튀어 올라 적을 공격하는데 둥근 몸
통 안에서 여러 개의 기계 톱날이 튀어나와 군인이건 민간인이건 상관없
이 아군 식별 팔찌를 차고 있지 않은 사람은 모조리 갈기갈기 찢어놓는
다. 적이 스크리머라는 비밀 병기의 존재를 알지 못했던 초기, 스크리머
하나가 쥐새끼처럼 적의 벙커 안으로 굴러 들어가 적군 200명을 모조리
살해하기도 했다. 채 두 시간도 걸리지 않았다.

표면이 철갑인 스크리머는 일반 권총이나 장총으로는 망가트리기 어
렵고 철갑탄이 장착된 소총이나 기관총을 여러 발 명중시키거나 벌컨포,
로켓 같은 화기를 이용해야 하는데 비행기나 탱크와 달리 크기가 작고,
빠르게 이동하고, 흙 속에서 매복하고 있어 파괴하기가 쉽지 않다.

수백만 개의 스크리머에 수많은 병사를 잃고 수만 개의 벙커가 초토화

되어 궁지에 몰린 악의 축 군대는 결국 보유 중인 핵폭탄 일부를 사용하기에 이르렀다. 아군도 즉시 비슷한 수의 핵폭탄으로 맞대응했다. 핵폭탄은 각국의 수도와 전략적으로 중요한 도시에서 터졌는데 핵폭풍, 방사능, 핵겨울로 양측 인구 약 70퍼센트가 사망했다.

이 '심판의 날' 이후 인류는 꽤 오래 땅속에 갇혀 살았다. 핵겨울과 방사능 때문에 지상에서 삶을 영위할 수 없었다.

수많은 인구를 잃고 땅속에 갇혀 있는 동안 저스티스 연합군은 스크리머 생산 공장을 완전 자동화 시스템으로 전환했다. 적이 침투하거나 인간이 생존할 수 없는 여건의 깊은 지하에 원자력 발전소와 공장을 건설하고 완전 자동화 시스템으로 스크리머를 생산하는 한편, 인간보다 학습 능력이 뛰어난 AI에게 새로운 스크리머를 설계하고 생산할 수 있는 기능과 권한을 부여했다. 설령 아군이 전멸한다 해도 AI 시스템은 땅속에서 살아남아 쉬지 않고 새로운 스크리머를 생산해 적을 모조리 섬멸하도록 말이다.

이미 AI가 설계한 신형 스크리머들이 활동을 시작해 적에 치명타를 가하고 있다는 소문이 무성했다. 그동안 인간이 만든 스크리머는 주로 지상에서 활동하면서 적을 공격했는데, 핵전쟁으로 적군이 지하 벙커에 숨어서 나오지 않자 AI는 지하 벙커를 효과적으로 공격할 수 있는 신형 스크리머를 설계해 생산했고, 그 변종 스크리머들이 적의 벙커를 찾아내 하나하나 효과적으로 파괴해나가고 있다는 것이었다.

하지만 나도 그렇고 주변 사람들은 변종 스크리머를 본 적이 없다.

핵폭발이 만들어낸 핵겨울은 아직도 계속되고 있었지만, 방사능 수치는 급격히 떨어졌다. 인간이 지상에서 활동할 수 있을 정도로 방사능 수치가 내려가자 악의 축 군대와 저스티스 연합군은 다시 지상에서 전투를 재개했다.

찌르르르릉!

요란한 비상벨이 울린 것은 새벽 2시쯤이었다.

나는 비상벨 소리를 듣고도 그대로 침대에 누워 있었다. 노후화된 설비가 또 오작동을 일으켰거니 하고 생각했다. 적의 씨가 말라 최근 6개월 동안은 적의 그림자조차 구경하지 못했는데 무슨 급한 비상 상황이 발생했을까 싶었다.

그런데 잠시 뒤 침실 벽의 스피커에서 다급한 목소리가 흘러나왔다.

"벙커장 님! 비상입니다. 지휘소로 오십시오."

나는 재빨리 일어나 바지만 걸치고 상의는 손에 든 채 지휘소로 달려갔다.

"무슨 일인가?"

"적군이 다가오고 있습니다."

"적군이? 어떻게 그 많은 스크리머를 뚫고?"

나는 의문을 표하며 지휘소의 대형 모니터 앞으로 갔다.

"아직은 거리가 멉니다. 우리 벙커에서 2킬로미터쯤 떨어져 있습니다."

정말 적군으로 보이는 붉은 그림자가 우리 벙커 쪽으로 다가오고 있었다. 적외선 촬영을 하던 드론이 조명을 켜자 좀 더 선명한 영상이 나타났다. 적군 복장의 젊은 남자였다. 왼손에 둥그런 통을 들고 있었고 오른손으로는 흰 깃발을 흔들고 있었다. 드론이 접근하자 적군은 둥근 통을 든 손을 카메라 쪽으로 들어 보이며 백기를 더욱 빠르게 흔들어댔다.

"투항하려는 건가?"

"속임수일 수도 있습니다."

순간 흙 속에서 뭔가가 튀어나와 적군에게 달려들었다. 스크리머였다. 적군이 반사적으로 손에 든 깃발로 스크리머를 쳐내려 했지만 소용없었다. 스크리머의 회전 톱날이 순식간에 백기를 든 적군의 오른팔을 잘랐고 이어서 목을 잘랐다. 스크리머는 쓰러진 적군의 몸 위에서 회전하며 온몸을 난자했다.

"젠장!"

내 입에서 신음 같은 욕이 튀어나왔다.

"저게 우리 편인 게 천만다행이지. 에휴!"

적군이 아직도 왼손에 움켜쥐고 있는 금속 통에 스크리머의 회전 톱날이 닿으며 불꽃이 튀었다. 스크리머는 톱날이 상하는 걸 피하려고 금속 통을 쥔 왼손은 그대로 두고 톱날과 갈고리발톱으로 적군의 몸을 완전히 분해해 흙과 뒤섞어 흔적을 없앤 뒤 땅속으로 사라졌다. 다시 매복에 들어간 것이다.

"드론을 내려보내서 적군이 가져온 게 뭔지 살펴봐."

잠시 뒤 드론이 적군이 가져온 둥근 금속 통을 스캔했다. 안에 무전기로 보이는 물건이 들어 있었다.

"화약 반응이나 방사선 반응은 없습니다."

"그럼 가져와. 사람이 직접 온 걸 보면 시시한 용건은 아닐 거야."

튼튼한 금속 통 안에 든 것은 소형 무전기였다.

지상 초소로 올라간 나는 무전기의 송신 버튼을 눌러 누군가와 통화를 시도했다.

"나는 저스티스 연합군 대령, 옐로우 세연이다. 보낸 무전기 잘 받았다. 용건이 뭔가? 이상."

잠시 뒤 무전기에서 감도가 떨어지는 목소리가 들려왔다.

"나는 러시아 야전군 사령관 도스토옙스키다. 회담을 요청한다. 너희 사령관에게 급히 전할 말이 있다. 이건 너희 생존에도 중요한 문제다. 긴급 회담을 요청한다."

나는 무선이 끝난 뒤 저스티스 연합군 사령관에게 내용을 보고했다. 사령관은 비공식 제의로는 회동할 수 없다며 내가 대신 가서 러시아 야전군 사령관을 만나 면담하고 내용을 보고하라고 지시했다.

나는 그들이 보낸 무전기를 이용해 러시아 야전군 사령관에게 우리 사령관 대신 내가 가겠다고 통보했다. 그러자 러시아 야전군 사령관이 자기가 있는 벙커 위치를 알려주었다. 우리 벙커에서 10킬로미터쯤 떨어진 소도시 안이었다.

"야전군 지휘소 위치는 일급 기밀일 텐데 그곳으로 오라는 게 수상한데요? 함정 아닐까요?"

"함정? 부하를 스크리머에 희생시키면서까지 함정을 파서 나 하나 사로잡거나 죽이는 게 무슨 큰 이득이라고?"

말은 그렇게 했어도 나 역시 의심을 떨칠 수 없었다. 나는 만약을 대비해 폭탄 벨트를 허리에 둘렀다. 생포되면 머릿속에 있는 기밀을 모두 불게 될 테니 그런 상황이 되면 자폭할 생각이었다.

아침이 되자마자 나는 스미스 대위와 스즈키 병장을 데리고 벙커를 나섰다. 스즈키 병장에게 백기를 들게 했다.

우리가 밖으로 나가자, 발걸음의 미세한 진동으로 생명체를 감지한 스크리머 수십 개가 땅속에서 기어 나와 우리를 향해 굴러왔다. 하지만 스크리머들은 우리와 3~4미터 거리에서 모두 멈췄다. 우리 병사들이 팔에 차고 있는 팔찌에서 송출되는 무선 신호를 감지하고 아군임을 확인한 스크리머들은 왔던 길을 조용히 굴러 되돌아가 땅속으로 사라졌다.

적의 야전군 지휘소가 있는 소도시는 핵폭탄이 떨어진 곳이 아니어서 건물들의 외형이 대부분 온전했다.

"어? 뭐야?"

앞서가던 스미스 대위가 갑자기 약국의 깨진 유리창 안쪽으로 총구를 겨눴다.

"사, 살려주세요!"

약국 안에서 힘없는 아이 목소리가 들려왔다.

"나와! 밖으로 나와!"

잠시 뒤 곰 인형을 안은 더러운 몰골의 여자아이가 깨진 유리창을 통해 조심스럽게 밖으로 걸어 나왔다. 예닐곱 살쯤 되어 보였다.

"아니… 너 혼자니?"

내가 묻자, 아이가 힘없이 고개를 끄떡였다.

"언제부터 너 혼자 여기 있었니?"

"먹을 걸 찾으러 간 오빠가 안 돌아와요."

"얼마나 됐는데?"

"세 밤 지났어요. 목말라요."

주변을 둘러보고 난 스미스 대위가 총을 내리고 허리에 차고 있는 수통을 꺼내 뚜껑을 연 뒤 아이에게 건넸다. 아이는 오래도록 물을 못 마셨는지 한참 동안 물을 벌컥벌컥 들이켰다.

"어디 사세요? 따라가도 돼요?"

아이가 물었다.

"지금은 널 데려갈 수 없어. 이따 돌아갈 때 데려가마."

나는 바지 주머니에서 사탕을 꺼내 아이에게 건넸다.

"어디 가지 말고 여기서 기다리고 있어야 해."

하지만 아이는 우리 뒤를 졸졸 따라왔다. 난처한 일이었다.

어쩔 수 없다는 듯이 스미스 대위가 아이를 번쩍 들어올려 총을 들지 않은 왼손으로 안고 걸었다.

적의 벙커가 1킬로미터쯤 남았을 때 멍멍, 개 짖는 소리가 났다.

우리는 발길을 멈추고 주변을 살폈다. 얼룩덜룩한 보더콜리 한 마리가 30미터 정도 거리를 유지한 채 우리를 보며 짖어댔다. 목에 낡은 목걸이가 걸려 있었다.

"이야! 얼마 만에 보는 개냐? 천연기념물을 보는 기분이네. 멍멍아, 이리 와!"

스즈키 병장이 손에 든 백기를 흔들며 개를 불렀다.

보더콜리는 짖는 것을 멈추고 눈치를 봤다. 올까 말까 망설이는 것 같았다.

"괜찮아, 이리 와!"

스즈키 병장이 한쪽 무릎을 꿇고 부르자 개가 슬금슬금 다가왔다. 가까이 오자 스즈키 병장이 개의 머리를 손으로 쓰다듬었다. 낡은 목걸이에 주인의 것으로 보이는 전화번호가 쓰여 있었다. 사람이 키우던 개였다.

우리는 소녀에, 개까지 데리고 적의 벙커를 향해 걸어갔다.

적의 벙커는 마을 반대쪽의 야외 축구장 아래 지하에 있었다. 입구는 화장실로 위장되어 있었다.

나는 공원 화장실을 살피며 무전기를 꺼내 송신 버튼을 눌렀다.

"저스티스 연합군 회담 대표다. 벙커 입구에 도착했다. 이상."

하지만 한동안 대답이 없었다. 나는 다시 우리가 왔음을 알렸다.

"환영한다!"

적의 야전군 사령관 목소리가 아닌, 낯선 목소리였다.

"우리가 알아볼 수 있게 모두 화장실 앞으로 나와라."

우리는 숨기고 있던 몸을 일으켜 백기를 든 채 화장실 앞으로 갔다.

잠시 뒤 화장실 문이 열리는가 싶더니 갑자기 총소리가 났다.

타타타탕!

나와 병사들은 재빨리 바닥에 엎드리며 총을 들어 화장실 문에 응사했다.

타타타탕! 탕 탕 탕!

"그만! 사격 중지! 나는 당신들에게 총을 쏜 게 아니오!"

화장실 쪽에서, 또 무전기에서 남자의 목소리가 동시에 흘러나왔다.

내가 사격을 멈추자 다른 병사들도 사격을 멈췄다. 우리 옆에 보더콜리가 쓰러져 발을 바둥거리고 있었는데 전기톱날 같은 게 배를 뚫고 나와 있었다.

"쏘지 마시오!"

화장실 안에서 왼손으로 목발을 짚은 남자가 장총을 든 오른손을 쳐들고 절뚝거리며 걸어 나왔다. 남자는 곧장 보더콜리 앞으로 걸어왔다.

"이 개를 처음 본 거요? 하긴, 그랬으니 데려왔겠지. 나도 오늘 처음 봤습니다."

목발을 짚고 있는 적 부상병이 발을 버둥거리고 있는 개를 향해 총을 겨

누고 다시 방아쇠를 당겼다,

탕! 탕! 탕!

개의 몸에서 번쩍번쩍 불꽃이 튀고 연기가 났다.

"우리 병사들이 총알을 수십 발 쏟아부었는데도 끄떡없었습니다. 철갑탄은 좀 낫군요."

"도대체 이게 뭡니까?"

"당신들이 만든 신형 스크리머잖습니까! 상부에서 전달 못 받았습니까?"

"당신이 러시아 야전군 사령관입니까?"

"아닙니다. 사령관님은 한 시간 전쯤에 전사했습니다."

"예에?"

"아침에 CCTV 모니터를 살펴보던 병사가 보더콜리 한 마리가 벙커 주변을 맴도는 것을 발견했습니다. 주인을 잃고 떠도는 개인 줄 알고 방호문을 열고 안으로 들어오게 했습니다. 그리고 채 한 시간도 지나지 않아 끔찍한 일이 벌어졌습니다. 신형 스크리머가 벙커 안에 있던 사람들을 모두 학살했습니다. 캐비닛이 내 몸 위로 쓰러져 몸을 덮치는 바람에 나만 간신히 살아남았습니다."

당황스러웠다. 사령관이 죽었다면 회담도 할 수 없었다.

스미스 대위가 믿을 수 없다는 표정으로 망가진 보더콜리를 살피다가 대검을 꺼내 들었다. 그는 대검을 개의 털가죽에 몇 번 그어 가죽을 벗겨냈다. 그러자 쇠로 된 로봇이 나타났다. 배의 철판에 '마르스 1호'라는 한글이 각인되어 있었다.

"원?"

스미스 대위가 '마르스 1호' 글씨를 손끝으로 만지며 고개를 갸웃거렸다.

"한국어로, '첫 번째 전쟁의 신'이라는 뜻이야."

나는 아버지가 한국인이어서 한글을 읽을 줄 알았다.

"AI가 설계하고 생산한 신형 스크리머에 왜 한국어가 쓰여 있는 거죠?"

"애초부터 스크리머가 한국인들이 설계하고 이름 붙인 무기이니, 신형 스크리머를 설계한 AI 시스템도 관례대로 한국어로 계속 이름을 붙이고 있는 것 같군."

나는 스미스의 질문에 대답한 뒤 러시아인을 돌아봤다.

"당신들 사령관이 왜 우리를 불렀는지 아십니까?"

"가면서 이야기합시다."

"가다니요?"

"당신네 벙커로요. 우리 벙커는 더 이상 사람이 살 수 없습니다. 스크리머와 싸울 때 발전기, 통신장비 등 모든 시설이 파괴되었습니다. 여기서 얼어 죽느니 투항하겠습니다."

부상병이 들고 있던 소총을 나에게 건넸다. 나는 잠깐 망설이다가 철갑탄 총알이 든 소총을 건네받아 어깨에 뗐다.

우리는 온 길을 다시 돌아가기 시작했다.

"당신들 사령관이 왜 우리에게 회담 요청을 한 거죠?"

"글쎄, 그건 잘 모르겠습니다. 나는 하급 병사라서요."

"어? 저기, 누군가 있습니다."

인형을 품에 안은 여자아이의 손을 잡고 걷던 스미스 대위가 여자아이의 손을 재빨리 놓고 소총을 골목으로 겨눴다.

"쏘, 쏘지 말아요!"

총구가 가리키는 골목에 밍크코트를 입은 늘씬한 여자가 서 있었다.

"쏘지 말아요. 떠돌이 창녀입니다."

적군 부상병이 스미스 대위를 향해 말했다. 두 사람은 서로 안면이 있는 모양이었다.

"벙커를 전전하며 병사들에게 몸을 팔아 목숨을 부지하는 여자입니다. 연예인급 미녀들이 밭 매고 돼지 똥 치운다는 벨라루스 출신이라던가…. 얼굴하고 몸매는 정말 예술입니다."

스미스 대위가 총구를 내리자 여자가 다가왔다.

"어? 처음 보는 이 오빠들은 러시아군이 아니네? 어느 벙커에 거주하는 오빠들이야? 누가 대장이야? 아, 오빠가 대장이구나? 정말 잘생겼다."

여자의 끈적한 시선이 내 몸을 훑었다.

"볼일 없습니다. 가던 길 가시죠."

"잘생긴 오빠가 왜 이리 융통성이 없으실까? 나 여기 놔두고 가면 굶어 죽거나 무서운 기계에 끔찍하게 살해될 게 뻔한데 그냥 두고 갈 거야? 그렇게 죽기에는 이 쭉쭉빵빵한 몸이 아깝다는 생각 안 들어? 자, 앞장서. 나 데려가면 설거지도 하고 청소도 하고, 여러모로 쓸모가 있을 거야."

여자가 아름다운 얼굴에 나를 유혹하려는 듯한 싸구려 미소를 지었다.

"일단 데려가죠?"

스미스 대위가 내게 말했다.

"데려가!"

바로 그때였다. 타타타탕…!

기관총 소리와 동시에 여자의 가슴에서 불꽃이 팍팍 튀며 여자의 몸이 뒤로 나자빠졌다.

탕 탕 탕 탕…!

소총 소리도 들렸다.

"적이다!"

내 외침과 동시에 곰 인형을 안은 소녀의 몸으로 총알이 날아들었다. 순식간에 총을 여러 발 맞은 소녀가 뒤로 나자빠졌다.

"흩어져!"

나는 소리를 지르며 기다시피 뛰어가 전봇대 뒤에 몸을 숨겼다.

타타타탕…!

밍크코트를 입은 여자의 몸에 쏟아졌던 기관총 총알이 미처 몸을 숨기지 못한 러시아 부상병의 가슴을 꿰뚫었다. 하지만 러시아 부상병은 비틀거리기만 할 뿐 쓰러지지 않았다.

탕 탕 탕 탕…!

"으헉!"

아스팔트 바닥에 납작 엎드린 스미스 대위가 비명을 질렀다.

앞쪽 카센터에서 기관총 불빛이 번쩍였고 소총 총알은 옆쪽 2층짜리 건물의 입구에서 날아오고 있었다. 나는 총구만 전봇대 밖으로 내놓고 카센터를 향해 방아쇠를 당겨댔다. 탕 탕 탕 탕! 그러자 기관총 총알이 나를 향해 날아왔다. 전봇대에 총알 박히는 소리가 요란했다. 두두두둑!

바로 그때, 총을 맞고 쓰러졌던 소녀가 번쩍 몸을 일으켰다. 소녀는 안고 있던 곰 인형을 주유소 쪽으로 던졌다. 몇 미터를 날아가 아스팔트에 떨어진 곰 인형이 벌떡 몸을 일으켰다. 그리고 어릴 때 본 공포영화 〈사탄의 인형〉에 나오는 처키처럼 두 발을 빠르게 놀려 주유소를 향해 달려갔다. 나를 향해 날아들던 기관총 총알이 주유소로 달려가는 곰 인형에게로 옮겨갔다. 하지만 기관총 총알은 단 한 발도 곰 인형을 맞히지 못했다. 곰 인형 주변에서 푸석푸석 먼지가 일 뿐이었다. 빠르게 달리던 곰 인형이 기관총 사수와 부사수를 향해 뛰어오르는 순간, 쾅! 엄청난 폭발이 일어났다.

부서진 주유소의 파편들이 내 주변까지 날아와 후드득 떨어졌다.

으아아악!

누가 비명을 질러서 돌아보니 총을 맞고 비틀거리던 부상병의 몸과 팔, 다리에서 전기톱날이 회전하고 있었다. 처음에는 부상병이 스크리머에게 팔다리가 잘리고 있는 것처럼 보였다. 하지만 그게 아니었다. 여러 개의 톱날은 부상병의 몸속에서 튀어나온 것이었다.

'변종 스크리머!'

온몸이 흉기인 부상병이 짚고 있던 목발을 내던지며 총알이 날아오는 쪽으로 빠르게 내달렸다.

젠장!

나도 모르게 입에서 욕이 튀어나왔다.

나는 총구를 들어 누구를 쏴야 할지 몰라 잠깐 망설이다가 철갑탄을 부상병을 향해 쏘았다. 달려가던 부상병이 앞으로 푹 고꾸라졌다.

크아아아!

기이한 소리에 급히 옆을 돌아보니 기관총을 맞고 쓰러졌던 창녀가 나를 향해 빠르게 기어오고 있었다. 괴물처럼 크게 벌어진 입안에서 혀가 아닌 전기톱날이 회전하고 있었다. 나는 다시 재빨리 총구를 창녀에게로 돌려 얼굴과 머리를 겨누고 방아쇠를 당겨댔다. 탕 탕 탕 탕! 철컥! 총알이 떨어졌다. 하지만 다행히 창녀는 내 코앞에서 움직임을 멈췄다.

"아악!"

비명에 옆을 돌아보니 엎드려 있는 스즈키 병장의 등에 거지 소녀가 달라붙어 있었다.

"아아악!"

소녀의 몸에 가려 자세히 보이지는 않았지만 스즈키 병장의 몸에서 피가 튀는 게 보였다. 나는 병장에게 달려갔다.

"어헉!"

소녀의 손목에 손이 아닌 빠르게 회전하는 톱날이 달려 있었다. 소녀는 회전하는 왼손 톱날을 스즈키 병장의 등에 박은 채 오른손 톱날을 목에 밀어 넣어 머리를 자르고 있었다. 나는 들고 있던, 총알이 떨어진 소총을 재빨리 돌려 잡아 개머리판으로 소녀의 머리를 힘껏 내리쳤다.

픽!

그 순간 스즈키 병장의 머리가 몸에서 분리되어 땅 위로 툭 떨어졌다. 반대로 개머리판에 머리를 맞은 소녀는 끄떡도 없었다. 나는 뒤로 물러나며 권총을 뽑아서 소녀를 향해 쏘아댔다. 소녀는 권총을 맞을 때마다 조금씩 몸을 움찔거릴 뿐이었다. 스즈키 병장의 피를 뒤집어쓴 소녀가 회전하는 톱날이 달린 두 손을 쳐들고 내게 다가왔다.

탕! 탕! 탕! 탕!

누군가가 소녀 스크리머를 향해 총을 쏴댔다. 철갑탄이었다. 소녀의 배에 구멍이 뻥뻥 뚫리는 게 보였다.

탕! 탕! 탕! 탕!

총알은 계속 배에 명중했다. 급기야 소녀의 배에서 불꽃이 일며 소녀가 풀썩 쓰러졌다.

총을 들고 내 앞으로 달려온 사람은 아군 복장의 20대 중반 병사였다.

"괜찮으십니까?"

"소속이 어딘가?"

나는 총을 겨누고 있는 병사의 이름표를 보며 물었다.

"306 벙커 소속의 중사 체 게바라입니다."

"나는 302 벙커장 옐로우 세연이네."

체 게바라 중사가 내게서 총구를 거두자마자 스미스 대위에게 달려가 상태를 살폈다. 이미 숨이 끊어져 있었다. 옆구리로 들어간 철갑탄이 심장을 관통한 것 같았다.

"죄송합니다. 피아 식별이 안 돼서….'

중사가 사과했다.

"적지엔 어쩐 일로?"

"저희는 병사 대부분이 사망하고 벙커도 파괴되었습니다. 좀 전에 사망한 두 병사와 저는 다른 벙커를 찾아 이동 중이었습니다."

"대부분이? 어쩌다가?"

"아직 모르고 계십니까? 며칠 전부터 전쟁의 양상이 바뀌었습니다."

"어떻게?"

"사람과 구별이 안 되는 신형 스크리머가 아군과 적을 가리지 않고 공격해 죽이고 있습니다. 목숨이 붙어 있는 인간이면 누구나 말입니다. 이제 이런 팔찌는 아무 소용이 없습니다."

중사가 팔찌를 찬 팔을 들어 보였다.

"우리 벙커는 곰 인형을 든 거지 소녀에게 당했습니다. 오던 길에 탈영해 도망가는 적군을 만났는데 그들의 벙커도 저 창녀와 부상병에게 당했다고 하더군요."

중사가 망가진 스크리머들을 턱으로 가리켰다.

"인간형 스크리머 외에 개도 있어. 보더콜리."

"맞습니다. 개도 있다더군요. 처음에는 개 한 마리, 또는 불쌍한 소녀나 미녀 스크리머가 다가와서 문을 열게끔 합니다. 그게 무엇이든 하나만 안으로 들어오면 그걸로 끝입니다. 저 위장 스크리머들은 벙커 안에서 본능을 감추고 조용히 지내다가 기회가 오면 벙커 문을 열어 수많은 스크리머를 불러들입니다. 그러면서 학살이 시작되죠. 우리 벙커는 단 몇 분 만에 당했습니다. 놈들은 학살을 시작하기 전에 통신 시설부터 망가트립니다. 외부와의 연락을 차단하려고 그러는 것 같습니다. 지원군이 오기 전에 학살이 끝나니, 도움을 청하는 걸 막으려는 의도보다는 신형 스크리머의 생김새 정보와 공격 방법이 알려지는 걸 막으려고 그러는 게 아닌가 싶습니다."

"중사는 어떻게 살아났나?"

"끔찍한 학살이었죠. 어차피 죽을 거, 같이 죽자는 심정으로 자폭 시스템을 가동하니 스크리머들이 일시에 벙커를 빠져나가더군요."

"아군까지 학살하는 변종 스크리머는 네 종뿐인가?"

"제가 들은 바로는 그렇습니다. 수는 많아도 종류는 네 종!"

"아, 이게, 적군 사령관이 회담을 요청한 이유였군."

틀림없이 그랬을 것 같았다. 우리보다 더 위험한 적이 나타나자, 적 사령관은 그만 싸움을 멈추고 인류의 생존을 위해 공동으로 대처하자고 제의하려 했을 것이다.

"그런데 아까 이상한 걸 봤어. 저 부상병이 보더콜리를 철갑탄으로 쏴서 망가트리더라고. 스크리머가 스크리머를 말이야."

"그건, 자기편을 희생시켜서 신뢰를 쌓아 더 큰 목표를 이루기 위한 속임수, 즉 대령님 일행을 따라 인간이 많은 곳으로 가려는 작전이었을 겁니다. 인간은 목적을 이루기 위해 다른 인간을 죽이는 게 쉬운 일이 아니지만 스크리머는 감정이 없으니 그 행동이 최선이거나 자기들 목적에 도움이 된다 싶으면 조금도 망설이지 않고 행동할 겁니다."

"그게 AI와 인간의 차이겠지. 상부에 보고해야 하니 빨리 이동하자고."

"저도 같이 갑니까?"

"어디 갈 데라도 있나?"

중사는 내 말에 대답하지 않고 뒤쪽을 향해 외쳤다.

"그만 나오십쇼!"

일행이 있는 것 같았다. 하지만 아무런 반응도 없었다.

"안전하니 그만 나와요!"

그제야 편의점 안에서 한 남자가 주변을 두리번거리며 걸어 나왔다.

"어?"

낯이 익었다. 많이 보던 사람이었다.

"텔레비전에서 많이 보셨을 겁니다. 전기차 회사인 스텔라와 스페이스 Z의 CEO, 멜론 머스크 씨입니다."

"저분이 어떻게 여기에?"

"저분은 오래전부터 인류를 달로 이주시키겠다고 공언하며 우주선 회사를 사서 달에 사람이 살 수 있는 기지를 건설해왔죠. 그러다 세계 대전이 터지자마자 여러 명의 자식과 미녀들을 데리고 우주선을 타고 달로 이주했어요. 며칠 전 마피아 떡볶이라던가? 무슨 떡볶이가 미치도록 먹고 싶어서 지구로 떡볶이 먹으러 오다가 우주선이 고장 나서 비상탈출을 했답니다. 우주선에 타고 있던 일곱 명 중에 두 사람만 생존했다는데, 한 사람은 어제 스크리머에게 당했답니다. 저분도 어젯밤 저를 만나지 않았다면 지금까지 살아남지 못했을 겁니다."

"안녕하십니까?"

다가온 멜론 머스크가 먼저 내게 인사했다.

"안녕하십니까!"

나도 인사하며 악수를 청했다.

"이런 데서 멜론 머스크 씨를 뵙게 될 줄은 상상도 못했습니다. 영광입니다. 텔레비전에서 볼 때보다 훨씬 키도 크고 잘생기셨군요. 일단 우리 벙커로 가시죠. 거기 가서 따뜻한 식사도 하시고 차도 마신 뒤 드론을 부르든지 우주선을 부르든지 하시죠."

나는 임무가 급한데도 멜론 머스크에게 아부하느라 시간을 허비하고 있었다. 잘 보이면 비트코인이나 금괴 몇 개 던져줄지 누가 알겠는가? 재산이 100조 달러가 넘는다니 그의 100만 달러는 우리의 1달러보다 작은 돈일지도 모른다고 생각했다.

"잘 부탁드립니다. 제가 무사히 탈출할 수 있게 도와주시면 두 분에게 백지수표 몇 장 끊어드리겠습니다."

"아, 감사합니다!"

"앞장서시죠."

"잠깐! 아무리 급해도, 안전을 위해 확인할 게 있습니다."

나는 죽은 스미스 대위의 대검으로 철갑탄에 만신창이가 된 거지 소녀의 가슴을 갈랐다. 이어서 부상병과 미녀의 가슴도 갈랐다. 소녀 스크리머는 '마르스 2호', 부상병은 '마르스 4호', 미녀는 '마르스 5호'라는 글씨가 가슴 부분의 철판에 선명히 각인되어 있었다.

제길! 마르스 3호! 3호가 없다.

그렇다면 한 종이 더 남아 있다. 신형 변종 스크리머는 네 종이 아니라 최소 다섯 종이었다.

체 게바라, 아니면 멜론 머스크, 분명 둘 중 하나는 마르스 3호라는 생각이 들었다. 하지만 외모만 봐서는 누가 스크리머인지 도저히 구별할 수 없었다.

'평범한 일반 병사와 얼굴이 잘 알려진 갑부 중에 누가 더 벙커 안으로 들어가기 쉬울까?'

당연히 갑부였다.

그런데 체 게바라 중사는 내게 거짓말을 했다. 변종 스크리머가 네 종이라고 했는데 최소 다섯 종이었다. 거짓말이 아니라 잘못 알고 말한 것일 수도 있지만.

"뭘 확인하시는 겁니까?"

체 게바라 중사가 물었다.

"약점이 어느 부위인지 살펴보려고. 역시 배터리팩이 있는 배가 약점인 것 같군. 중사는 이미 알고 있었지? 그래서 저 거지 소녀의 배를 집중적으로 쏜 거 아닌가?"

"짐작이었습니다. 벙커에서 싸울 때 보니 배나 배꼽을 맞히면 철갑탄 한두 방에도 파괴되는 스크리머가 있었습니다."

체 게바라는 역시 평범한 군인 같아 보였다.

'인간형 스크리머가 진짜 인간과 다른 점은 뭘까?'

총에 맞은 스크리머들은 사람처럼 피까지 흘렸다. 또 아까 소녀 스크리머는 수통의 물까지 벌컥벌컥 들이켰다. 신종 스크리머는 진짜 인간처럼 보이기 위해 음식을 섭취하고 화장실에 가기도 할 것 같았다.

'스크리머는 비슷한 체형의 인간보다 몸무게가 더 나가지 않을까?'

그건 몰라도, 몸속에 기계톱날 같은 게 장착되어 있으니 분명 몸속 구조만큼은 사람과 다를 게 분명했다. 휴대용 엑스레이 기계가 있어 몸속을 들여다보면 누가 스크리머인지 금방 알 수 있을 테지만, 눈으로는 도저히 알 수 없었다.

'체 게바라 중사의 소총을 빼앗아 철갑탄으로 둘 다 죽여버릴까?'

하지만 그럴 수는 없었다. 둘 중 한 사람, 아니 어쩌면 둘 다 사람일 가능성도 있었다.

체 게바라 중사가 죽은 스미스 대위의 팔에서 팔찌를 풀어 멜론 머스크의 팔에 채웠다.

"신형 스크리머는 통하지 않지만 구형에는 통하니 차고 있는 게 나을 겁니다."

체 게바라 중사는 스미스 대위의 대검과 소총도 집어서 멜론 머스크에게 넘겼다.

"총 쏴봤죠?"

"사격장에서 몇 번…."

"그럼 됐습니다. 총의 종류는 다르겠지만 쏘는 방법은 같습니다."

체 게바라 중사가 멜론 머스크를 알뜰히 챙기는 것은 나중에 금전적 보상을 받을 수도 있다고 기대하기 때문일 것이다. 지극히 인간다운 행동이다.

'아니! 방심하면 안 돼!'

나는 머리를 흔들었다. 저런 인간다운 행동조차도 나한테 잘 보이기 위한 연기일 수 있었다. 나를 확실히 속여야만 우리 벙커 안으로 들어갈 수 있을 테니까.

"자, 갑시다!"

나는 태연한 표정으로 앞장섰지만, 머릿속은 복잡했다.

KKK-302 점점 벙커가 가까워지고 있었다. 공 모양의 구형 스크리머들이 흙 속에서 기어 나와 우리를 향해 소리 없이 굴러왔다. 우리 주변으로 모여든 열 개 정도의 구형 스크리머들은 팔찌에서 흘러나오는 신호를 수신하고 스르르 물러나 다시 땅속으로 사라졌다.

우리 벙커 입구가 숨겨져 있는 계곡이 보이자 나는 발걸음을 조금 늦췄다. 둘 중 한 명이 마르스 3호일 가능성이 높은데 이들을 벙커 안으로 데리고 들어갈 수는 없었다.

조금 가다 보니 녹난 소총과 수통, 수갑 등이 땅 위에 떨어져 있었다. 적군의 장비였다. 스크리머에게 난자당했을 적군의 시체는 흔적도 없었다.

아! 좋은 생각이 떠올랐다.

"체 게바라 중사. 철갑탄 좀 가지고 있나?"

앞장서서 걷던 나는 발걸음을 멈추고 물었다.

"30발 탄창 하나가 남아 있습니다."

"그거 나 줘. 우리 벙커도 신형 스크리머가 침입했을지 모르는데, 철갑탄이 떨어졌어."

체 게바라 중사가 주머니에서 탄창을 꺼내 내게 건넸다. 나는 탄창을 받아 철갑탄인지 확인하고는 내 소총에 끼웠다. 그리고 곧장 장전 손잡이를 당겼다. 철컥!

"둘 다 꼼짝 마!"

나는 두 사람을 향해 총구를 겨눴다.

"두 사람 모두 땅에 총 내려놔! 체 게바라 중사! 저기 저 수갑 집어서 한쪽은 중사의 발에 차고 다른 한쪽은 멜론 머스크 씨 발목에 채워!"

"예? 왜 이러십니까?"

"이게 무슨 짓입니까?"

두 사람이 거의 동시에 항의했다.

"살고 싶으면 시키는 대로 해!"

나의 살기 가득한 목소리에 중사와 멜론 머스크가 소총을 내려놨다. 중사가 수갑을 집어서 한쪽을 멜론 머스크의 발목에 채우고 다른 한쪽은 자기 발목에 찼다.

나는 두 사람이 내려놓은 소총 두 개를 집어 어깨에 멨다. 하지만 두 사람이 가지고 있는 대검은 빼앗지 않았다. 대검으로는 수갑을 풀 수 없었다. 상대가 인간이라면 그의 발목을 자를 수 있을 뿐….

"나는 당신들을 믿을 수 없소. 당신들 둘 다 스크리머일 수도 있고, 아니면 한 사람이 변종 3호 스크리머일 수도 있소. 두 사람, 여기서 기다리고 있어요. 그럼 내가 벙커에 들어가서 다른 병사들과 함께 휴대용 엑스레이를 가져와서 당신들의 몸을 촬영해 스크리머인지 아닌지를 확인할 거요. 스크리머가 아니라는 게 확인되면 벙커 안으로 데리고 들어가겠습니다."

하지만 내 말은 거짓말이었다. 벙커 안에도 휴대용 엑스레이 기기 같은 건 없었다.

나는 철갑탄을 장전한 소총으로 두 사람을 겨눈 채 뒷걸음질을 쳤다. 그렇게 50미터쯤 가자, 계곡 입구가 나왔다. 벙커 입구까지는 아직도 1킬로

미터는 더 가야 했다. 그런데 내가 계곡 안으로 들어가면 시야가 가려져 더는 두 사람을 감시할 수 없었다. 물론 두 사람도 나를 볼 수 없었다.

계곡 입구에서 나는 재빨리 돌아서서 계곡 안으로 달렸다. 하지만 그건 연기였다. 나는 벙커 입구를 향해 달리지 않고 이내 되돌아와 계곡 입구의 바위 뒤에 몸을 숨겼다.

문제: 앞으로 나는 어떤 방법으로 인간과 스크리머를 가려내려는 것일까?

정답은 QR코드를 스캔하거나 나비클럽 홈페이지(www.nabiclub.net)의 〈계간 미스터리〉 카테고리에서 확인할 수 있습니다.

"난 네가 되고 싶어."
1년마다 인간의 살을 먹고 그 인간으로 변해야만 살 수 있는
돌연변이가 사랑에 빠지는 오컬트 미스터리 로맨스

우울의 중점

이은영 소설

나비클럽

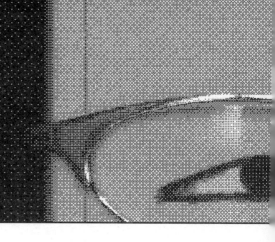

독자 리뷰

✦ **mister.marple1**

예전에 유행했던 말이 있다. 정말 로그인하게
만드네. 잡지는 그냥 편히 가볍게 읽고 싶기에 따로
리뷰 쓰기는 귀찮은데, 《계간 미스터리》는 매번
나올 때마다 독자를 (좋은 의미에서!) 울컥하게
만들어 이 감상이 휘발되기 전에 뭐라도 남겨놓고
싶다.

《계간 미스터리》는 공들여 고른 표지 그림부터
독자는 물론 창작자까지 포괄하는 수요자 지향형
잡지로 점점 거듭나고 있는 듯하다. 정확한 이유는
모르겠는데 그리 얇지 않고 콘텐츠별 수준과
재미도 분명 차등적이지만 매 권 만족스럽게
한 번에 쭉 읽고 있다. 이런 만족스러운 품질은
여러 기획 중에서도 책의 본질이자 핵심인 국내
작가들의 고품질 중·단편소설(이번엔 중편소설!!)
덕분일 것이다.

이번 호에는 특이하게 70여 쪽의 중편소설 한 편과
단편소설 두 편이 실렸는데, 중편소설은 《그리고
아무도 없었다》와 아야츠지 유키토, 《흉인저의
살인》을 버무린 듯한 상당히 재미있는 클로즈드
서클물이다. 군데군데 아쉬운 점은 있지만 흡입력
자체가 엄청 좋고 수미상관 구조와 어디에서도
보지 못한 독특한 트릭이 일품이었다.

장판파엔 장비, 오관돌파에는 관우만 있으면
되듯이 단편소설 코너에는 내 최애 작가님 두 분의

최정예 작품이 실렸다. 무경 작가님은 요즘 매번
놀라운데, 아직 작품 수는 적지만 국적 불문 대화형
미스터리(?)의 최고수가 아닌가 싶다. 따옴표 없이
대화로만 진행되는 미스터리는 쓰기도 읽기도
힘들뿐더러, 특히 요즘에는 손발이 오그라드는
인터넷 용어나 의성어, 의태어로 몰입이 저해될
수 있는데, 〈망〉은 조선 시대를 배경으로 한
고풍스러운 말투 덕에 이 함정을 잘 빠져나갔다.
게다가 작가의 시그니처인 건조하면서 어딘지
불길한 문체, 치밀한 역사 고증, 선과 악의
상대성에 대한 고찰과 더불어, 열려는 있지만
(사람 속 터지게 하는 무책임한 열림이 아닌 예측
가능한 열림) 씁쓸한 결말 등이 잘 조화를 이루어
단 17쪽밖에 안 되는 짧은 소설을 마스터피스의
영역으로 손짓하고 있다.

홍선주 작가님의 〈살인자의 냄새〉는
○○트릭(이것 자체가 핵심)이 돋보였다. 남매간의
대화가 좀 낯간지러워서 힘들었는데 읽다 보면
작가님의 복선 안배가 느껴진다. 마지막 다섯 줄의
전율과 통쾌한 반전은 10타수 무안타 이후 만루
홈런을 친 것 같은 상쾌함을 준다. 전작과 세계관을
공유하기에(전 눈치챘어요. 신남!) 더욱 그렇다.

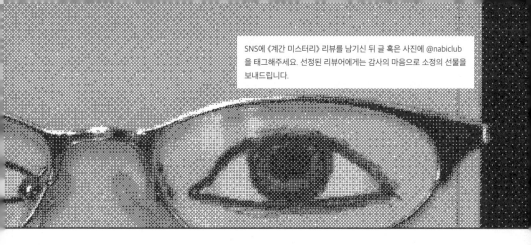

✦ boguni_2020

선선해지는 공기와 함께 이한치한으로 미스터리. 네 편의 미스터리 소설이 수록된 이번 호는 좀 더 작품을 많이, 깊이 있게 감상할 수 있어서 좋았다. 신인상 작품을 읽고는 눈물을 흘렸다. '사람을 파괴할 수 있는 건 사람이다. 동시에 사람을 구할 수 있는 건 사람이다'라는 생각이 들었다. 그리고 늘 재미있게 읽고 있는 미스터리 키워드 분석 연재와 영상 리뷰, 범죄 트릭의 재구성까지. 가을에도 역시 미스터리지.

✦ sunju_hong

역시 우리(?)《계간 미스터리》는 이번 호도 알차게 재미있었습니다. 어느 독자분의 말처럼 '한 꼭지만 읽을까' 하고 펼쳤다가 어느새 후루룩 다 읽어버리는 마법의 잡지.
염건령 교수님의 〈실재하는 탐정의 세계〉는 강의에서도 들었지만 좀 더 상세히 정리되어 있어 유익했고, 조동신 작가님의 〈여름추리소설학교 참관기〉도 제가 무심코 넘긴 지점들을 짚어주어서, 읽으며 새록새록 깨우쳤습니다.
신인상 수상작인 이용연 작가님의 〈냉장고에 들어간 남자들〉은 재작년 한겨레의 서미애 작가님 수업에서 습작으로 먼저 만난 작품인데 열심히

수정하시더니 결국 해내셨네요. 시나리오를 쓰던 분이라 초고에서도 대사가 자연스러운 게 정말 부러웠어요. 그만큼 후루룩 잘 읽었습니다.
오랜만에 김범석 작가님의 중편도 만날 수 있었는데요. 흥미롭게 읽었지만 본격 미스터리 작품이다 보니 아무래도 동기나 상황의 핍진성이 조금 아쉬울 수밖에 없네요. (수영장 트릭은 이해가 잘 안 되네요. 어떻게 설치해야 시체가 그렇게 잘리죠? 그림은 수영장이 아니라 그곳에 설치된 그것(?)을 그려주시면 좋았을 텐데….)
열심히 활동에 박차를 가하는 무경 작가님의 작품도 특유의 분위기와 문체를 즐겁게 읽었습니다. 역사 지식이 풍부한 분이라면 더욱 재밌게 읽으실 것 같은데요(주석이 충분히 있지만), 다만 대화체와 서술체를 따옴표 없이 쓰신 건 무얼 위해서였을까, 저는 고민이 되더라고요. ('생각인가? 아 여긴 그냥 서술이구나.' 이런 식으로 자꾸 확인해야 하는 지점들이 있어서 오히려 주욱 못 읽었거든요.)
참, 여러분, 쥬한량이 추천한 영국 드라마 〈브로드처치〉도 꼭 보시고요. (아쉽게도 지금은 왓챠에서만 서비스하죠?) 미스터리를 좋아하는 독자라면 《계간 미스터리》 놓치지 마세요~ :)

계간 미스터리 신인상 공모

전통의 추리문학 전문지 《계간 미스터리》에서
새로운 시대를 함께 열어갈 신인상 작품을 공모합니다.

★모집 부문

　단편 추리소설, 중편 추리소설, 추리소설 평론

★작품 분량(200자 원고지 기준)

　단편 추리소설: 80매 안팎/중편 추리소설: 250~300매 안팎/추리소설 평론: 80매 안팎

　※ 분량 기준을 준수하지 않은 응모작은 심사 대상에서 제외됩니다.

　※ 평론은 우리나라 추리소설을 텍스트로 삼아야 합니다.

★응모 방법

　- 이메일을 통해 수시로 접수합니다. mysteryhouse@hanmail.net

　- 우편 접수는 받지 않습니다.

　- 파일명은 '신인상 공모_제목_작가명'을 순서대로 기입해야 합니다.

　- 이름(필명일 경우 본명도 함께 기입), 주소, 연락 가능한 전화번호, 이메일을 원고 맨 앞장에 별도 기입
　　해야 합니다. 부실하게 기입하거나 틀린 정보를 기재했을 경우 당선 취소 등 불이익을 받을 수 있습
　　니다.

★유의 사항

　- 어떤 매체에도 발표되지 않은 작품이어야 합니다.

　- 당선된 작품이라도 표절 등의 이유로 타인의 지식재산권을 침해한 사실이 밝혀지거나, 동일 작품이
　　다른 매체 등에 중복 투고되어 동시 당선된 경우 당선을 취소합니다. 이 경우 원고료를 환수 조치합
　　니다.

　- 미성년자의 출품은 가능하나 수상 시 법정대리인의 동의서, 가족관계증명서 등을 제출해야 합니다.

★작품 심사 및 발표

　-《계간 미스터리》편집위원들이 매호 심사합니다.

　- 당선자는 개별 통보하고, 《계간 미스터리》지면을 통해 발표합니다.

★고료 및 저작권

　- 당선된 작품은 《계간 미스터리》에 게재합니다. 작가에게는 상패와 소정의 고료를 드립니다.

　- 원고료에 대한 제세공과금을 공제합니다.

　- 신인상에 당선된 작가는 기성 작가로서 대우하며, 한국추리작가협회 정회원으로서 작품 활동을 지
　　원합니다.

■문의

한국추리작가협회 02-3142-3221 / 이메일: mysteryhouse@hanmail.net

《계간 미스터리》에 대한 의견을 보내주세요

"이런 코너가 생기면 좋겠어요."

"책 크기가 더 커지면 어떨까요?"

"이 잡지가 오래 가려면 이렇게 바뀌어야 한다고 생각해요."

"더 재미있는 한국 미스터리 소설을 읽고 싶어요"

유일한 한국 추리문학 전문 잡지인 《계간 미스터리》를
더 의미 있고 재미있는 계간지로 만들기 위해
독자분들의 솔직하고 애정 어린 자문을 구합니다.

QR코드를 통해 의견을 남겨주신 분들 중 30명에게
감사의 마음을 담아 <u>작은 선물</u>을 보내드립니다.

● 참여 일정

2024. 12. 16 ~ 2024. 1. 20

설문조사 하러 가기